黙環

잠산 新무협 판타지 소설

묵환 2

잠산 新무협 판타지 소설

초판 1쇄 찍은 날 § 2006년 10월 17일
초판 1쇄 펴낸 날 § 2006년 10월 25일

지은이 § 잠산
펴낸이 § 서경석

편집장 § 문혜영
편집책임 § 문정흠
편집 § 최하나

펴낸곳 § 도서출판 청어람
등록번호 § 제1081-1-89호
등록일자 § 1999. 5. 31
어람번호 § 제2-1034호

주소 § 경기도 부천시 원미구 심곡1동 350-1 남성B/D 3F (우) 420-011
전화 § 032-656-4452 팩스 § 032-656-4453
http://www.chungeoram.com
E-mail § eoram99@chollian.net

ISBN 89-251-0358-3 04810
ISBN 89-251-0356-7 (세트)

Fantastic Oriental Heroes

잠산 新무협 판타지 소설

2

아미를 물려받다

목차

9장

패(霸)에는 도(道)가 있다

묵환
默環

"**강**수가 현장에 있었단 말이지?"

하정원이 대두에게 물었다.

"응. 그런데 아직까지 한마디도 안 해. 너무 충격이 컸던 것 같아."

"그랬겠지. 어린 나이에 그런 걸 보았으니……."

이른 아침에 산에서 내려와서 바로 대두의 집에 들렀다가 생존자가 있다는 이야기를 처음 들었다. 문제는 생존자가 다섯 살 먹은 강수이고, 참사 이후 한마디도 말을 하지 못하고 있다는 점이었다.

"그런데 왜 강수만 살려주었을까?"

대두가 혼잣말처럼 물었다.

"글쎄, 아마 강수 나이가 세 살 정도로밖에 안 되어 보여서 아무것도 모를 거라고 생각했을 수도 있지. 나도 오늘 강수를 보았을 때 세 살도 안 되었다고 생각했으니까."

"네가 천세유림으로 떠날 때 강수가 아마 돌이 될 무렵이었을 거야."

"응. 걸음마를 배운다고 마당을 까치걸음으로 두세 걸음 뛰다가 털썩 주저앉고는 했는데……."

강수가 걸음마를 배우던 모습을 생각하던 하정원의 눈에서 주르르 눈물이 흘렀다. 오죽하면 말문이 막혔겠는가 생각되자 어린 나이에 참혹한 일을 겪고 고아가 된 강수는 오히려 하정원 자신보다 훨씬 더 불행하다는 것을 깨달았기 때문이다.

"아, 저기, 소두하고 강수가 오네!"

대두가 손가락으로 대장간 마당의 건너편 사립문 쪽을 가리켰다. 대두의 동생 소두는 아침부터 강수를 데리고 냇가에 가서 놀다가 점심을 먹으러 들어오는 길이었다. 소두와 강수는 단짝이었다. 대두의 아버지는 대두 다음에는 내리 딸만 셋을 두었는데 오 년 전에 소두를 보았다.

"강수야, 너 정원이 형 기억 못하지? 네가 젖먹이 때 얼마나 많이 안아주었다구!"

대두가 말했다. 강수는 혈겁이 있고 난 후 낯선 사람들에 대해 심한 두려움을 가지고 있었다. 그런데 강수는 하정원에 대해서는 별로 두려움을 타지 않았다. 오히려 아까 이른 아침에는 하정원의 앞에서 혼자 흙장난을 하고 놀았다. 어렸을 때 하정원이 자기를 사랑해 주었다는 것을 어렴풋하게 아는 것 같았다.

하정원은 강수가 젖먹이 때에 갓난아이가 신기해서 몇 시진씩 안아주기도 하고 업어주기도 했다. 집에서 일하는 아주머니들은 그런 하정원을 보며 킬킬대면서 이렇게 말하곤 했다.

"애를 그렇게 좋아하시면 젖이 나오게 돼요! 거기 방울도 떨어져요!"

하정원은 오십 줄에 접어드는 아주머니들의 걸쭉한 농담에 얼굴을 새빨갛게 붉힌 채 강수를 안아 들고 도망가곤 했다.

지금 강수는 아무 말도 하지 않고 한 손으로는 소두를 잡고 다른 한 손으로는 대두를 잡은 채 왼발을 오른발 뒤꿈치에 문지르고 있었다. 차 반 잔 정도 마실 시간이 흐르면서 강수의 입이 열렸다.

"흰… 옷… 모란꽃… 신발……."

순간 하정원은 벼락을 맞은 것 같았다. 꿈에 본 부모가 이 흰옷을 입고 모란꽃이 수놓아진 신발을 신고 있었다.

"흰옷 입고 모란꽃 신발 신고……."

하정원이 작게 말했다.

"응, 흰옷 입고 모란꽃 신발 신고."

강수가 말을 했다. 마침내 강수가 충격과 공포에서 벗어나기 시작한 것이었다.

그러나 강수의 말문이 완전히 열린 것은 아니었다. 하정원과 대두는 강수와 함께 대장간 마당에서 찐 감자를 먹으면서 세 시진을 보냈다. 강수는 오후 내내 마당에서 흙장난을 하며 놀기도 하고, 소두와 대두의 손을 잡고 가만히 앉아 있기도 했으며, 알아듣기 어려운 말을 한두 마디씩 툭툭 내뱉기도 했다.

강수의 말문이 다시 열린 것은 그날 저녁 대두네 식구 전체와 함께 늦은 식사를 한 다음부터였다. 총관의 아들인 강수는 몸은 약했지만 이미 아버지로부터 소학(小學)을 다 뗀 아이였다. 한번 말문이 열리자 강수는 반 시진에 걸쳐서 울다가 헉헉거리다가를 반복하면서 그날 있었던 일을 아주 정확하게 전해주었다. 혈패천, 혈마단, 고극수, 백인대주, 공녀, 대공자, 백정구라는 말이 고스란히 전해졌다. 강수는 그때 본 일들을 정확하게 기억하고 있었던 것이다.

이야기를 마친 강수는 더욱더 심하게 울기 시작했다. 혈겁 이후 처음으로 우는 것이었다. 하정원은 간간이 강수의 명문혈에 진기를 조금씩 넣어주어서 아이가 탈진하지 않도록 했다. 강수로부터 참사의 전말을 다 듣고 난 하정원은 강수가 안 보이는 곳으로 가서 자신의 팔목을 베어 피를 반 종지쯤 내었다. 그리고 강한 향초를 즙을 내어 잔뜩 뿌렸다. 이어 강수의 수혈을 짚고 나서 상체를 받치고 천천히 피를 먹였다. 피에 놀란 아이라서 정신이 말짱한 상태에서 피를 마시게 하면 기겁을 할까 두려웠기 때문이다. 다시 향초 즙을 입에 넣어준 후에야 강수의 수혈을 풀어주었다. 조금 지나자 강수는 깊은 잠에 빠져들었다. 그날 강수는 대두와 소두 사이에 누워서 세상 모르고 깊은 잠을 잤다.

강수를 재우고 나자 자시(子時)가 다 되어가고 있었다. 참사의 전말을 알게 된 하정원은 혹시 다른 단서가 있지는 않을까 싶어서 호롱불을 들고 금하장으로 들어갔다.

집의 문짝은 다 부서져 나갔고, 가구들은 어지럽게 흐트러져 있었다. 혈포인들이 온 집 안을 뒤집어놓았기 때문이다. 하정원의 눈에서는 시퍼런 인광이 이글거리고 있었다. 금하장에 맺힌 원혼들이 뿌려놓은 한이 하정원의 혈관 속으로 거침없이 빨려 들어와 온몸을 헤집고 다녔다. 하정원은 이리저리 뒤지다가 집 뒤편 마당 구석에 있는 나무로 지은 서너 평쯤 되는 목욕탕 앞을 지나치게 되었다.

문득 그때 하정원의 머리 속에 엊그제 시신을 화장할 때 마을 청년들로부터 들었던 이야기가 생각나지 않았다면 목욕탕을 그냥 지나쳤을 것이다. 목욕탕은 하정원이 어렸을 때부터 집에 있던 것으로서 온천 원수가 나오는 곳에 헛간처럼 판자로 얼기설기 지어놓은 것이라 특별히 더 살펴보아야 할 만한 것이 없었다.

마을 청년들은 서너 달 전에 아버지가 여행에서 돌아와 관절염을 앓기 시작한 어머니를 위해 목욕탕 건물은 그대로 놓아둔 채 석공을 불러 욕조를 대대적으로 다시 손을 보았다고 했다. 마을 사람들이 이왕 손을 보는 김에 새로 건물을 지으라고 하자 하태호는 이렇게 말했다고 했다.

"건물을 지을 것까지야, 몸을 가릴 수 있으면 되지. 중요한 것은 욕조야."

하정원은 하태호가 목욕탕을 어떻게 고쳤나 보고 싶었다. 아버지에 대한 그리움이었다. 석판을 잘라 이어서 만든 욕조를 보면서 하정원의 목울대에 뜨거운 기운이 맺혔다. 지독한 구두쇠가 이 정도 돈을 썼다는 것은 사씨에 대한 애정이 지극했다는 것을 보여주었기 때문이다. 하정원은 무심결에 손을 탕 속에 넣었다. 탕의 물은 뜨끈뜨끈한, 적당하게 몸을 데울 정도였다.

하정원은 이상한 생각이 들었다. 파동은 온천으로 유명한 곳이었다. 하정원이 천세유림으로 떠나기 전에 있었던 목욕탕과는 전혀 달랐다. 팔팔 끓는 온천 원수(原水)를 받는 탕과 우물에서 길어다 채우는 냉수가 있는 탕, 그리고 두 물을 적당히 퍼서 섞어 채운 후 몸을 담그는 욕탕으로 되어 있었다.

그런데 지금은 탕이 하나뿐이고, 분명히 탕으로 원수가 들어오고 있는 데도 물은 적절한 온도를 유지하고 있었다. 너무 이상한 생각이 들어 하정원은 목욕탕 구석에서 쏟아져 들어오고 있는 물 구멍에 손을 대어보았다. 분명 고기라도 익혀 먹을 수 있을 정도로 팔팔 끓는 원수였다.

원수 구멍으로부터 나오는 물은 폭 두 자에 깊이 한 치 정도 되고, 길이는 다섯 자쯤 되는 돌로 만든 물길을 따라 탕으로 들어오고 있었다. 펄펄 끓는 온천 원수가 이상하게도 물길을 거치는 동안 목욕하기에 적당한 온도의 물로 식는 것이었다. 하정원의 손은 천천히 돌로 만든 물길을 따라 더듬었다. 돌로 만든 물길 바닥은 얼음처럼 차가웠다.

하정원은 손가락에 공력을 모아 물길의 바닥을 이루고 있는 돌덩어리들을 뜯어내기 시작했다. 한 자 정도의 깊이에 이르자 얼음처럼 차가운 둥근 공이 나왔다. 공은 직경이 한 자쯤 되었다. 하정원은 조심스럽게 돌을 뜯어가면서 공을 꺼냈다. 공은 손이 쩍쩍 달라붙을 정도로 차가웠다. 그 순간 하정원은 공을 잡은 채로 황급히 두 손을 탕 속으로 집어넣었다. 탕에는 이제 펄펄 끓는 온천 원수가 들어오고 있었지만 두 손은 여전히 감각이 마비될 정도로 얼어붙기 시작했다. 물에 씻겨서 공에 쓰여진 과두문 글자가 드러나지 않았다면 하정원은 공을 탕 속에 던져 버렸을 것이다.

위대한 돌궐의 전사 테마칸께 미천한 신(臣) 야율기산이 바칩니다. 무력 135년에 천산의 북쪽 사면이 지진에 무너지면서 빙하에 실려 기이한 물건이 나왔습니다. 가까이 가기만 해도 온몸이 얼어붙을 정도의 한기를 내뿜는, 눈부신 흰색으로 빛나는 구(球)였습니다. 크기는 갓난아이의 머리만 했습니다. 짐작건대 억겁의 세월 동안 천산 한기(寒氣)의 정수(精髓)가 지하 깊은 곳에 맺혀서 굳어진 것으로 보입니다. 신은 이를 백정구(白精球)라고 이름 지었습니다. 겉으로 내뿜는 기운은 빙정(氷精)보다 덜 차가운 듯하지만 그 안에 갈무리된 기운은 빙정의 천만 배 이상 된다고 짐작됩니다. 또한 상서로운 흰빛을 눈부시게 비추어 감히 사악한 마음을 품지 못하게 합니다. 그래서 백정구라는 이름을 붙였습니다. 신은 천잠사로 두께 네 치의 주머니를 만들어 백정구를 넣고, 이를 다시 인면지주(人面蜘蛛)의 실로 만든 두께 반 치의 주머니에 넣은 후 이 글을 새겼습니다. 미천한 재주로 만든 물건이오나 잠시라도 폐하를 즐겁게 할 수 있다면 신의 무한한 영광입니다.

하정원은 온몸의 힘이 빠지면서 탕 속에 백정구를 떨어뜨렸다. 너무나 허탈하면서도 화가 났던 것이다. 하태호는 과두문을 읽지 못해 혈포인들이 말하는 '백정구'가 무엇인지조차 몰랐을 것이다. 하태호는 그냥 '얼음보다 훨씬 더 차가운 기운을 내뿜는 기물(奇物)'이 하나 생겨서 목욕탕을 꾸미는 데에 사용했을 뿐일 것이다.

애초에 혈패천에서 나온 혈포인들이 다짜고짜 사람을 죽이는 대신 백정구가 무엇인지 잘 설명하고 거래를 제안했더라면 하태호는 기꺼이 이 물건을 넘겨주었을 것이다. '백정구가 누구요? 그 사람을 찾는다고 이 짓을 한 거요?'라는, 하태호가 했다는 말이 무슨 뜻인지 하정원은 이제야 이해가 되었다.

혈포인들의 잔혹함과 무지함에 대해 하정원은 참을 수 없이 화가 치밀어 올랐다. 차분히 이야기했으면 얼마든지 얻을 수 있는 이까짓 얼음 덩어리 때문에 이십여 명의 사람을 곤죽을 만들어 죽였다는 말인가! 하태원은 탕 속으로 뛰어들어 백정구를 들고 나왔다. 분노로 타오르는 하정원의 몸에서는 순식간에 층층단정공이 일으켜지고 온몸의 선천진기가 내공으로 변하기 시작했다. 백정구라는 이상한 이름을 가진 이 저주스러운 물건을 부숴 버리고 싶었다.

하정원은 백정구를 두 무릎 사이에 끼고 왼손으로 단단히 잡은 채 오른손에 공력을 모아 찍었다. 그러나 백정구는 부서지지지 않았다. 대신 인면지주의 실과 천잠사로 만든 주머니는 다섯 손가락이 파고들자 실 가닥들이 천천히 옆으로 밀리면서 구멍이 생겼다. 하정원은 십이성 공력을 일으켰지만 손가락 뿌리까지 박히자 손이 더 들어가지는 못했다. 하정원은 왼손마저 찔러 넣었다. 하정원의 왼손도 손가락 뿌리까지 박힌 후엔 더 들어가지 못했다. 하정원은 백정구가 매달린 두 손을 불속에 넣어버리고만 싶었다.

그 순간 뼛속까지 바늘 끝으로 찌르는 듯한 차가운 기운이 백정구에 박힌 열 개의 손가락을 타고 뻗어 올라오기 시작했다.

"으아아아악!"

비명이 저절로 튀어나오면서 하정원의 온몸은 그대로 마비되기 시작했다. 손을 빼낼 수도 없었다. 하정원은 열탕 속으로 몸을 던져 넣었다. 그러나 온몸은 여전히 마비되어 왔다. 춥다거나 차갑다는 느낌조차 안 들 정도였다. 그 상태로 하정원은 열탕에 누워 고개만 내놓고 있게 되었다. 하정원은 점점 정신이 혼미해져 감을 느꼈다. 한없이 차가운 죽음이 서서히 그를 덮쳐 왔다.

하정원은 문득 어머니와 아버지가 생각났다. 그리고 어떻게든 살아야 한다는 욕망이 거세게 타올랐다. 백정구에 이대로 양손이 박힌 채 죽을 수는 없었다. 그러나 아무리 발악을 해도 손가락 하나 까닥할 수 없었다. 하정원은 손을 빼려는 시도를 하는 대신 혼태토납공을 운공하기 시작했다.

운공이 시작되자 백정구의 기운은 더 거세게 하정원의 몸으로 밀려들어 와서 뼛속까지 차가운 얼음 바늘로 찌르는 듯한 고통은 더욱 심해졌지만 정신은 맑아졌다. 하정원은 필사적으로 운공에 매달렸다. 몇 번의 운공이 이루어졌는지도 알 수 없었다. 온몸을 휘저으며 하정원의 혼백을 장악하고 있던 백정구의 한기가 어느 순간부터 양쪽 팔로 몰려가더니 묵환에 흡수되기 시작했다.

팔뚝에 찬 묵환이 고통스러울 정도로 차갑게 변해갔지만 하정원의 몸을 휘젓고 있던 한기가 빠져나가기 시작했다. 이내 하정원은 조금씩 몸을 움직일 수 있게 되었다. 하정원은 백정구에 두 손을 박은 채 탕 속에서 가부좌를 틀고 앉았다.

하정원은 이틀 만에 탕에서 나올 수 있게 되었다. 두 팔에 찬 묵환은 이제 한기를 내부로 갈무리하고 있어서 하정원에게 별 영향을 미치지 않았다. 단지 그 무게가 약 반 관씩 늘어난 듯했다. 백정구를 담았던 주머니는 쭈글쭈글해졌는데, 하정원은 그것도 갈무리해서 가지고 나왔다.

"어디에 갔었던 거야?"
하정원이 대장간에 들어서자 식칼을 만드느라 뻘겋게 달은 쇠를 모루에 놓고 두들기던 대두가 물었다.

"응. 그럴 일이 있었어. 몇 가지 일만 더 정리하면 가능한 한 빨리 떠나야 할 것 같아."

좀 더 오래 머물지 않고 떠난다는 말에 대두의 얼굴에 근심이 깔렸다.

"너, 괜찮은 거지? 복수한다고 돌아다니다가 복수도 못하고 죽는 거 아니지?"

"……."

사실 하정원의 마음은 암담하고 막연하기만 했다. 복수를 하기 전에 일단 아미파에 가서 심부름을 끝마쳐야 했다. 그러나 그 후 혼자서 신강 너머 혈패천으로 간다는 것은 자살 행위에 다름없다는 것을 하정원은 알고 있었다. 마제의 부활을 추진하고 있다는 혈패천의 힘에 대해서는 혁우세로부터 여러 번 들은 적이 있었다. 장강에서 겨룬 혈포인은 마제충렬공을 사용한 것이 분명했다.

"정원아, 나는 너처럼 무공도 하지 못하고 또 천세유림에 가서 공부한 적도 없어. 하지만 가끔은 배우지 못한 못난 무지렁이도 맞는 말을 할 수 있지."

대두가 정색을 하고 진중하게 말했다. 망치질과 풀무질로 단련된 대두의 떡 벌어진 어깨와 굵은 목을 보면서 하정원은 대두가 어느새 장부가 되었다는 것을 느꼈다.

"하다못해 식칼을 하나 만들 때에도 여러 가지 작업을 순서대로 해야 해. 달구고, 모양을 만들고, 담금질을 하는 이런 작업을 순서대로 반복해야 돼. 시간이 걸리지."

대두는 한동안 입을 고집스럽게 한일 자로 다물고 있다가 말을 이었다.

"나는 혈패천이 뭔지, 혈마단이 뭔지 몰라. 하지만 악마 같은 놈들이고 무지무지하게 커다란 세력인 것은 알아."

"……."

"정원아, 서두르지 마라. 악마 같은 놈들이지만 분명히 허점이 있어. 실력을 갖추고 서두르지 않으면 반드시 기회가 온다. 그럴 일은 별로 없겠지만 해야 할 일이 있으면 나도 힘을 보탤게."

하정원은 목이 뜨뜻해지고 눈물이 핑 돌면서 아무 말도 할 수 없었다.

"……."

땅, 땅, 땅, 땅, 땅!

어느새 몸을 돌린 채 모루가 부서져라 망치를 내려치고 있는 대두의 눈에서 굵은 눈물이 주르르 흘러내리고 있었다.

"고맙다. 하지만 일단 사천 아미산에 가서 심부름을 마치고 나서 혈마단의 뒤를 쫓아갈 생각이야. 콩만 한 쇠 구슬을 오륙백 개만 만들어줘. 견본은 여기에 둘게."

하정원은 회선비류환을 연습할 때 사용하던 쇠 구슬 중 두 개를 꺼내 작업대 위에 올려놓고는 황급히 몸을 돌려 나갔다.

더 있다가는 대두를 붙잡고 청승맞게 대성통곡을 터뜨리게 될 것 같았기 때문이다.

땅, 땅, 땅, 땅, 땅!

하정원이 나가고 나서도 차 한 잔 마실 시간 동안 마대두는 미친 듯이 망치질을 하다가 문득 몸을 돌려 망치를 작업대에 내려놓고 쇠 구슬을 집어 들고 이리저리 살폈다. 대두의 눈에서는 원독의 불길이 줄기줄기 뻗쳐 나오고 있었다.

하정원은 대두의 대장간을 나와 다시 금하장으로 가 아버지가 저녁마다 산책을 하시던 뒷마당으로 들어섰다. 뒷마당 한구석에는 땅속에 벽돌을 쌓아 물이 새어 나가지 않도록 만든 후 진흙을 채운 삼십 평짜리 연근 밭이 있었다. 연꽃 줄기를 이것저것 더듬다가 하나를 잡아 쭉 뽑았다. 그것은 연꽃 줄기가 아니라 대마(大麻)로 만든 단단한 밧줄이었다. 밧줄 끝에는 사람 머리통만 한 주머니가 매달려 있었다.

이렇게 뒤져서 모두 스무 개의 주머니를 찾아내었다. 주머니마다 금화 천 냥씩이 들어 있었다. 모두 금화 이만 냥. 은자로 환산하면 이십만 냥이었다. 하정원이 열두 살이 넘던 해부터 하태호는 일 년에 한두 번 주머니를 진흙 벌 속에 묻는 것을 하정원에게 보여주기 시작했다. 그 혹독한 고문 속에서도 하정원에게 물려줄 재산을 계산했을 하태호의 모습이 눈앞에 떠오르자 하정원은 온몸을 부르르 떨면서 양 주먹을 꽉 쥐었다. 손톱이 손바닥을 파고들면서 피가 흘렀다. 하정원은 지게에 주머니 스무 개를 모두 얹고 축융산으로 가 주머니 하나만 남기고 동굴 옆 나무 밑에 모두 묻었다.

"내가 장부를 보니까 여기저기에 있는 땅이나 건물이 은자 십만 냥쯤 되는 것 같아. 또 물건 값을 받지 않은 것과 남지나 상련에 선금으로 나가 있는 돈이 은자 이십만 냥쯤 되지."

다음날 미시(未時)경, 소평과 함께 대장간으로 찾아온 하정원이 대두와 소평에게 말했다.

"호오, 너희 집이 큰 부자였구나! 대충 짐작을 하고 있었지만 말이야!"

이소평이 말했다.

"그랬나 봐. 소평아, 네가 지난 삼 년 동안 금하상단의 창고에서 일해왔으니까 네가 좀 맡아서 관리하면 좋겠다. 대두도 같이해 주면 좋겠구."

하정원이 말을 이었다.

"일단 금하장과 선착장의 창고는 놔두고 나머지 땅과 집은 다 팔도록 해."

이 말에 소평과 대두의 눈이 동그랗게 커졌다. 당시 사람들의 관점에서는 땅과 집이 진짜 재산이었기 때문이다. 하정원의 말이 이어졌다.

"사업은 계속하되 언제든지 돈으로 바꿀 수 있는 상품만

다루도록 해. 이문이 작더라도 말이지."

"왜 그래야 하지?"

대두가 물었다.

"흉수들은 보통 놈들이 아니야. 싸움을 하다 보면 파동을 떠나야 할 때가 있을 거야. 그때 소리 소문 없이 움직이려면 사업을 가볍게 만들어두어야 해. 집이니 창고니 땅이니 하는 것은 없는 게 좋아."

하정원이 단호하게 말했다.

"그러니까 비단 중개 같은 것만 하면 되겠구나!"

대두가 말을 이었다.

"예를 들어, 중간 수집상들한테 미리 돈을 주고 직접 남지나상련으로 납품하도록 하고, 우리는 남지나상련에서 나중에 수금하면 되겠구나."

하정원과 소평은 약간 놀란 눈으로 대두를 바라보았다. 대장간집 아들이라 평소 우직하게만 생각했는데, 이번에 일을 당하고 보니까 여간 눈치가 빠르고 판단이 기민한 게 아니었다.

"사실 생각 같아서는 형주나 무한으로 사업 기반을 옮기는 것도 좋을 것 같은데. 금하상단이 여기에서 계속 장사를 하다가는 파동이 쑥대밭이 될 수도 있어."

하정원이 혼잣말처럼 우울한 목소리로 이야기했다.

"형주?"

대두가 부르짖듯이 물었다.

"응, 형주는 장강 중류의 핵심이지. 도시도 크고. 작고 허름하게 시작하면 아무도 우리에게 신경 쓰지 않을 거야."

하정원의 말에 대두가 이야기했다.

"형주라고 하면 내가 잘 알아. 우리 집안이 증조할아버지 때까지 형주 토박이였거든. 그 양반이 젊었을 때 형주 파락호와 싸움을 하다가 사람을 때려죽여서 파동으로 몸을 감추어 여기로 옮긴 거였어. 친척들이 형주에서 대장간을 여러 군데 하고 있지."

잠시 침묵이 이어진 후 하정원이 입을 열었다.

"형주에서 할 수 있는 일을 한번 차분하게 찾아봐. 큰 곳이니까 분명히 우리가 할 만한 일이 있을 거야."

"그래. 정원아, 어제도 말했지만 원수들을 당장에 물고를 내놓겠다는 생각은 하지 마라. 형주든 무한이든 기반을 닦고 실력을 갖추면 반드시 기회가 와. 자, 여기. 어제 네가 부탁했던 물건이다."

대두가 진중한 목소리로 이야기하면서 가죽으로 튼튼하게 만든 얇은 자루처럼 생긴 것 두 개를 하정원의 앞으로 밀어내놓았다.

"그 자루 만드느라고 시내의 갖바치(가죽을 이용한 신발이나 물품을 만드는 사람) 구씨가 어제 밤을 새웠다. 너 준다고 하니까 눈이 시뻘겋게 되어 탱탱 부을 정도로 정성을 쏟은 거 같더라."

　손바닥보다 조금 더 큰 두 개의 자루는 서로 연결되어 있어서 어깨에 걸치면 양쪽 겨드랑이에 착 달라붙게 되어 있었다. 자루를 열어본 하정원의 눈이 놀라움에 가득 찼다.

　"언제 이렇게 쇠 구슬을 만든 거야? 나는 아무리 빨라도 내일이나 될 거라고 생각했는데. 그것도 이렇게 잘 만든 강철 구슬이 아니라 대충 주물에 찍어낸 구슬일 거라고 생각했는데……."

　하정원은 자루 속의 쇠 구슬을 하나 꺼내어 눈앞에서 이리저리 돌려 보았다. 완벽한 모양새로 잘 벼려진 강철 구슬이었다.

　"내가 무슨 재주로 하룻밤 사이에 강철 구슬을 팔백 개나 만드냐? 마침 그 비슷한 것을 만들어오던 게 있어서 어제 밤새 마지막 손질만 한 거야."

　"호오, 도대체 이런 구슬을 암기로 쓰고 있는 데가 어디야?"

　쇠 구슬을 암기로 사용한다는 이야기를 들어본 적이 없는 하정원이 궁금증을 참지 못하고 물었다.

　"그거, 사람 죽이는 암기가 아니야. 형주에 가면 삼원상회라고 있어. 어떻게 보면 상회고 어떻게 보면 표국인 곳이지. 일반 표국과 같은 곳은 아니야. 형주 선착장과 호북 내륙 지방에서 물품을 운송하는 일을 하지. 면화, 비단, 쌀 이런 것을 우마차에 산더미처럼 싣고 운송하는 곳이지."

대두의 말에 소평도 한마디 거들었다.

"아, 삼원상회! 우리하고도 거래가 꽤 있어. 아주 일을 잘해."

"응. 이거 좀 비밀인데… 그 쇠 구슬은 삼원상회 우마차에 쓰이는 거야. 비밀을 지키려고 형주 시내 대장간에서 만들지 않는 거야. 형주에 계신 육촌형님이 주문을 받아서 나에게 주면 내가 이곳 파동에서 만들어주는 거야. 그거, 생각보다 공이 많이 들어가. 담금질을 엄청 해야 하거든."

"아니, 이게 왜 우마차에 쓰이는데?"

소평이 궁금증을 참지 못하고 물었다.

"그걸 바퀴 축에 넣는대. 그러면 바퀴가 훨씬 더 잘 돈다고 하던데? 우마차에 실을 수 있는 짐이 일 할에서 이 할은 더 늘어난다고 해. 바퀴도 훨씬 오래 쓸 수 있게 되고."

하정원은 대두의 말을 들으면서 세상이 참으로 오묘하게 연결되어 있다고 생각했다. 무공이나 무기가 반드시 무가(武家)의 비급 안에만 존재하는 것이 아니라는 생각이 들었다. 쇠 구슬만 갖추어지면 한시라도 빨리 사천 아미산으로 떠나려고 했는데 이제 바로 길을 떠날 수 있게 된 것이었다. 하정원은 대두가 건네준 자루를 양쪽 겨드랑이 밑에 찬 후 허리에서 금자 삼백 냥을 꺼내놓았다.

"마을 사람들에게는 네가 이 돈에서 삼사십 냥을 써서 신세를 갚아줘. 오륙십 냥은 이것저것 비용으로 쓰고… 나머지

금자 이백 냥은 열 냥씩 유족들에게 연락해서 내드려. 총관 몫은 강수를 맡아서 기르는 데에 보태줘."

"……."

대두와 소평은 책임감에 어깨가 새삼 무거워지는 것을 느꼈다.

"지금 가면 언제 다시 올지 모르겠다. 내가 직접 못 오면 사람을 이곳으로 보내서 소식을 전할게. '유림천세의 정하원'이 보내서 왔다고 하면 내가 보낸 줄 알아."

"그래, 유.림.천.세. 정.하.원. 너, 몸조심하고 너무 서두르지는 마라. 기회는 온다. 반드시 온다."

대두가 다시 한 번 당부했다.

"어쨌거나 내 두 손엔 피가 마를 날이 없어. 내가 복수를 시작하면 너희도 신분을 감추고 이곳을 떠나야 할 거야. 미안하다."

담담히 말하는 하정원의 두 눈에서는 파란 불꽃이 튀는 듯했다. 대두는 오금이 저려왔다.

"일을 끝내고 우리 다시 옛날처럼 살자. 여울에서 그물 치고 강에서 헤엄치면서."

여기까지 말한 하정원은 잠시 묵묵히 있더니 불쑥 한마디 했다.

"나, 간다!"

대장간을 나선 하정원의 신형이 서쪽 사천 방면으로 순식간에 멀어졌다.

*　　　　*　　　　*

　하정원에게 강수가 '흰옷'과 '모란꽃이 수놓인 신발'을 신은 대공녀란 여자에 대해 본격적으로 이야기하던 그 시각, 그 옷과 신발의 주인공인 북모란 예서희는 아미파가 자리 잡은 금정봉(金頂峰)의 한 봉우리에 있었다. 봉우리의 팔부 능선쯤 되는 지점에서 예서희는 발걸음을 멈추었다. 계곡 건너편 어둠 속에 불빛이 보였다. 금정사의 불빛이었다.
　"공녀, 저기가 아미파입니다."
　혈마단주가 말했다. 예서희는 혈마단주에게 우울한 목소리로 물었다.
　"고 단주님, 오늘 아미를 지우실 건가요?"
　"네. 이미 혈마단의 백인대 네 개가 아미파 부근을 둘러싸고 있습니다. 선발대는 천음절맥을 앓고 있는 제갈혜령의 거소를 알아냈습니다. 제갈혜령은 생사신의 이문호와 함께 장문인 전용 연공실에 머물고 있습니다. 아미를 멸문하지 않고는 제갈혜령을 확보할 수 없습니다."
　혈마단주는 두 눈에 잔혹한 빛을 띠며 잠시 쉬었다가 말을 이었다.
　"금정 신니를 비롯한 아미파의 최고 고수 십여 명은 대공

패(覇)에는 도(道)가 있다　29

자와 공녀께서 감당해 주셔야 합니다.”

혈마단주 고극수는 사실과는 약간 다른 이야기를 했다. 고극수의 말과는 달리 아직 제갈혜령이 아미파 안 어디에 있는지는 파악되지 않고 있었다. 그러나 고극수의 요량으로는 대공자와 공녀가 아미파의 초극고수들을 제거해 준다면, 나머지 살아 있는 아미 제자들을 족쳐서 제갈혜령이 머물고 있는 곳을 찾아내기는 손바닥 뒤집는 것보다 쉬울 것이라는 계산이었다. 혈마단주가 이렇게 조급하고 포악한 계산을 하게 된 데에는 그 나름의 이유가 있었다.

유구한 역사를 자랑하는 혈패천은 원래 극강의 패(覇)를 추구하는 세력이었다. 그러나 화염산에서 마제구를 캐낸 이후 지난 삼 년간 혈패천주 예무단은 패를 버렸다. 장로원의 초극고수 백여 명을 ‘반란을 준비하고 있다’는 석연치 않은 누명을 씌워 처형하거나 독살했다. 혈마단주 고극수는 그 과정에서 인간 백정의 역할을 하면서 초고속 승진을 해온 인물이었다.

또한 혈패천주는 그전에는 너그럽고 호탕하게 사람을 믿고 대했는데, 삼 년 전부터는 아무도 신뢰하지 않았다. 심지어 제자인 대공자나 딸인 공녀에게도 아무 실권을 주지 않았다. 이번에도 책임자는 고극수로 정하고, 대공자와 공녀의 역할은 아미파의 고수들을 척살하여 고극수를 도와주는 것으로 제한했다.

고극수는 장강 금호채의 일이 실패로 돌아가고, 백정구를 확보하는 것도 무산되자 절박한 상태가 된 것이다. 이대로 귀환하면 자신은 물론 가족들의 생명도 부지한다는 보장이 없었다. 자신이 지난 삼 년간 혈패천주를 위해 인간 백정 노릇을 해왔듯이 다른 인간 백정이 나서서 자신을 제거하려 들 것이다. 이러한 초조감이 고극수로 하여금 점점 더 잔혹하고 조급한 행동을 취하게 만들고 있었다.

"단주, 포위가 끝났습니다. 네 개의 백인대가 아미파가 있는 금정사를 완전히 둘러쌌습니다."

"물샐틈없이 포위했겠지?"

"네. 한 명도 빠져나가지 못합니다."

부단주 천동중이 공격 준비가 갖추어졌음을 보고하자 고극수의 눈은 광기와 살기로 번들거리기 시작했다. 천중동은 이미 혈마단 사백 명을 이끌고 닷새 전부터 금정사를 포위하고 있었다. 천동중이 아미산에 도착해서 바로 금정사를 공격했다면 진작에 제갈혜령을 잡을 수 있었다. 그러나 고극수는 직접 공을 세울 욕심에 자신이 도착할 때까지 기다리라고 했던 것이다.

"아미는 대륙에 저희 혈패천의 무서움을 알리는 첫걸음이 될 것입니다."

고극수가 갈천휘와 예서희에게 음산한 목소리로 말을 하면서 품에서 효적(嚆笛:신호 음을 내는 피리)을 꺼내 불었다.

삐이이익!

공포스러운 소리가 어둠이 덮인 금정봉에 메아리쳤다.

"어차피 해야 할 일이라면!"

한참 동안 눈살을 찌푸린 채 금정사 쪽을 바라보던 혈천고성 갈천휘가 무거운 목소리로 한마디 뱉고는 금정사 쪽으로 신형을 날렸다. 그 뒤를 고극수가 직접 이끄는 백인대와 북모란 예서희가 바람 같은 몸놀림으로 따랐다.

혈천고성 갈천휘는 한시라도 빨리 아미파의 절정고수들을 제거하고 이 혈겁에서 몸을 빼고 싶은 심정이었다. 갈천휘가 믿고 있는 패왕의 길은 이런 식이 아니었다. 하룻밤에 하나가 아니라 열 개의 문파라도 도륙하여 멸문시킬 수는 있으나 그 목적은 군림(君臨)이어야 한다. 천음절맥을 앓고 있는 여인 하나를 손에 넣겠다고 문파를 없애는 것은 결코 패도(霸道)가 아니다.

이미 패왕의 길로 접어들고 있는 갈천후에게 있어서는 파동 금하장에서 무공도 모르는 상가 식솔들을 잔인하게 죽였다는 것이 치욕이었다. 게다가 아미를 치는 이유가 고작 천음절맥을 앓는 여인을 사로잡기 위함이라는 것도 치욕이었다. 갈천휘는 스스로 무인이라는 것이 부끄러울 뿐이었다. 그래서 갈천휘의 검은 이날 더욱더 흉포해졌다.

*   *   *

"혜령아, 일단 치료를 중단하고 몸을 피해야 할 것 같구나."

일흔쯤 되어 보이는 노인이었다. 흰 수염은 탐스럽게 목 아래까지 내려와 있었으며, 얼굴은 어린아이같이 혈색이 좋았고, 두 눈에서는 정광이 뻗쳐 나왔다. 생사신의 이문호였다. 조금 전에 사악한 효적 소리가 울린 후 곳곳에서 나는 병장기 부딪치는 소리를 유심히 듣더니 마침내 몸을 피할 것을 결정한 것이었다.

"네. 사문에 큰 변고가 없어야 하는데……."

파리하게 병색이 완연한 열아홉이나 스무 살가량의 여인이 침상에서 억지로 몸을 가누며 일어나면서 힘없는 목소리로 말했다. 천음절맥을 앓고 있는 제갈혜령이었다. 제갈혜령은 호북 양양(襄陽)의 융중산에 있는 제갈세가의 여식으로서 열두 살에 아미파의 속가제자로 들어왔다. 그리고 일곱 달 전부터 천음절맥을 앓기 시작했다.

천음절맥은 세상에 거의 알려지지 않은 희귀한 질병이었다. 이 병은 천재적 오성을 갖춘 여인에게만 갑자기 나타나는데, 병이 발병하면 일 년을 못 넘기고 죽는 병이었다. 이 병을 앓았던 여인들은 거의 대부분 참혹한 죽음을 맞이했다. 음한지기(陰寒之氣)를 이용하는 사악한 마공을 익히는 마두들이 천음절맥의 여인들을 납치하여 죽였기 때문이다. 사람이 직접 복용할 수 없는 빙정(氷精)을 강제로 복용시킨 후, 고통스럽게 죽어가는 여인으로부터 음기를 흡수하면 마공을 대성할 수 있었다. 예를 들어, 백이십 년 전 강호를 피바다로 몰아 넣었던 음살마신(陰煞魔神)이 그런 사악한 마두 중 하나였다. 금정 신니는 제갈혜령이 천음절맥을 앓고 있다는 것을 알게 된 후 소문이 나지 않도록 감추면서 평소 교분이 있었던 생사신의를 불러들였던 것이다.

제갈혜령은 억지로 몸을 가누고 일어나서 경장을 입었다. 생사신의는 제갈혜령을 치료하기 위해 준비한 약재를 기름종이에 정성스럽게 싸서 작은 행낭을 만들어 제갈혜령의 등에 단단히 매주었다.

"신의, 독단이 있으면 하나 주세요."

제갈혜령이 이야기했다. 생사신의는 제갈혜령의 얼굴을 물끄러미 바라보았다. 병색이 가득한 파리한 얼굴에 자리 잡은 두 눈에서는 단호한 결심이 엿보였다. 생사신의는 밀랍에 싸인 단혼환(斷魂丸)을 꺼내 건네주었다. 제갈혜령은 품속에서 팔찌를 하나 꺼냈다. 팔찌의 중간에는 환약을 끼워 넣을 수 있는 작은 홈이 있었다. 홈 가장자리를 이빨로 물고 입술로 빨면 환약이 다시 튀어나오게 되어 있는 구조였다. 제갈혜령이 팔찌에 단약을 끼운 후 팔찌를 왼 손목에 차는 모습을 본 생사신의는 눈물이 핑 돌았다. 스무 살이 채 안 된 이 처녀는 이미 스스로 목숨을 끊을 수밖에 없는 상황을 대비해서 치밀하게 준비를 해온 것이다. 그때 밖에서 인기척이 났다.

"신의 계십니까? 금정입니다."

아미 장문인 금정 신니가 생사신의를 찾아왔다. 얼굴에는 비장하고 침중한 기색이 감돌았다.

"상황이 위급해서 짧게 말하겠습니다."

금정 신니가 입을 떼었다.

"장강수로채에서 벌어졌던 일에 대해 알게 된 후 혹시 저희 사천 쪽으로도 불길이 번질까 걱정이 되어 한층 주의를 기울이고 있었습니다. 그런데 며칠 전부터 혈포인들이 이 부근에 몸을 숨긴 채 아미를 포위하고 있는 것을 알게 되어 진법을 설치하고 경계를 강화했습니다. 덕분에 아직까지는 버티고 있지만 앞으로 일다경을 못 넘기고 뚫릴 것입니다."

금정 신니는 여러 가지 소회가 마음속에서 소용돌이치는 듯 말을 멈추었다. 삼 일 전, 금정 신니는 전서구를 통하여 장강수로채에서 벌어진 일을 알게 되었다. 혈패천이 무한 이서(以西)를 노린다면 당연히 그 중심에는 사천 아미파가 있다고 생각되었다. 그래서 금정사의 경비를 강화하고 모든 속가 문파 및 방계(傍系) 문파에 경보를 내렸던 것이다.

아미산은 동서 삼백 리, 남북 천 리에 걸친 거대한 공래산맥(邛崍山脈)에 속했다. 공래산맥은 장강의 험한 상류 중의 하나인 대도하(大渡河)의 동쪽을 달리는 산맥이다. 높이 이천 장이 넘는 사고낭산(四姑娘山)을 주 산으로 하는 거대한 산맥이다. 대도하는 동편의 공래산맥과 서편의 대설산맥(大雪山脈) 사이를 남북으로 흐른다.

아미파의 힘은 금정사에 있는 것이 아니었다. 칠백 년이 넘는 세월 동안 아미산을 중심으로 공래산맥 남부 일대에 생겨난 백여 개의 크고 작은 문파가 사실상 아미파의 뿌리이자 저력이었던 것이다.

"오늘 금정사는 없어질 것입니다. 신의께서는 연화(蓮花)를 데리고 암도를 통해 빠져나가십시오. 저희 연화를 치료하려 오셨다가 이런 지경을 당하시게 되어… 죄송합니다."

금정 신니의 침중한 목소리가 이어졌다. 연화는 제갈혜령의 법명이었다.

"무슨 말씀을……. 천음절맥의 여인을 보호하고 치료하는 것은 제가 마땅히 해야 할 일입니다. 신니께서는 일단 물러나실 생각은 안 해보셨는지요?"

"네. 나이 서른 이하의 후기지수들은 이미 암도(暗道)를 통해 모두 밖으로 내보냈습니다. 저희 나이 든 쓸모없는 몸뚱이는 금정사와 함께 묻고 싶습니다."

금정 신니는 깊게 가라앉은 두 눈으로 단호하게 말을 이었다.

"이십일대 속가제자 연화는 명을 받거라!"

이 말에 제갈혜령은 무릎을 꿇었다.

"암도를 통해 신의를 모시거라. 너는 신의님께 치료를 받고 몸을 회복하게 되면 속가제자로서 아미파의 부활을 위해 혼신의 힘을 다해야 한다."

금정 신니의 말에 제갈혜령의 두 눈에서는 눈물이 그치지 않고 흘러내렸다.

"내가 너에게 줄 것이라고는 이것밖에 없구나. 나는 관상을 좀 볼 줄 안다. 너는 지금의 사경을 헤치고 살아나서 아미를 다시 일으키는 데에 큰 도움을 주게 될 것이다."

금정 신니는 목에서 직경 세 치에 두께 반 치쯤 되는 백옥패를 꺼내어 제갈혜령에게 걸어주었다. 이 옥패는 역대 장문인에게 전해 내려오는 것으로써 금강백옥패(金剛白玉佩)라고 불리웠다. 옥패의 비밀이 풀리는 날 아미에서 금강(金剛)이 나와 강호를 구한다는 전설이 있는 물건이었다. 장문영부는 아니었지만 역대 장문인의 취임식 때마다 한번씩 공개되었기 때문에 아미의 직전제자뿐 아니라 방계 문파의 주요 문도들도 모두 이 옥패의 성스러움을 인정하고 있는 터였다.

제갈혜령은 천음절맥에 걸려 목숨이 경각에 달린 속가제자인 자신에게 금강백옥패가 전해지자 감격보다는 오히려 사문에 대한 깊은 비애를 느꼈다. 문파의 형편이 오죽 다급하면 산송장이나 다름없는 자신에게 이런 성스러운 물건을 맡길까 하는 생각에 눈물이 비 오듯이 흘렀다.

금정 신니는 말을 마치고 생사신의에게 가볍게 목례를 했다.

"자, 그럼 윤회가 끊어진 곳, 부처의 세상에서 뵙겠습니다."

이 말과 함께 금정 신니는 바람과 같이 방을 나갔다. 곧이어 생사신의는 이불보를 찢어서 제갈혜령을 단단히 등 뒤에 맨 후에 암도를 달리기 시작했다.

*   *   *

이날 갈천휘와 예서희의 손속은 사신(死神)과도 같았다. 아미 승인의 목숨을 빨리 끊어주는 것이 차라리 고통을 덜어주는 길이라는 점을 알았기 때문이다. 심지어 부상을 입어 몸을 잘 가누지 못하는 승인들도 가차없이 목을 쳤다.

"악귀가 따로 없구나!"

혈마단원들을 베어 넘기던 금정 신니가 크게 부르짖으면서 갈천휘에게 달려들었다. 금정 신니와 갈천휘는 눈에 잘 보이지 않을 정도로 빠르게 몸을 움직이면서 순식간에 삼십 초 이상을 겨루었다.

쩡!

갈천휘의 검과 금정 신니의 검이 크게 부딪치고 나서 두 사람의 신형은 각기 이삼 장씩 뒤로 물러섰다. 갈천휘는 이 비구니가 아미파의 장문인이자 최고고수인 금정 신니라는 것을 직감했다.

한편 금정 신니는 갈천휘의 무공과 기운에서 웅혼한 패왕의 기상을 읽을 수 있었다. 갈천휘의 눈에는 짙은 비애가 떠올랐고, 금정 신니의 눈에는 의아함이 떠올랐다. 금정 신니에게는 패왕이 기운을 가진 자가 악마와 함께한다는 것이 이해가 되지 않았기 때문이다.

갈천휘는 마음을 독하게 먹고 다시 벼락과 같이 공격하기 시작했다. 오류 초가 지난 후 갈천휘는 전신에서 패왕의 기세를 쏟아내면서 금정 신니를 향해 검을 뻗었다. 결코 빠르지 않은 그 검에는 절대 패력(覇力)이 담겨 있었다.

파삭!

갈천휘의 검을 막은 금정 신니의 검이 유리처럼 터져 나갔다. 결국 갈천휘의 검에 금정 신니는 기해혈에 사발만 한 구멍이 뚫리면서 쓰러졌다.

"어찌 패왕이 마를 받드는 개가 되었단 말인가! 하늘이 천하를 버렸구나! 하늘이 천하를 버렸구나!"

금정 신니는 크게 탄식하고는 숨을 거두었다.

똑, 똑, 똑.

핏방울이 점점이 떨어지는 검을 든 채 갈천휘는 대웅전 앞마당에 서서 한없이 투명한 파란 하늘을 올려다보았다. 갈천휘의 마음속에는 슬픔과 분노가 가득했다. 옆에서 예서희가 조용히 그의 모습을 지켜보았다. 예서희는 갈천휘의 마음속에 일어나고 있는 태풍을 이미 눈치 채고 있었다.

그날 밤 금정사의 아미파는 멸망했다. 싸움은 조금 전에 끝났으며, 고극수는 이미 포로들을 제압하여 마당에 모으고 있는 중이었다. 대부분 심각한 부상을 입은 중년의 여승들이었다. 포로로 잡힌 여승만 칠십이 명이었다. 죽은 여승들은 얼핏 보아도 삼백 명 가까이 되었다.

"쌍년들! 중질이나 해 처먹지 진법을 펼쳐?"

혈마단주 고극수는 포로로 잡혀 대웅전 마당에 가부좌를 틀고 앉아 있는 한 중년 여승의 왼 무릎을 밟아 으깼다. 진법을 펼쳐 완강히 저항하는 바람에 혈마단원 중 사십여 명이 목숨을 잃고 또 다른 사십여 명이 무거운 부상을 입었기 때문에 고극수는 화가 많이 나 있었다.

빠지지직!

무릎이 으깨지고 있어도 여승의 표정에는 변화가 없었다. 안색이 하얗게 변하고 이마에서 식은땀이 주르르 흐를 뿐이었다. 그 여승은 이미 오른팔이 잘려 온몸이 피투성이인 상태였다. 하나의 고통은 또 다른 고통을 이기게 하는 힘을 주는 것 같았다.

"야, 이년아! 여긴 어떻게 다들 늙은 중년들뿐이냐!"

고극수가 악을 썼다. 혈마단은 포로를 한 명씩 맡아서 고문을 하기 시작했다. 제갈혜령의 행방과 나머지 문도들의 행방을 묻는 것이었다. 한 시진쯤 지나 거의 모든 포로가 혹독한 고문 끝에 숨져 갈 무렵, 결국 한 여승이 실토를 했다. 이미 이틀 전에 나이 서른 이하의 후기지수들은 암도를 통해 빠져나가 공래산맥 일대의 속가 및 방계 문파로 흩어졌다고. 또한 생사신의와 제갈혜령도 언제인지는 모르지만 암도를 통해 빠져나갔을 것이라고.

장강에서 하정원에 의해 숨진 손익성 부단주 대신에 새로 임명된 천동중 부단주가 자백을 한 여승을 둘러메고 암도의 입구를 찾아냈다. 그리고 그 자리에서 여승의 머리를 터뜨려 죽였다. 혈마단은 금정사 곳곳에 불을 지르고 고문당한 여승들을 숨이 붙어 있든 말든 불타고 있는 건물 속으로 마구 던져 넣은 후 암도의 입구에 모였다.

암도 입구에 모든 혈마단원이 모이자 갑자기 고극수가 부단주 천동중을 향해 크게 고함을 질렀다.

"이 새끼가 무슨 일을 이따위로 해! 물샐틈없이 포위했어? 이게 물샐틈없이 포위한 거냐?"

고극수는 삼성 공력을 실어 천동중의 가슴을 향해 주먹을 뻗었다.

쾅!

이 장을 날아가서 바닥에 처박힌 천동중은 입에서 폭포수 같은 피를 흘리면서도 즉시 일어나 땅바닥에 부복하면서 머리를 땅에 처박았다.

"죄송합니다. 죽을죄를 지었습니다."

"죄송한 줄 알고, 죽을 줄 알면서 쥐새끼들이 도망치게 내버려 둬?"

고극수의 눈은 광기로 번들거렸다. 천동중에게 모든 책임을 덮어씌우지 않으면 자기가 책임을 지게 된다고 생각했기 때문이다. 고극수는 한걸음에 치달아 천동중의 배를 걷어찼다.

펑!

천동중은 다시 한 번 처박혔다가 억지로 몸을 일으켜 땅바닥에 부복했다. 그의 입에서 부서진 내장 조각이 울컥 쏟아졌다.

"죄송합니다. 죽여주십시오."

고극수는 번들거리는 눈을 들어 제일백인대 대주 마전동을 불렀다.

"마전동, 저 죽일 놈을 대신해서 지금부터 네가 부단주다. 네가 맡았던 제일백인대 대주는 조하문이 맡는다."

"네! 충성을 다하겠습니다!"

마전동이 우렁차게 대답하면서 장읍을 했다.

"마전동, 지금부터 내 말을 똑바로 들어라. 천동중은 배신자다. 일부러 금정사 암캐들에게 우리의 기척을 드러냈다. 천동중을 심문해서 자백을 받아내라."

"네! 반드시 자백을 받아내겠습니다!"

마전동이 눈을 사악하게 빛내며 말했다. 마전동은 조금 전까지만 해도 자신의 상관이었던 천동중을 질질 끌고 두 명의 부하와 함께 불타고 있는 건물 뒤로 돌아갔다. 차 한 잔 마실 시간 정도 짐승의 비명이 들리더니 마전동이 천동중의 목을 가져와서 고극수에게 바쳤다. 마전동은 고극수가 원하는 것을 정확하게 알고 있었던 것이다. 천동중은 자백을 하지 않았지만 마전동과 그의 부하 두 명은 자백을 들은 것으로 결정했다.

"배신자는 아미파와 내통했다고 자백했습니다. 저와 제 부하들이 들었습니다. 위대한 혈패천의 율법에 따라 배신자의 목을 쳤습니다."

고극수는 천동중의 목을 발길로 멀리 차버린 후 주위에 있는 모든 혈마단원들이 들을 수 있도록 크게 말했다.

"천동중은 배신자였다! 아미산에 진입한 후에는 극도로 기척을 죽여야 하는 데도 불구하고 일부러 기척을 드러내서 아미의 암캐들이 도망치도록 했다! 자, 이제 모두 천음절맥을 앓는 계집과 늙은이를 잡으러 간다!"

이 말에 혈마단원들은 차례로 암도 속으로 뛰어 들어갔다. 눈살을 잔뜩 찌푸린 채 이 광경을 옆에서 지켜보던 갈천휘는 긴 한숨을 내쉬면서 고개를 들어 하늘을 보았다. 갈천휘의 마음속에는 극악한 집단으로 변질해 버린 혈패천에 대한 비애가 점점 더 깊어지고 있었다. 갈천휘는 휙 몸을 돌려 예서희와 함께 백인대에 섞여 암도로 들어섰다.

네 백인대가 차례로 암도로 들어가고 이제 제삼백인대만 남았을 때 제삼백인대주 채수열이 고극수에게 왔다.

"단주, 중상자 사십 명을 치료하려면 어떻게 해야 하겠습니까?"

제삼백인대와 제사백인대는 오늘 공격에서 선봉에 섰기 때문에 무려 사십 명이 죽고 사십 명은 중상을 입었다. 제사백인대주 구자충 역시 죽었다. 채수열은 중상자를 일단 금정사 한구석에 눕히고 부하 몇 명을 붙여서 치료하고 있었다.

채수열의 말을 들은 고극수가 눈을 살기로 번들거리며 말했다.

"치료? 무슨 치료?"

채수열은 한순간 말문이 막혔다. 사십 명이나 되는 중상자를 어떤 방식으로든 치료하고 보호하는 것은 너무나 당연한 일인데 고극수는 전혀 다른 반응을 보이고 있었다.

"사백 명의 인원을 가지고 공래산맥 전체를 뒤집어엎어야 하는데 부상자들을 어떻게 챙길 수 있나?"

"아니… 그러면… 그래도……."

고극수가 부상자들을 모두 죽일 것을 지시하고 있다고 직감한 채수열이 얼굴이 노랗게 변해서 말을 더듬거렸다.

"채 대주, 처리해! 알아들어? 빨리 처리해!"

고극수는 멍하게 얼이 빠져 있는 채수열에게 지시하면서 자기 깜냥으로는 채수열을 위한답시고 한마디 덧붙였다.

"그 멍청이 같은 구자충이가 지휘하던 제사백인대 중에 살아남은 단원들은 제삼백인대에 포함시켜!"

중상자 사십 명의 명줄을 끊어주기 위해 대웅전 앞마당 구석으로 걸어가는 채수열의 눈은 순식간에 핏발이 서서 터지고 손톱이 손바닥을 뚫고 들어가기 시작했다.

　제삼백인대와 함께 암도를 달려 금정사에서 삼십 리나 떨어진 출구로 나온 고극수는 미리 도착해서 기다리고 있던 갈천휘와 예서희를 만났다.
　"대공자, 공녀, 이제 출발하시지요."
　고극수가 짜증난 목소리로 말했다.
　"아미 방계 문파까지 모조리 쓸어버릴 작정이오?"
　갈천휘가 어이없다는 표정을 지으며 물었다.
　"네. 공정산맥을 무너뜨려서라도 계집과 영감을 잡아야죠."
　갈천휘가 머리를 절레절레 저었다.
　"그렇게 한다고 될 일이 아니오. 한번 놓친 고기를 어떻게 다시 잡겠소? 고 단주가 도착하기 전에 천동중 부단주가 아미를 쳤다면 모를까……."
　갈천휘가 고극수의 아픈 데를 찔렀다.
　"그 배신자 이야기는 하지 마십시오!"
　고극수가 얼굴이 하얗게 변하며 소리쳤다.
　"대공자 말씀대로 장강에 손익성 부단주 한 명만 보냈다가 장강 금호채의 일을 망쳤습니다. 제 생각대로 처음부터 한 삼십 명은 보냈어야 하는 것인데……."

"장강의 열여덟 개 수채는 강호의 거대 문파들과 이러저리 얽혀 있소. 혈마단 수십 명이 드러내 놓고 금호채를 지원하면 강호문파들이 다 들고일어날 것이오."

갈천휘가 고극수의 말에 따끔하게 반박했다.

"……."

"고 단주는 하태호가 백정구를 획득했다는 정보가 애초부터 그릇된 정보였다고 생각하시오?"

"그렇게 볼 수밖에 없습니다. 그 정도로 쥐어짰는데……."

"여기 오기 전에 오로목제에서 길 안내꾼 하나를 만난 적이 있소. 하태호를 안내했던 사람이오. 타클라마칸 사막에서 올챙이 모양의 글씨가 새겨진 직경 한 자쯤 되는 차가운 물체를 파냈다고 하오. 하태호는 과두문을 모르니까 어쩌면 '백정구' 란 말 자체를 못 알아들었을 수 있소. 백정구……. 꼭 사람 이름같이 들리지 않소? 나도 나중에야 이 생각을 하게 됐소. 하태호는 우리가 무엇을 찾는지도 모르고 죽었을 거요. 일이란 게 막무가내로 한다고 되는 게 아니오."

갈천휘의 말을 들은 고극수의 안색이 누렇게 변했다. 갈천휘의 말이 사실이라면 고극수는 실패에 대한 책임을 면할 길이 없기 때문이었다.

"대공자, 공녀, 한가하게 이야기할 시간이 없습니다. 영감과 계집을 찾으러 가야 합니다."

고극수는 백정구 이야기가 길어지는 것이 두려워서 한시라도 빨리 출발하자고 재촉했다. 갈천휘는 길게 한숨을 내쉬곤 일어나면서 물었다.

"부상자들은 어떻게 할 거요? 여기에 두고 치료할 거요?"

갈천휘의 말에 고극수는 태연히 대답했다.

"천주님의 명령은 세 가지였습니다. 금호채를 도와 장강 중, 상류를 장악할 기반을 만드는 것, 백정구를 회수하는 것, 그리고 천음절맥에 걸린 계집을 잡아오는 것이었습니다. 이 중 하나라도 제대로 해내야 합니다. 부상자를 돌볼 여유가 없습니다. 채수열 대장에게 부상자들을 처리하라고 지시했습니다."

"뭐요? 처리라니?"

갈천휘가 믿을 수 없다는 표정을 지으며 물었다.

"네, 처리입니다. 목숨을 끊어주어야죠."

고극수는 냉정한 음성으로 태연히 말했다. 갈천휘와 예서희의 안색이 경악으로 물들었다. 갈천휘의 온몸에서 살기가 뭉실뭉실 피어올랐다.

"당신… 당신……."

갈천휘는 말을 끝내지 못한 채 온몸을 부들부들 떨며 눈에서는 불길이 이글거렸다. 마제충렬공 수위가 조금만 낮았더라도 고극수는 그 자리에서 오줌을 지릴 뻔했다. 침묵 속에서 차 한 잔 마실 시간이 지나갔다.

"나, 혈패천으로 그냥 돌아간다."

갈천휘가 싸늘하게 가라앉은 음성으로 짧게 말했다. 말투도 어느새 바뀌어 있었다. 고극수는 여기서 한마디만 더 했다가는 목숨을 부지할 수 없다는 것을 느꼈다. 고극수는 이번에는 예서희의 얼굴을 쳐다보았다. 예서희 역시 얼음처럼 싸늘한 얼굴을 한 채 분노로 이글거리는 눈으로 고극수를 노려보고 있었다.

"알아서 하십시오. 그럼 저희는 이만."

고극수가 내빼듯이 몸을 돌려 신형을 날렸다. 고극수에게는 이제 제갈혜령을 납치하는 길 외에는 다른 대안이 없었다. 만약 제갈혜령을 납치하는 것마저 실패한다면 대공자와 공녀가 명령을 어기고 중도에서 혈패천으로 되돌아가 버린 일에 대한 책임을 오히려 자신이 뒤집어쓸 수밖에 없는 상황이었다. 너무 무능해서 대공자와 공녀마저도 중도에 떠나보내 버린 놈이 되는 것이다. 금정사 산문에 들어서는 고극수의 눈에서는 광기와 절망의 빛이 줄기줄기 쏟아져 나왔다. 이렇게 하여 공래산맥 혈사(血事)가 본격적으로 시작되었다.

*   *   *

갈천휘와 예서희는 중경(重慶)으로 방향을 잡고 떠났다. 중경에서 북상하여 대파산맥(大巴山脈)을 넘어 감숙의 가욕관을 빠져나가 혈패천으로 북상할 생각이었다.

"사형, 너무 걱정하지 마세요. 아빠도 사정을 아시면 이해하실 거예요."

예서희가 부드러운 목소리로 말했다. 갈천휘의 안색은 어두웠고 눈빛은 우울했다.

"희 매, 나는 내 한 몸 때문에 걱정하고 있는 게 아니야. 오히려 사부님과 혈패천을 걱정하는 거지."

"네, 삼 년 전에 화염산에 다녀오시고 나서 아빠가 많이 변하긴 하셨지요."

금정봉에서 동쪽으로 육백 리쯤 떨어진 진운산(縉雲山) 중턱쯤에 있는 계곡이었다. 유시(酉時)에서 반 시진쯤 더 지나서 이제 땅거미가 슬슬 내려앉기 시작하고 있었다. 산등성이는 하늘 가장자리에 검게 박히기 시작했다. 계곡 물은 즐거운 비명을 울리면서 쉬지 않고 흐르고 있었다. 갈천휘는 계곡에서 삼십 장 정도 떨어진 빈 터에 자리를 잡고 작은 모닥불을 피웠다. 어차피 밤낮 없이 서둘러 갈 수 있는 길이 아니었다.

"희 매, 만약 내게 무슨 일이 생기면 희 매는 즉시 혈패천을 떠나야 해."

갈천휘가 침중한 목소리로 입을 열었다.

"설마! 아빠가… 사형을… 해치시려구요!"

예서희의 목소리에는 경악이 담겨 있었다.

"이번 일 자체만 놓고 보면 내가 돌아가서 사죄드리면 덮어질 일이지. 결국 책임자는 고극수였으니까."

"네."

"하지만 나는 사부님께 말씀을 여쭙고 싶어. 그러면 사부님은 진노하실지도 몰라. 그리고 우리가 알던 것과 전혀 다른 모습을 보이시게 될지도 몰라."

"사형은 무슨 말씀을 아빠께 하려는 거예요?"

"나도 아직은 모르겠어."

둘 사이에 깊은 침묵이 흘렀다. 갈천휘는 모닥불을 뒤적이면서 진실을 어디까지 예서희에게 말해야 할지 망설였다. 혈패천주 예무단과 예서희는 결국 아버지와 딸 사이이다. 갈천휘가 무슨 말을 하더라도 딸이 어디까지 받아들일 수 있을지 갈천휘로서는 판단이 서지 않았다.

"사형, 저한테 감추는 것이 있지요? 다 이야기해 보세요."

예서희는 갈천휘의 손을 살며시 잡았다. 갈천휘는 예서희의 눈을 보았다. 둥글고 큰 눈은 모든 것을 드러내고 있었다. 예서희의 눈에서 눈물이 주르르 흘러내리면서 몸을 기울여 갈천휘에게 안겨왔다. 갈천휘는 예서희의 어깨와 등을 부드럽게 쓸어주었다. 예서희의 머리카락에서는 풋풋하면서도 달콤한 향기가 났다.

"지난 삼 년 동안 숙청당한 초극고수 중에는 나와 잘 아는 분도 많이 계셨지. 사부님 못지않게 애정을 가지고 무공과 지식을 가르쳐 주신 분도 서너 분 돼. 그분들 중에는 자신의 죽음을 예감하고 폐관 수련을 하고 있던 나를 미리 찾아와서 말씀을 주신 분들이 계셔. 또한 숙청당한 분들의 자제 중에는 혈겁을 피해 도망간 사람들도 있어. 도망가기 직전에 내가 폐관수련을 하는 곳에 아무도 모르게 들러 사정을 이야기해 준 사람들도 꽤 있어. 희 매는 천주님의 딸이니까 아무도 찾지 않았겠지만 나는 제자잖아. 나에겐 이야기를 해준 사람들이 있지."

"아, 그랬겠군요."

"그 사람들 이야기로는 사부님이 마제의 부활을 추진하고 있다는 거야. 화염산에서 얻은 기물(奇物)이 마제구라는 거야. 신마대전 때 스스로를 봉인했다는 마제구."

"그럼 아빠가 마제에게 빙의(憑依)당했다는 거예요?"

예서희가 놀라서 부르짖었다.

"몰라. 마제구가 사부님을 지배하고 있는지, 혹은 사부님이 마제구를 이용하려고 하는 것인지는 나도 모르겠어."

갈천휘의 미간에 깊은 주름살이 생겼다. 한참 생각에 잠겨 있다가 다시 갈천휘의 입이 열렸다.

"혈패천의 상징인 패혼귀원공을 내버리고 극악한 사공인 마제충렬공을 가르치기 시작한 걸로 봐서는 사부님이 이미 마제구에 빙의당했다고 볼 수 있지. 사부님이 혈패천의 기본 공으로 정한 충렬공은 정식 명칭이 마제충렬공이야. 신마대전 때 마제가 가르치던 무공이지. 그건 확실해."

"아!"

예서희의 안색이 백짓장처럼 창백해지고 두 눈은 경악으로 물들었다.

"하지만 백정구를 확보하고 천음절맥에 걸린 제갈혜령을 납치해 오라는 명령을 하신 걸 보면 오히려 마제구를 제압하려는 것이 아닌가 하는 생각이 들어. 백정구를 천음절맥에 걸린 여인의 몸에 집어넣은 다음, 여인이 죽기 전에 음기를 빨아내면 절대적인 힘을 가진 음기를 가질 수 있어. 백정구는 억겁의 세월 동안 천산의 음기가 모여서 만들어진 물건이야. 겉으로 보면 빙정보다는 덜 차갑지. 그러나 사물이 극에 달하면 오히려 그 본성이 숨겨지지. 백정구의 한기는 빙정보다 훨씬 더 커. 백만 배, 천만 배가 될 거야. 게다가 마(魔)에 대해서는 극성인 성격을 가지고 있다고 해. 특히 마제구는 오랫동안 화염산 용암의 열기를 받은 상태니까 더욱더 그렇겠지. 나는 이런 이야기를 사부님의 서재에 있는 책에서 알게 되었어."

"아!"

마제구를 오히려 제압하려 하는 것인지도 모른다는 추측에 예서희의 안색이 조금 풀렸다.

"하지만 마제구를 제압해서 이용한다는 게 결국 뭐겠어? 마제구에 빙의당하는 것과 똑같은 결과지. 삼 년 전에 몇몇 충성스러운 원로들에게 사부님은 마제구를 제압해서 이용하겠다는 뜻을 이야기했다고 해. 원로들은 결국 마제구에 빙의당하게 되거나, 마제와 똑같은 존재가 될 뿐이라고 맹렬히 반

대했다고 하지. 원로들이 한결같이 반대하자 '반란'이라는 누명을 씌워서 한번에 살해하셨지. 식솔들과 함께. 그게 삼 년 전에 일어났던 최초의 숙청이야. 그 이후 숙청은 계속 확대되어 과거의 초극고수들은 거의 다 죽었어."

"흐흐흑!"

마침내 예서희는 두 눈을 손으로 가리고 울음을 터뜨렸다. 삼 년 전까지만 해도 세상에서 가장 자랑스러운 아버지였다. 호탕했고 당당했다. 패왕이었다. 그러나 지금은 마제에 빙의당했거나, 스스로 마제가 되려고 하는 존재로 전락해 버리고 말았다. 예서희는 가슴이 찢어질 듯 아팠다. 모닥불은 조용히 타고 있었다. 갈천휘는 흐느끼고 있는 예서희의 어깨와 등을 부드럽게 쓸어주었다.

"사부님은 요즈음 별관 지하의 안혼청(安魂廳)에서 사시지. 거기에서 집무를 보시고, 거기에서 수련하시고, 거기에서 기거하시지."

"네. 저도 그 으스스한 장소가 마음에 걸려 몇 번이나 원래 계시던 내원으로 가자고 말씀드렸었지요."

예서희가 울음을 그친 목소리로 말했다.

"그 장소가 어떤 곳인지 알아?"

"아니요."

"제삼왕조 말에 대륙의 군대에 의해 신강과 합살극(哈薩克:지금의 카자흐 및 키르키즈 지역) 사람들, 그러니까 우리 조상들이 하룻밤에 오십만 명이 학살된 적이 있어. 구덩이에 몰아 넣고 화살을 쏜 후 기름을 붓고 불을 질렀다고 해. 구덩이 밖으로 기어나오는 사람은 화살로 죽이고."

"네. 저도 그 이야기는 책에서 읽은 적이 있어요."

"그 구덩이 자리가 지금의 별관 자리야. 혈패천이 만들어질 때 조상의 원통함을 잊지 말자는 뜻에서 그 학살이 일어났던 장소를 중심으로 만들어진 거야. 그래서 혈패천의 터와 건물의 배치는 의사청을 중심으로 이루어져 있지 않지. 오히려 별관을 중심에 놓고 이루어져 있지."

갈천휘는 말을 멈추고 생각에 잠겼다. 마지막 진실까지 예서희에게 이야기해야 하는지 망설여졌기 때문이다. 마침내 갈천휘는 이야기를 하기로 결정했다. 만약 자신에게 변고가 생긴다면 아무도 예서희에게 진실을 말해주지 않을 것이기 때문이었다. 다른 사람이 보기에 예서희는 결국 예무단의 딸이었기 때문이다.

"별관 지하의 안혼청 중앙에는 귀혼정(鬼魂井)이라는 우물이 있지. 본 적 있을 거야, 조그만 제단같이 생긴 거. 말이 우물이지 사람이 먹지 못하는 검붉은 진액이 나오지. 학살로 죽은 사람들의 원혼과 시정(屍精)이 모인 곳이라고 해. 그래서 건물 이름이 '혼을 편안하게 한다'는 뜻에서 안혼청이야."

"아!"

예서희는 너무나 끔찍한 이야기에 안색이 파랗게 질렸다.

예서희가 갈천휘의 품에 파고들었다.

"사부님은 만년한철로 철삭을 만들어 그 끝에 마제구를 매달아서 귀혼정 속에 늘어뜨려 놓고 계셔. 마제구에게 시정과 원혼을 먹이고 계신 거지."

예서희는 갈천휘의 품에 안겨 바들바들 떨었다. 모든 게 분명했다. 아버지는 마제구에 의해 이미 빙의당해 있거나, 마제구를 제압해서 이용하겠다는 헛된 망상에 사로잡혀 있는 것이다. 끔찍한 내력을 가지고 있는 우물 옆에서 하루 종일 먹고, 마시고, 자고, 일하고, 무공을 수련하는 것만 보아도 모든 것이 분명했다.

모닥불이 작게 탁탁 소리를 내며 탔다. 갈천휘는 한 손을 예서희의 등에 올린 채 하염없이 밤하늘을 바라보고 있었다. 예서희에게 진실을 이야기한 것이 과연 잘한 일인지 후회가 되기도 했다. 어쩌면 진실을 모른 채 사는 것이 좋았을지도 모르겠다는 생각이 들었다. 예서희가 갈천휘에게 기대었던 상체를 일으켜 세웠다. 그리고 갈천휘의 귀에 입술을 가져다 대었다.

"휘랑, 다 말해주어서 고마워요."

갈천휘는 가슴에서 찡하고 울리는 소리를 들은 것 같았다. 갈천휘와 예서희는 서로 깊이 존중하고 사랑하는 사이였지만 아직 예서희가 한 번도 갈천휘를 '휘랑'이라고 부른 적이 없었다.

예서희의 부드럽고 뜨거운 입술이 갈천휘의 입술에 포개
졌다. 별이 그대로 뚝뚝 떨어질 것만 같은 초가을의 밤하늘
아래, 서늘한 숲 냄새와 요란한 벌레 우는 소리 속에서 두 남
녀는 맺어졌다.

　두 남녀는 진운산 계곡에서 여행을 멈추고 꼬박 이틀 밤을
보낸 후 다시 길을 출발했다. 출발하기 전 예서희는 갈천휘의
귀에 대고 수줍은 목소리로 나직하게 속삭였다.
　"휘랑은 제가 세상에서 계속 살아야 할 이유를 주셔야 해
요. 저를 떠나든 안 떠나든."
　예서희는 이미 갈천휘의 운명을 짐작하고 있었던 것이다.
또한 갈천휘가 남길 아이에 대해서도 예감하고 선택한 것이
었다. 탄생과 죽음에 관해서는 여자가 남자보다 훨씬 더 잘
안다. 여자는 배워서 알기 전에 이미 그 몸으로 탄생과 죽음
의 비밀을 알고 있기 때문이다. 두 사람은 혈패천으로 되돌아
가는 여행길을 하나의 길고 달콤한 신혼여행으로 생각하기로
했다.

＊　　　　＊　　　　＊

　이날 아침부터 다시 출발한 길이었지만 갈천휘와 예서희,
두 사람 모두 지난 이틀 동안의 사랑 때문에 길을 재촉하고 싶

지 않았다. 그냥 이대로 한없이 먼 어디론가로 함께 떠나 숨어살고 싶은 마음뿐이었다. 그러나 혈패천으로 돌아가야 한다는 것을 너무나 잘 알고 있다. 그게 운명이었기 때문이다.

갈천휘와 예서희는 아침나절에 가볍게 경공을 펼쳐 백 리 정도 온 다음 가릉강(嘉陵江)에 도착했다. 강변의 작은 산기슭의 바위에 나란히 앉아서 물과 건포를 먹기 시작했다. 두 사람 모두 사랑과 희열의 충만감에 얼굴이 빛나고 있었다. 갈천휘가 무슨 기척을 느낀 듯 잠시 주의를 집중해서 바람 소리를 들었다.

"누군가 이쪽으로 오고 있군. 나만큼 빠른 경공이야."

두 사람은 긴장하면서 공력을 끌어올리기 시작했다. 곧이어 거친 베로 만든 군청색 경장을 입은 사내가 모습을 나타냈다. 스무 살 정도 되어 보이는 건장하고 씩씩하게 생긴 사내는 하정원이었다.

하정원과 갈천휘는 잠시 서로를 마주 본 채 아무 말도 하지 않았다. 하정원은 원래 금정봉으로 가는 방향을 물으려고 멈추어 섰는데 갈천휘의 내부에 갈무리된 기도를 느끼고 크게 긴장했던 것이다. 갈천휘의 옆에 서 있는 기품있는 여인도 갈천휘에 버금가는 기도를 내뿜고 있다는 것을 하정원은 느꼈다. 갈천휘와 예서희는 서로에게 주어진 짧은 시간을 방해받고 싶지 않아서 좀 과하다 싶을 정도로 기도를 드러내고 있었다.

"험, 험, 소생은 원정하라고 합니다. 이 부근이 처음인지라 방향을 좀 묻고 싶습니다만……."

하정원은 본의 아닌 기세 대결을 하고 난 다음이라 본능적으로 가명을 썼다.

"갈천휘라고 하오. 제가 아는 것이면 가르쳐 드리겠소."

갈천휘는 하정원이 공손히 이야기하자 긴장을 풀고 담담하게 말했다.

"금정봉을 가려면 여기서 어느 방향으로 가야 하는지 혹시 아십니까?"

갈천휘와 예서희는 크게 놀랐다. 삼 일 전에 참혹한 혈겁을 벌이고 떠나온 곳이었기 때문이다.

"금정봉이라면 아미파가 있는 곳을 말씀하십니까?"

"네. 집안 심부름으로 아미파를 찾아가는 길입니다."

갈천휘는 미간을 깊게 찌푸리고 고민에 빠졌다. 지금 공래산맥 남부 전체가 혈겁에 휩싸여 있을 것이다. 생사신의는 제갈혜령을 데리고 멀리 가지 못하고 분명 공래산맥 곳곳에 있는 아미 분파들의 협조를 구하고 있을 터이다. 포악하고 잔혹한 고극수는 아미산 일대를 피바다로 만들면서 생사신의와 제갈혜령을 뒤쫓고 있을 것이 분명했다. 갈천휘는 이러한 사정을 눈앞의 영기 발랄한 청년에게 말해야 할지 말아야 할지 망설여졌다. 마침내 갈천휘의 입이 열렸다. 진실을 이야기해 주기로 결정한 것이다.

"금정봉뿐 아니라 아예 아미산 쪽으로는 가지 않는 게 좋겠소. 며칠 전에 아미파가 멸문당했다고 합니다."

"네? 멸문이요? 금정봉의 아미파가 말입니까?"

하정원이 크게 놀라 부르짖었다.

"그렇소. 나도 어제저녁에 객잔에서 들었소. 정체불명의 괴한들이 습격해서 수백 명이 죽었다고 합디다."

하정원의 안색이 침중해졌다.

"혹시 괴한들이 붉은 옷을 입고 있다고 하지 않던가요? 혈패천의 혈마단이라고 하지 않던가요?"

하정원의 말에 이번에는 갈천휘와 예서희가 크게 놀랐다. 혈패천의 이번 행사는 극비리에 이루어진 것인데 멀리서 온 청년이 이를 알고 있다는 사실에 기겁을 한 것이다.

"그런 이야기를 들은 것 같소. 객잔에서 두서없이 떠드는 소리인지라……."

"또한 흑의를 입은 이십대 사내와 백의를 입고 모란꽃 수가 놓인 신발을 신은 이십대 여인이 함께하지 않았다고 하던가요? 대공자와 공녀라 불리는 사람들인데……."

하정원의 표정이 너무 자연스럽고 순진하지 않았다면 갈천휘와 예서희는 크게 공력을 일으켰을 것이다. 두 사람은 애써 놀란 표정을 감추었다. 하정원은 깊은 생각에 잠겨 두 사람의 기색을 눈치 채지 못했다. 그러다 문득 두 사람의 옷차림을 보고는 웃으면서 말했다.

"하하! 그러고 보니 두 분이 그런 복장이시군요. 하하!"

"하하! 그런가 보오. 객잔에서 두서없이 떠드는 소리였지만 그런 남녀에 대한 이야기는 못 들은 것 같소."

하정원은 갈천휘 옆에 앉더니 건포와 물을 꺼내어 먹으면서 이것저것 묻기 시작했다. 어차피 산길을 타서 가로지를 생각이라 하나라도 더 정보를 얻고 싶어서였다. 그러나 이번에는 갈천휘가 오히려 더 많은 것을 물었다.

"저는 혈패천이니 혈마단이니 하는 이야기를 처음 듣는데, 그게 무슨 말씀이신지요?"

"아, 네. 칠팔 일 전에 장강 금호채가 총채에 대해 반란을 일으켰지요. 거기에서 혈패천에서 보낸 고수 하나가 금호채의 편을 들다가 맞아 죽었습니다. 그리고 사오 일 전에는 혈패천에서 나온 혈마단 백여 명이 호북에 있는 작은 상단을 습격해서 이십여 명을 참혹하게 살해했지요. 현장에 같이 있었던 흑의를 입은 사내와 백의를 입은 여자, 대공자와 공녀라는 인물이 아니었다면 하나 남은 어린아이까지 죽을 뻔했지요. 그래서 이번 아미산 혈사도 혈마단이 벌인 것이 아닌가 생각하는 것이지요. 금호채는 장강 중류이고, 파동은 장강의 상류와 중류의 경계인 무협 바로 옆이고, 사천은 장강 상류입니다. 혈패천이 장강에 욕심을 내는 것으로 보입니다."

갈천휘와 예서희는 하정원의 짧지만 조리있는 설명을 듣고는 마음속으로 깜짝 놀랐다. 자신들은 아주 비밀스럽게 움직였지만 대륙의 강호무림은 이미 자신들의 의도를 거의 정확하게 파악하고 있었기 때문이다. 갈천휘와 예서희는 하정원이 강호 무림인 중에 혈패천의 이번 행사를 정확하게 파악하고 있는 유일한 사람이라고는 상상하지 못했다. 하정원은 며칠 동안 혼자 고민하던 문제를 이야기할 수 있는 상대를 만나자 술술 말문이 트였다.

"더 무서운 일은 장강 금호채를 뒤에서 부추긴 혈패천의 인물이 사용한 무공이 마제충렬공이란 점입니다. 마지막에 그는 괴이한 약을 먹고 본신의 잠원진기를 몽땅 끌어내어 사용했지요. 천이백 년 전 신마대전에서 마제 쪽에서 쓰던 무공입니다."

갈천휘와 예서희는 뒤통수를 망치로 얻어맞은 것 같은 느낌을 받았다. 마제충렬공이란 이름은 혈패천 내부에서도 아는 사람이 거의 없었다. 그냥 '충렬공'으로만 알려져 있을 뿐이다. 게다가 마제충렬공이 신마대전 때에 마제 측에서 사용한 무공이라는 점을 알고 있는 사람은 혈패천 내에서도 혈패천주 외에는 갈천휘가 유일했다. 엊그제 갈천휘가 이야기해 주어서 예서희도 알고는 있지만.

그런데 여기 앉아 있는 이제 갓 스물이 되어 보이는 젊은이는 그 모든 내밀한 사정을 정확하게 파악하고 있었다. 갈천휘는 갑자기 가슴이 탁 트이는 느낌이 들었다. 천하를 걱정하는 사람이 자기 말고도 많이 있다는 생각에 우울했던 마음이 싹

씻겨 나갔다. 이제는 마음 놓고 운명에 자신을 던질 수 있을 것 같았다.

"하하하하! 정말 대단한 정보요! 하하하핫!"

갈천휘가 호탕하게 웃자 하정원은 약간 어리둥절했다. 예서희는 갈천휘의 마음을 좀 알 것 같았다. 예서희의 눈썹에 작은 이슬이 맺혔다.

"원 형, 나랑 손속 한번 섞어봅시다. 내가 이래 보여도 힘깨나 씁니다. 지금 아미산뿐 아니라 공래산맥 일대는 피바다가 되어 있을 겁니다. 객잔에서 들으니까 상당수의 사람들이 금정사에서 혈겁을 피했다고 합니다. 지금쯤 혈마단인지 뭔지 하는 괴한들이 아미산이 속한 공래산맥 일대를 온통 뒤집으면서 사람 사냥을 하고 있을 거요. 내가 원 형과 겨루어서 원 형의 힘이 한 몸 지킬 수 있겠다 싶으면 순순히 보내드리리다."

갈천휘는 가슴속의 말을 단숨에 해버렸다.

"아니, 생사신의와 환자 되는 여인도 혈겁을 벗어났다고 합니까?"

갈천휘는 다시 한 번 놀랐다. 이 젊은이는 아미파에 생사신의가 있었다는 것을 알고 있다. 생사신의와 관련이 있는 젊은이임이 분명했다. 만약 이 젊은이의 무공이 갈천휘가 짐작하는 수준이라면 꼴도 보기 싫은 혈마단과 고극수가 크게 골탕을 먹을 수도 있다는 생각에 갈천휘는 더욱더 손속을 섞어보고 싶었다.

"네. 제가 들은 말로는 생사신의와 천음절맥을 앓는 여인
도 도망갔다고 합니다. 자, 한번 손을 나눕시다."

갈천휘는 바위에서 일어나 공터에 섰다. 하정원은 난감한
생각이 들었다. 얼른 길을 재촉해야 하는데 이 갈천휘란 청년
은 전혀 길을 비켜줄 생각이 없어 보였다. 갈천휘의 온몸에서
무시무시한 패왕의 기운이 피어오르기 시작했다. 패혼귀원
공이었다. 하정원은 패왕의 기운에 맞서게 되자 갑자지 가슴
속에서 뜨거운 투지가 불붙어 올랐다. 예서희가 말릴 틈도 없
이 두 사람은 이미 공터에서 전 공력을 끌어올린 채 대치했
다.

파앙!

갈천휘가 먼저 전력을 다한 패왕신력(覇王神力)을 담은 오
른손으로 후려쳐 왔다. 패혼귀원공에 바탕한 절정의 권공(拳
功)이었다. 갈천휘의 주먹에는 푸르스름한 강기가 맺혀 있었
다. 하정원은 오른 장(掌)으로 비스듬히 권경(拳勁)을 후려쳐
흘리면서 왼 손가락을 세워서 갈천휘의 오른쪽 겨드랑이의
천지혈(天池穴)을 공격했다. 갈천휘의 신형이 뒤로 쑥 젖혀지
면서 하정원의 공격을 피하는 것과 동시에 오른발이 차 올라
왔다.

이때부터 두 사람의 몸은 전광석화같이 움직였다. 어느 순
간에는 한 치의 틈도 없이 붙는가 싶더니 어느 순간에는 뒤로

튕겨나듯 물러서서 이 장 이상 떨어졌다. 거리를 둔 강기가 쏟아지는가 하면 몸을 밀착한 채 발경으로 공격하기도 했다. 한순간 한순간 목숨을 건 싸움으로 보였다. 예서희의 손바닥에서는 손톱이 조금씩 박혀들어 피가 배어 나오기 시작할 정도였다.

그러나 막상 대결을 하고 있는 두 사람은 몰아지경(沒我之境)에 빠져서 서로의 무공과 인격에 대해 깊은 존경심을 가지게 되었다. 이토록 흉험한 대결 속에서도 발경과 강기는 멈추어야 할 지점에서 정확하게 멈추고 있었기 때문이다. 상대방에 대한 완벽한 존중과 신뢰가 없이는 불가능한 일이었다. 흉험함 속에 배려가 있었다. 실전보다 더 사나운 싸움이었지만 동시에 살기가 완벽히 제어되어 있어서 무공의 깊은 경지를 깨닫게 해주는 겨루기였다. 어느덧 한 시진 반이나 지나 신시(申時)에 가까워져 가고 있었다.

팡!

한순간 하정원의 권경과 갈천휘의 권경이 부딪치고 두 사람은 풀쩍 물러섰다. 두 사람의 얼굴로 기쁨, 감탄, 존경의 표정이 동시에 떠올랐다.

"정말 많이 배웠습니다. 박투 무공을 펼치면 살기를 주체하지 못했는데, 오늘 갈 형과 손을 섞고 새 경지를 보았습니다. 이제 살기를 제어할 수 있을 것 같습니다."

하정원이 공손히 말하면서 두 손을 모아 깊게 허리를 숙였다.

"하하! 저도 마찬가지입니다. 패왕의 무학을 어떻게 닦아야 하는지 오늘 많이 배웠습니다."

갈천휘 역시 허리를 깊이 숙였다. 두 사람은 다시 털썩 바위에 앉았다. 그리고 동시에 물주머니를 꺼내어 물을 벌컥벌컥 마시기 시작했다. 한동안 숨을 고르고 나서 하정원이 먼저 입을 열었다.

"오늘은 제가 길이 바빠서 경황이 없습니다. 반드시 한번 찾아뵙고 그때에는 형님으로 모시고 싶습니다. 저는 올해 스물입니다."

갈천휘는 울컥 가슴속에서 뜨거운 것이 치미는 것 같았다. 갈천휘는 두 손으로 하정원의 손을 잡았다.

"저도 그렇습니다. 저는 올해 스물여덟입니다. 반드시 아우님으로 삼고 싶습니다."

두 사내는 서로 손을 잡은 채 짧은 순간이었지만 눈빛을 통해 많은 이야기를 했다. 문득 하정원이 말했다.

"형님을 뵈려면 어디로 찾아가야 할지요?"

갈천휘는 순간 말이 턱 막혀서 얼버무렸다.

"제 사문은 외부와의 접촉을 엄하게 금합니다. 제가 아우님을 찾아가야 합니다. 어디로 가면 아우님을 뵐 수 있을까요?"

"네. 하남 정주의 천세유림으로 오십시오."

하정원이 담담히 말했다.

"아우님은 무공만 잘하는 줄 알았더니 수재 중의 수재였구려. 거참, 대단합니다."

갈천휘는 진심으로 감탄했다.

"부끄럽습니다. 실은 가짜 학생입니다. 천세유림의 수업에는 나가지도 않지요."

하정원이 얼굴을 붉게 물들이며 말했다.

"하하하! 아무튼 대단합니다. 제가 천세유림에 가게 되면 '가릉강에서 만난 사람'이라고 전통을 넣겠습니다. 이곳이 가릉강입니다."

"아, 강 이름이 정말 운치있군요. 가릉강……."

갈천휘는 나중에 자신의 이름을 사용하지 못하게 될까 봐 밀어(密語)를 정한 것이었다.

"참, 여기는 예서희라고 합니다."

갈천휘가 뒤늦게 예서희를 소개했고, 예서희는 공손히 머리를 숙였다.

"두 분은……?"

하정원이 두 사람의 관계를 물었다.

"내자(內子)가 될 사람입니다."

"아, 형수님 되시는군요. 정말 잘 어울리십니다."

하정원의 얼굴에는 감탄이 가득했다.

"아참, 두 분께 제 진짜 이름을 말씀드리지 못했군요. 아까는 기세가 흉험해서 엉겁결에 가짜 이름을 이야기했습니다.

제 이름은 하정원입니다. 이번에 혈겁을 당한 파동 금하장이 집이지요."

하정원은 침울한 음성으로 말을 마치면서 땅을 향해 고개를 숙였다. 갑자기 부모님의 얼굴이 떠올라 눈물이 나올 것 같아서였다. 순간 갈천휘와 예서희의 얼굴이 백짓장처럼 하얗게 변했다. 그러나 두 사람은 찢어질 듯이 아픈 가슴을 수습하여 기색을 가다듬었다.

"아우님께 드릴 말씀이 없습니다. 나중에 죄를 청하겠습니다."

갈천휘가 침중하게 말했지만 하정원은 아직 그 뜻을 다 짐작하지 못하고 그저 위로의 말인 줄 알았다.

"자, 그럼 저는 먼저 가보아야 할 것 같습니다."

마침내 하정원이 자리를 털고 일어났다. 시간은 이미 신시(申時)가 넘어가고 있었다. 하정원은 두 사람에게 작별을 고하고 남서쪽 아미산 방향으로 바람같이 몸을 날렸다. 하정원의 모습이 완전히 사라질 때까지 그 모습을 지켜보던 갈천휘가 침중한 목소리로 입을 열었다.

"희 매, 내가 만약 무슨 일이 생기면 하 아우님에게 가서 몸을 의탁하도록 해."

"휘랑, 그런 말씀 마세요. 또 설사 그런 일이 생긴다 하더라도 금하장의 혈겁에 참여했는데……."

"아니야. 하 아우님은 우리가 혈겁에 대해 반대했다는 상황을 정확하게 알고 있을 거야. 아까 아이를 구했다는 이야기도 했었지? 그는 분명 대인(大人)이야. 사부님이 천하 공적으로 몰려서 희 매까지 척살 대상에 올라도 끝까지 희 매를 지켜줄 거야."

여기까지 말한 갈천휘는 문득 쾌활한 어조로 말을 이었다.

"하하! 대단하지 않아? 천하에 이 갈천휘와 대등하게 손을 섞는 스무 살짜리 청년이 있어! 그 청년이 마제 부활과 마제 충렬공에 대해서도 이미 정확히 알고 있어!"

갈천휘의 얼굴에는 진정한 기쁨이 넘쳤다.

"천하엔 우리 말고도 천하를 걱정하는 사람들이 꽉 찼어. 걱정할 필요가 하나도 없지. 하하하!"

갈천휘는 호탕하게 웃었다. 그는 마음 편하게 사문으로 돌아가 운명 속으로 걸어 들어갈 자신감이 생겼다.

10장

시작은 항상 초라하다

묵환
默環

하정원은 갈천휘와 헤어지자 곧 매를 일
곱 마리가량 불러모았다. 그리고 꼬박 하룻 동안 만금통령술
로 훈련시켰다. 두 마리는 전혀 훈련을 따라오지 못해 다시
돌려보내고 다섯 마리를 건질 수 있었다. 아직 운만큼은 잘
훈련되어 있지 않았지만 며칠 지나면 꽤 쓸 만하게 바뀔 것이
다. 하정원은 새로 훈련시킨 매들에게 일호, 이호 식으로 이
름을 붙여주었다. 운을 비롯한 여섯 마리의 매는 혈마단과 부
딪칠 때 큰 힘이 되어줄 것이라고 하정원은 예측했다.

공래산맥 지역에 들어선 이후 하정원은 항상 매를 앞세워
정찰을 하면서 움직였다. 상대는 수가 많았을 뿐 아니라 괴이

한 약을 복용한 후에는 싸우기에 몹시 버거웠다. 번개같이 기습하여 조금씩 제거해 가는 방법 외에는 다른 방법이 없었다.

정주를 떠난 지 아직 두 달이 채 안 되었지만 하정원의 무공은 급중하고 있었다. 만금통령술을 본격적으로 익힌 후에는 음양이기의 조정이 지극히 정묘하게 발전하고 있었다. 일반적으로 뭉툭한 형태를 띠는 권강조차 이제는 송곳같이 뿜어낼 수 있게 변하고 있었다.

힘은 작게 집중되어 가고 있었고, 기세는 매우 빠르고 날카롭게 변해갔다. 또한 장강에서 연거푸 참혹한 싸움을 하면서 살기를 기반으로 무공을 사용하는 법을 체득했다. 이제 하정원의 무공은 더 이상 순한 선비의 무공이 아니었다. 살기가 넘실거렸다.

또한 금하장의 혈겁이 하정원을 크게 변화시켰다. 성격이 냉정하고 치밀해졌을 뿐 아니라 한번 살기를 일으키면 노상 하정원과 붙어 다니는 운조차 하늘 끝까지 도망갈 정도가 되었다. 게다가 갈천휘와 손을 섞고 나서는 살기를 제어하는 법을 배웠다. 살기에 바탕한 무공을 사용하되 살기를 제어할 줄 알게 된 것이다.

그러나 이 모든 변화보다 더 중요한 변화가 일어나고 있다는 것을 하정원은 느끼고 있었다. 그 변화는 백정구에 손을 담근 후부터 일어났다. 묵환 자체가 각각 거의 반 관 무게로 묵직해졌을 뿐 아니라 한없이 차가운 기운을 갈무리하고 있었다. 묵환을 차고 무공을 사용하면 무공의 성격마저 차갑고 무겁게 바뀌어 위력이 급증하는 것 같았다. 만약 묵환이 아니었다면 갈천휘와 대등하게 손을 겨루지 못했을 것이다.

뿐만 아니라 혼태토납공의 토납도인이나 층층단정공의 예순네 번의 변화를 운공할 때마다 묵환의 차가운 기운이 기묘한 작용을 했다. 어떨 때에는 기의 흐름을 막아서 옆의 다른 기혈로 흐르게 하고, 어떨 때에는 기의 흐름을 이끌어 더 빠르고 강하게 흐르게 했다. 또 어떨 때에는 기의 흐름을 늦추기도 했다. 묵환은 마치 기의 운용에 대하여 어떤 심오한 뜻을 전하고자 하는 것 같았다. 그 자체로서는 영약과 같은 효과도 없었고 비급과 같은 심공도 아니었지만, 하정원이 이미 익혀온 무학에 대해 하루하루 깊이를 더해주고 있었다.

하정원은 이 현상을 묵환의 '간섭' 이라고 불렀다. 처음 간섭이 일어났을 때에는 기겁을 하고 운공을 중단했다. 그 후 간섭을 내버려 두어도 별일 없다는 것을 알게 되었고, 최근에는 간섭이 오히려 운공의 미묘한 깊이를 가르쳐 주고 있다는 것을 깨닫게 되었다. 하정원은 묵환을 하나의 살아 있는 생명처럼 느끼기 시작했다. '간섭' 은 묵환이 하정원에게 속삭이는 '말' 처럼 느껴졌다.

*   *   *

가부좌를 틀고 앉아 있는 하정원의 코에서 아지랑이 같은 하얀 안개가 뿜어져 나오고 있었다. 흰 안개는 하정원의 몸을 감싸고 회오리치다가 어느 순간 백회혈 위로 올라갔다. 그리고 세 송이 꽃 형태를 이루었다가 백회로 스며들었다. 하정원의 반개(半開)했던 눈이 떠졌다. 번갯불 같은 섬광이 찰나에 스쳐 지나갔지만 곧 안으로 갈무리되었다. 하정원의 눈빛은 한없이 맑았지만 무공을 익히지 않은 일반 사람과 다름없었다.

하정원은 공력의 양뿐 아니라 기의 흐름에 관한 깨달음에 있어서 한 단계 올라섰다는 것을 스스로 느꼈다. 그리고 얼마 지나지 않으면 혼태토납공과 층층단정공을 하나로 통일시킬 수 있을 것이라는 확신이 들었다. 그 경우 사상양의심공에 바탕해서 단전 안에서 항상 운기를 하고 있어야 공력을 사용할 수 있는 현재의 상태를 뛰어넘게 된다는 것도 확신할 수 있었다.

하정원은 가부좌를 풀고 일어섰다. 어느새 다시 아침이었다. 매는 낮에 활동하는 동물이라 하정원은 날이 어두워지면 고목의 밑둥이나 바위 밑의 토굴을 찾아 몸을 숨기고 꾸준히 수련을 계속했다. 공래산맥 지역에 들어온 지 삼 일이 지났다. 아직까지는 혈마단과 부딪친 적이 없었다. 어지럽게 시신이 널려 있고, 건물이 불타 버린 방계 문파의 터를 두 군데 지나쳤을 뿐이다.

봉우리 하나를 가로질러 저 멀리 까마득한 곳에서 삼호가 어색하게 날갯짓하는 것이 보였다. 무슨 신호를 보내려고 하는 것 같았다. 하지만 아직 삼호는 제대로 훈련이 되지 않은 매라 하정원은 그게 무슨 뜻인지 알 수 없었다. 하정원은 삼호가 맴도는 방향으로 몸을 날리면서 먼저 운을 그곳으로 보냈다. 하정원이 삼분의 이 지점 정도까지 왔을 때 운의 신호가 보였다. 사람이 쫓기고 있고, 상당수의 혈포인들이 그 뒤를 쫓는다는 뜻이었다.

하정원은 도망자가 움직이는 길목에 미리 가서 나무 위에 몸을 숨겼다. 차 반 잔 마실 정도의 시간이 지난 후 한 명의 노인이 온몸에 피칠갑을 한 채 나무 밑을 지났다. 정확하게 말하자면 한 명의 노인과 한 명의 여인이었다. 여인은 노인의 등 뒤에 단단히 묶여서 업혀 있었다. 노인은 온몸에 크고 작은 부상을 입고 있었다. 저런 부상으로 사람을 업고 어떻게 움직일 수 있을까 의심이 들 정도였다.

노인이 지나가고 얼마 되지 않아 열아홉 명의 혈포인이 일렬로 바람같이 지나갔다. 하정원은 마지막 혈포인이 지나가게 내버려 두었다가 십 장의 거리를 두고 다섯 개의 쇠 구슬을 띄웠다. 회선비류환이었다. 파동을 떠나올 때 대두에게 부탁하여 만든 것이었다. 쇠 구슬 중 세 개는 아무 소음도 내지 않고 날아서 후미 세 명의 뇌호혈을 네 치쯤 파고든 후 멈추었다. 나머지 두 개는 두 명의 명문혈을 세 치쯤 파고든 다음 멈췄다. 후미의 다섯 명이 달리던 힘 때문에 앞으로 풀썩 고꾸라질 때에 하정원의 신형은 혈포인들을 에둘러 선두의 혈포인을 지나고 있었다.

"누구냐?"

살아남은 열다섯 명의 혈포인이 동료가 고꾸라지는 소리에 달리던 신형을 멈추고 일제히 사방을 경계하고 벌려 섰다. 그러나 숲 속에서는 아무 소리도 나지 않았다. 혈포인들은 향한 대 탈 동안 사방을 수색하고 경계하다가 다시 노인이 사라진 방향을 향해 추적을 계속했다. 이때 이미 하정원은 노인에게 접근하여 그들을 다른 곳으로 옮기고 있었다.

*   *   *

생사신의는 정신이 가물가물한 상태에서도 뛰고 또 뛰었다. 어차피 상대가 노리는 것은 자신이 보호하고 있는 제갈혜령이었다. 자신이 뛰면 뛸수록 상대는 자신에게 들러붙어 이미 방계 문파 사람들이 목숨을 건질 확률은 그만큼 높아질 것이다. 제갈혜령이 간간이 정신을 차리고 방향을 알려주었기 때문에 그나마 버틸 수 있었다. 그러나 지난 칠 일 동안 제대로 먹지도 쉬지도 못하고 계속 도주하느라 생사신의의 내력과 체력은 완전히 고갈된 상태였다.

게다가 전날 혈마단원 다섯 명과 겨루면서 입은 상처는 매우 심각한 것이었다. 처음에는 일방적으로 압도할 수 있을 것 같았다. 혈마단원 중 한 명을 쓰러뜨리고 나자 나머지 네 명이 괴이한 환단을 먹었다. 환단은 그들의 잠원지기를 한번에 끌어내는 듯했다. 그중 두 명에게 치명적인 상처를 입혔음에도 불구하고 혈마단원들의 공세는 더욱더 강력해질 뿐이었다. 결국 생사신의는 가슴과 배에 깊은 상처를 입고 간신히 몸을 빼내어 도주할 수 있었다.

이제 도주를 포기하고 제갈혜령을 죽이고 자신도 자살을 할까 망설이던 차에 혈마단의 추적이 갑자기 느슨해졌다. 생사신의는 고목의 밑둥에 기대어 잠시 숨을 돌렸다. 제갈혜령은 새파랗게 질려서 숨이 넘어갈 지경이었다. 며칠 동안 생사신의의 등에 매달린 채 똥오줌을 지려서 악취가 고약했다. 눈에는 슬픔과 체념이 그득했고 '제발 죽게 해달라'는 뜻이 절절이 묻어 나오고 있었다.

제갈혜령이 슬며시 왼쪽 팔목에 찬 팔찌를 풀어 단혼환을 삼키려 할 때 생사신의가 옆으로 기대앉아 있던 고목에서 소리없이 인영 하나가 사뿐히 내려섰다. 생사신의와 제갈혜령은 너무나 놀라 아무 행동도 할 수 없었다.

정기가 넘치고 씩씩하게 생긴 스무 살가량의 청년이었다. 무엇보다도 혈포를 입지 않고 군청색 경장을 입었기 때문에 일단 생사신의와 제갈혜령은 안도의 숨을 내쉬었다. 하정원이었다. 하정원은 씩 웃으면서 입술에 손을 가져다 대었다. 아무 소리도 내지 말라는 뜻이었다. 그리고 하정원은 생사신의에게 두 팔을 벌렸다. 가슴과 가슴을 마주해서 안기라는 뜻이었다. 생사신의는 염치 불구하고 아이가 어른에게 안기듯 하정원과 가슴을 맞대고 목을 끌어안으며 두 다리를 하정원의 허리에 둘렀다. 생사신의의 등에는 여전히 제갈혜령이 매달려 있었다.

하정원은 두 사람을 가슴 앞에 매달고도 평소와 다름없이 몸을 놀렸다. 어떨 때에는 나무의 우듬지를 밟고 나무와 나무를 건너뛰었는데 나뭇가지가 꺾이기는커녕 발자국조차 남지 않았다. 어떨 때에는 땅으로 내려서서 돌과 돌을 건너뛰었다. 이때에도 아무 발자국이 남지 않았다. 어떨 때에는 계곡 물을 따라 물속에서 걸었다. 물론 이때에도 발자국이 남지 않았다. 하정원은 이런 방식으로 항상 운(雲)이 인도하는 방향으로 움직였다. 약 백이십 리 정도 움직이고 나서 하정원은 계곡이 넓어지면서 넓고 깊은 소(沼)가 두세 군데 있는 곳에 도달했다.

하정원은 나무 우듬지에서 풀쩍 뛰어내려 무릎 높이 정도 오는 물속에 조용히 내려섰다. 그리고 생사신의에게 두 발을 딛고 물속에 서 있으라고 조용히 말했다. 몸에서 생사신의를 떼어낸 하정원은 소 속으로 잠수해서 들어갔다가 곧 나왔다. 그리고 계곡 물을 따라 백 장쯤 떨어진 다른 소 속으로 들어가더니 향 반 대 정도 태울 시간이 지나서 나왔다. 하정원은 생사신의와 제갈혜령에게 숨을 두 번 들이킬 시간만 참으라 말한 후 두 명을 안고 두 번째 소 속으로 들어갔다. 순식간에 세 길 정도 잠수하자 사람 하나가 기어들어 갈 만한 구멍이 나왔다. 하정원이 제일 먼저 들어가고 그 발목을 잡고 제갈혜령이 들어가고 다시 그 발목을 잡고 생사신의가 들어갔다. 굴은 꺾여서 수직으로 위를 향해 뚫려 있었다. 세 길 정도 올라서자 신선한 공기가 차 있는 동굴이 나왔다.

하정원은 어릴 적 파동에서 살 때 축융산 계곡에서 헤엄치고 놀다가 수달의 굴을 여러 번 본 적이 있었다. 또 맑은 계류가 모여서 갑자기 물길이 넓어지면서 소가 형성되는 곳에는 반드시 이런 곳이 있다는 것을 알고 있었던 것이다. 문득 생사신의가 품속에서 야광주를 하나 꺼냈다. 굴은 높이 여섯 자 다섯 치쯤에 넓이는 약 다섯 평 정도 되었다. 굴의 저쪽 편으로는 수면과 맞닿아 약 여섯 치 높이에 폭 세 자쯤 되는 바위 틈이 있어서 희미하게 햇빛이 들어오고 있을 뿐 아니라 동굴을 따라 올라온 물이 빠져나가고 있었다. 동굴은 물과 공기가 모두 순조롭게 순환되는 곳이었다.

하정원은 행낭을 풀었다. 기름종이 속에는 여러 가지 물건이 들어 있었는데, 물에 젖지 않은 거친 베로 만든 군청색 경장 두 벌이 포함되어 있었다. 생사신의는 간신히 몸을 가누고 옷을 갈아입을 정도의 힘이 있었지만 제갈혜령은 거의 숨이 넘어갈 지경이었다. 아까 수중 동굴을 통과할 때 몸의 기력을 대부분 사용한 것 같았다.

하정원은 아무렇지도 않은 듯 아무 말도 하지 않고 제갈혜령의 옷을 홀랑 벗겼다. 그 손길이 너무 자연스럽고 빨라서 제갈혜령은 미처 부끄러움을 탈 시간조차 없었다. 하정원은 생사신의가 벗은 장삼에서 등짝을 찢어내더니 물에 가서 빨아 가지고 와 제갈혜령의 몸을 안고 닦아주었다. 비쩍 마르고 까칠한 몸이었다. 하정원은 공력을 운기하여 젖은 수건을 따뜻하게 만들었을 뿐 아니라 수건을 잡지 않은 왼손을 제갈혜령의 명문혈에 대어 조금씩 진기를 흘려주었다. 이 광경을 본 생사신의는 크게 놀랐다. 아무렇지도 않은 듯 한 손으로 수건을 사용하면서 다른 한 손으로는 진기를 흘려 넣어준다는 것은 강호에서도 할 수 있는 사람이 몇 명 안 되는 신기(神技)였던 것이다. 내공이 많고 적음을 떠나 진기 운용의 미묘한 경지에 도달해야만 할 수 있는 행위였던 것이다.

제갈혜령이 어느 정도 정신을 차리자 하정원은 제갈혜령을 번쩍 들어 무릎 높이의 물에 앉히고 명문혈에 손을 댄 채 고개를 돌렸다. 제갈혜령은 낯을 붉히면서 그 뜻을 알았다. 치부와 엉덩이를 깨끗이 씻었다. 물러 터져서 진물이 나오고 욕창이 생기고 있었다. 제갈혜령이 씻기를 마치자 하정원은 번쩍 안아서 마른 경장에 싸서 물기를 닦았다. 그리고는 몸을 닦아내느라고 물기가 밴 경장에 공력을 넣어 다시 말렸다. 이어 제갈혜령에게 경장을 입힌 후 행낭에서 바르는 약을 하나 꺼내어 주었다. 욕창에 바르라는 뜻이었다.

그 다음 하정원이 한 행동에 생사신의와 제갈혜령은 거의 기겁을 했다. 하정원은 동굴에 파고들어 와 있는 나무의 굵은 뿌리의 일부를 잘라 순식간에 작은 밥그릇만 한 나무 그릇 두 개를 만들었다. 그리고 자신의 손목을 베고 피를 받았다. 두 그릇에 담긴 피를 합하면 거의 한 대접 가까이 되었다. 생사신의가 벗어놓은 경장 한 부분을 찢어내어 손목에 감은 후 피가 가득 담긴 그릇을 생사신의와 제갈혜령에게 주었다.

그리고는 제갈혜령의 고약한 냄새가 나는 옷과 여기저기 옷감을 찢어낸 생사신의의 옷을 들고 빨래를 하러 훌렁 동굴의 하류 끝 쪽으로 가버렸다. 처음 숲 속에서 생사신의를 만나 여기까지 이르는 동안 하정원이 한 말은 열 마디도 채 되지 않았다. 거의 벙어리와 같은 행동이었다. 하정원은 본능적으로 자기가 말을 많이 할수록 생사신의와 제갈혜령의 자존심이 상하고 부끄러움이 커진다는 것을 느끼고 있었던 것이다.

"허허. 좋구나, 좋아."

피가 가득 담긴 그릇에서 나는 냄새를 맡던 생사신의가 나직하게 말을 이었다. 사문의 현무호심단의 냄새를 맡은 것이다.

"혜령아, 얼른 마셔라. 이거 귀한 거다. 암, 귀한 거지."

그리고 생사신의는 꿀꺽꿀꺽 마셨다. 제갈혜령도 눈을 질끈 감은 후 한 손으로 코를 잡고 조금씩 마셨다. 의외로 비리지 않았다. 뿐만 아니라 청량한 약 향기가 났다. 마지막 한 모금을 마실 무렵, 제갈혜령은 자기도 모르게 눈을 뜨고 있었으며 코를 잡은 손도 풀고 있었다.

하정원은 빨래를 한참 하다가 다시 빨랫감을 물에 푹 담근 채 돌로 눌러놓았다. 냄새가 너무 심하여 물속에서 하루쯤 지나야 할 것 같았기 때문이다. 하정원은 물이 흘러들어 오는 상류 쪽에서 다시 깨끗이 손을 씻고는 나무 그릇을 가져다 물을 떠왔다. 그리고 나무뿌리를 깎아 만든 수저로 미숫가루를 타서 두 사람에게 내주었다. 두 사람이 미숫가루를 먹는 동안 하정원은 공력을 운기하여 동굴 바닥을 미지근하게 데웠다. 두 사람이 미숫가루 식사를 끝낼 쯤에는 서너 시진은 온기가 계속될 정도로 데워졌다.

"현무호심단을 드신 것 같군요. 공자님은 문주님과 어떤 관계이십니까?"

생사신의가 공손히 물었다.

"제자가 되려다 실패하고 조카가 된 사람입니다. 하정원이라고 합니다."

하정원이 진지하게 대답했다. 하지만 그 내용이 너무 이상해서 제갈혜령은 수마가 덮쳐 사정없이 눈이 감기는 와중에도 실소를 터뜨리고 말았다.

"풋."

그리고는 의지와 상관없이 몸이 스르르 무너졌다. 잠결에 누군가의 무릎을 벤 것 같았고, 청년과 생사신의가 낮은 목소리로 나누는 이야기가 두런두런 들리는 것 같았다. 하정원은 제갈혜령이 자신의 무릎을 베고 자도록 내버려 두었다. 입은 반쯤 벌어져 침이 약간씩 흘러내리고 있었다. 하정원은 제갈혜령이 무릎을 베고 퍼져 자도록 내버려 두었다. 하정원은 자신의 무릎을 베고 무너지듯 잠 속으로 빠져든 제갈혜령을 잠시 내려다보았다. 까칠하고 파리한 얼굴에는 죽음의 그림자가 짙게 끼어 있었다. 이 몸으로 노인의 등에 매인 채로 똥오줌도 못 가리고 며칠을 지냈다는 것을 생각하자 가슴이 먹먹해졌다. 저절로 손이 올라가 제갈혜령의 머리카락을 한쪽으로 쓸어주게 되었다. 하정원은 생사신의를 향해 입을 열었다.

"신의께서도 주무시든가 운공을 좀 하시지요. 이야기는 나중에 해도 됩니다."

"그럴까요?"

이 말을 끝으로 생사신의 역시 깊은 잠에 빠져들었다. 하정원은 가끔씩 운공을 하여 바닥을 데울 뿐이었다. '걸어다니는 영약' 에 이어 '걸어다니는 장작불' 이 된 셈이었다.

*   *   *

네 시진 가까이 자고 일어난 생사신의는 몸이 거의 다 회복

되었음을 알았다. 아직 상처가 아물지 않아 불편할 뿐이었다. 오랜만의 편한 잠자리와 현무호심단이 녹아 있는 피가 완벽하게 조화되어 몸에 작용했던 것이다. 제갈혜령은 하정원이 행낭으로 만들어준 베개를 베고 아예 사지를 좍 펼친 채 자고 있었고, 하정원은 어디에 갔는지 보이지 않았다.

생사신의가 가부좌를 틀고 앉아 운공을 한차례 마쳤을 때 하정원이 돌아와서 깨끗한 바위에 고기 살점 열맷 개를 늘어놓고 있었다.

"꿩 가슴살입니다. 구워 먹으면 입에서 녹습니다."

제갈신의의 기척을 느낀 하정원이 싱긋 웃으면서 말했다. 구석에는 가슴살을 도려낸 꿩 네 마리가 던져져 있었다. 하정원은 물 밖에서 가져온 두 자 길이에 사람 허리 두께의 나무 토막을 붙잡고 공력을 일으켰다. 나무는 수증기를 내며 순식간에 바삭바삭하게 말랐다. 하정원이 왼손으로 나무를 붙잡고 오른손으로 나무를 뜯자 통나무가 떡 덩어리 쪼개지듯 갈라졌다. 아까 삼매진화로 잘 말랐는지 불을 피우자 연기도 나지 않았다.

"지금은 밤입니다. 저쪽 물이 나가는 곳에서 비쳐 들어오는 빛을 보면 알 수 있지요. 밤에는 마른 나무로 불을 좀 피워도 될 것 같습니다. 생사신의 이문호 호법이신가요?"

하정원이 다시 한 번 확인하듯 물었다.

"아참, 정신머리하고는. 제가 이름도 밝히지 않았군요. 네,

제가 이문호입니다."

"저 아가씨는……?"

"천음절맥을 앓고 있는 제갈혜령이지요. 아미파의 이십일
대 속가제자입니다."

"여기 사부님의 편지가 있습니다."

하정원이 행낭에서 혁우세가 이문호에게 보내는 편지를
꺼내어주었다. 편지를 읽고 난 생사신의는 삼매진화로 편지
를 태웠다. 이제 몸이 완전히 회복된 것이다.

"그리고 여기 약이 있습니다."

생사신의가 편지를 다 읽기를 기다렸다가 하정원이 작은
자기 병을 건넸다. 그때 제갈혜령이 몸을 가누고 일어났다.
제갈혜령은 잠시 얼굴을 붉히더니 물가로 가서 간단히 얼굴
을 씻고 돌아왔다. 하정원은 제갈혜령과 비로소 정식으로 인
사를 나누었다.

"하정원입니다."

"아미 속가 이십일대 제자 제갈혜령입니다. 법명은 연화를
씁니다. 생명을 구해주신 이 은혜 갚을 길이 없습니다."

제갈혜령이 다소곳이 머리를 숙이며 차분한 목소리로 말
했다.

"그거, 아직 갚을 생각하지 마시오. 하 공자가 기다리던 약
을 가져왔으니 병이 다 낫고 나서 한꺼번에 갚든지 말든지 해
야 할 일이오. 허허."

생사신의가 기분 좋은 웃으며 말했다.

"아, 그러면 공자께서 그 약을 가지고 오신다던 분이신가요?"

"네, 제가 약을 가지고 왔습니다."

제갈혜령은 하정원을 다시 보았다. 아주 잘생긴 얼굴도 아니고 머리가 뛰어난 것 같지는 않았지만 사람이 더할 나위 없이 순후하고 마음 씀씀이가 따뜻했다.

"문제가 있습니다."

생사신의가 침중하게 말을 이었다.

"약도 이제 다 갖추어지고 모든 것이 준비되었지만 치료에는 한 달 정도 걸립니다. 그동안 안전한 장소가 필요합니다."

하정원은 이해하기 어렵다는 듯 한참 동안 눈을 끔벅거렸다. 그리고 입을 열었다.

"여기는 안전하지 않은 곳인가요?"

"이곳 밖에는 수백 명의 혈마단이 있지 않습니까?"

생사신의가 걱정스러운 듯이 말했다.

"하하!"

하정원이 나직하게 웃었다. 그 웃음에는 이미 살기가 묻어 있었다. 생사신의와 제갈혜령은 순간 소름이 끼쳤다.

"이제부터 아미산뿐 아니라 공래산맥 전체는 저희에게는 안전하고 혈마단의 개들에게는 안전하지 않게 될 겁니다. 물론 이곳에서 낮에 불을 피운다든가 크게 소리를 내는 일은 없어야 하지만요. 혈패천으로 돌아가는 혈마단원은 아마 한 명도 없을 것입니다."

어슴푸레한 야광주 아래에서 낮은 목소리로 말하는 하정원에서는 살기가 뚝뚝 떨어졌다. 생사신의는 하정원이 무슨 생각을 하는지 알아차렸다.

"그럼 저희는 이곳에서?"

"네, 앞으로 한 달간 이곳에서 치료를 하십시오. 저는 그동안 혈마단의 개들을 사냥하고 다니겠습니다."

하정원은 말을 마치고 한쪽 구석에 있는 쌀가마니만큼이나 큰 자루를 끌고 왔다. 생사신의와 제갈혜령이 잠을 자고 있는 동안 가져온 것 같았다.

"여기서 한 백 리쯤 떨어진 곳에 있는 불타 버린 아미 속가 문파에 들어가서 대충 챙겨가지고 온 것입니다."

자루 속에는 물에 젖지 않는 기름종이에 싸인 모포가 여덟 장쯤 있었고, 광목이 한 필, 실과 바늘, 낚시 도구, 그릇, 소금, 쌀, 밀가루 등이 있었다. 그리고 미숫가루와 건포가 각각 한 포대씩 있었다.

"자, 이만 하면 일단 살림이 되었지요?"

"아, 충분합니다."

생사신의가 빙긋이 웃으면서 대답했다.

"그럼 신의님이 저녁상을 보십시오. 지금 밖은 늦은 저녁입니다. 먹고 자야지요."

생사신의가 미숫가루와 건포를 챙기는 동안 하정원은 하류 쪽으로 가더니 검을 뽑아 동굴 벽을 좀 더 파내어 동굴을 직각으로 꺾어서 확장하는 일을 했다. 하정원이 검을 휘두를 때마다 소리도 없이 커다란 벽돌만 한 바위 조각이 두부처럼 잘려 나왔다.

하정원은 확장된 부분 앞에 나무뿌리에서 잘라내어 만든 말뚝 두 개를 박고 광목을 찢어 말뚝에 걸쳐서 가리개를 만들었다. 그러더니 자루에 담아 가지고 온 바가지를 하나 가리개 뒤로 던져 넣었다.

"자, 이제 뒷간이 만들어졌습니다. 잠자리와 뒷간이 너무 가깝기는 하지만 한 달만 참읍시다."

하정원의 말에 제갈혜령은 부끄러움도 잊고 배꼽을 잡고 웃었다.

불길이 사그라들어 벌건 숯불로 변하자 하정원은 냄비에 이미 가슴살을 따로 도려낸 꿩 두 마리를 넣고 죽을 끓였다. 죽에서 나는 고소한 냄새에 제갈혜령과 생사신의는 계속 침을 삼킬 수밖에 없었다. 반 시진쯤 지나 죽이 다 끓자 꿩 가슴살을 구워가며 식사를 시작했다.

생사신의는 꿩 가슴살 구이를 널름널름 정신없이 먹었다. 하정원이 없었다면 열여섯 점을 다 먹을 뻔했다. 열한 점을 먹은 생사신의의 눈길이 자꾸 남겨놓은 꿩 가슴살 다섯 점에 가는 것을 알아차린 하정원은 그 고기를 몽땅 모아서 제갈혜령 앞으로 밀어주면서 생사신의에게 빙긋 웃었다.

"험험. 제갈 소저, 먹고서 기운을 차리시오. 아주 맛있습니다."

생사신의가 뒤늦게 생색을 냈다. 제갈혜령은 크게 병을 앓고 있는 중이라 처음에는 선뜻 고기에 손이 가지 않았지만 한 번 먹은 후에는 곧 다 먹어치우고 말았다. 제갈혜령은 그 고기가 평생 먹어본 것 중 가장 맛있는 음식이었다고 나중에 회고하곤 했다.

"그런데 가슴살은 열여섯 점이었는데 왜 꿩은 두 마리밖에 없지요?"

식사를 하던 제갈혜령이 문득 궁금함이 가득한 기색으로 물었다. 제갈혜령의 질문에서는 꼼꼼하고 치밀한 성격이 뚝뚝 묻어 나왔다. 하정원은 문득 실없는 소리가 하고 싶어졌다. 안색이 누렇게 떠서 절반쯤은 이미 죽은 목숨에 다름없는 여인을 보자 하태호와 사씨의 복수에 대한 생각도 조금 누그러지는 것 같았다.

"하하! 꿩을 여덟 마리 잡았습니다. 한 마리에서 가슴살 두 점이 나오지요. 두 마리는 이미 먹었고, 저쪽에 나머지 두 마리가 있습니다. 조금 있다가 내일 먹을 죽을 끓여두어야죠. 낮에는 불을 못 피웁니다. 나머지 네 마리는 어디 있을까요? 꿩 잡다가 배가 고파서 제가 모두 먹었습니다."

하정원이 꿩 네 마리를 한꺼번에 먹었다고 말하자 생사신의와 제갈혜령의 얼굴에는 믿을 수 없다는 표정이 떠올랐다.

"하하! 실은 제 친구들이 먹었지요. 제가 매를 여섯 마리 키우고 있습니다. 그 녀석들이 잡아다 준 꿩입니다."

하정원의 실없는 농담에 생사신의와 제갈혜령은 빙긋이 웃었다.

"매를 잘 다루시나 보지요?"

제갈혜령이 죽을 우물거리면서 물었다.

"아닙니다. 제가 매를 잘 다루는 것이 아니라 매들이 저를 잘 다룹니다. 지들은 하늘에서 한가하게 날면서 저를 시켜서 땅에 뭐 없나 하고 노상 살펴보게 합니다."

생사신의와 제갈혜령은 하정원의 횡설수설을 들으면서 어디까지가 정말이고 어디서부터 농담인지 혼란스러울 지경이었다. 같이 죽을 먹으면서 두런두런 실없는 이야기를 하다 보니 하정원은 하태호와 사씨의 죽음이 안겨준 충격에서 조금씩 벗어날 수 있었다. 생사신의와 제갈혜령 역시 아미파 혈겁의 충격에서 다소 벗어날 수 있었다.

저녁을 먹고 다들 변소에 한차례씩 다녀오자 생사신의와 제갈혜령은 다시 잠이 쏟아졌다. 그동안의 피로와 긴장이 풀리기 시작한 것이다. 두 사람은 어느새 깊은 잠에 빠져들었다.

노인과 여인이 편안하게 쉬는 모습을 보자 어느새 하정원의 마음도 평온해졌다. 가슴을 갉아먹던 원한에서 조금은 해방되는 것 같았다. 하정원은 가부좌를 틀고 운공에 들어갔다. 마음이 평온해서 곧 정신을 하나로 모을 수 있었다. 충분히 운공을 마친 하정원도 생사신의의 옆에 누워서 오랜만에 단잠에 빠져들었다.

*   *   *

"여기가 사고낭산이고 여기가 아미산이란 말이죠?"

다음날 아침, 하정원은 제갈혜령의 설명을 들으면서 종이를 펴놓고 붓으로 아미산을 포함한 공래산맥의 지도를 그려 가고 있었다. 제갈혜령은 하정원의 피를 먹은 후 꼬박 하루 동안 밤낮을 자고 나자 몸을 추스를 수 있었다. 하정원은 제갈혜령이 어느 정도 몸을 가누자 여러 가지를 물었다.

처음엔 아미산을 포함한 공래산맥 자체의 지도를 그렸다. 그리고 계곡과 산봉우리에 아미파 방계 문파의 이름과 위치를 표시했다. 점심을 먹고 나서는 각 방계 문파의 주요 인물의 이름과 무공의 특징을 하나하나 물었다. 제갈혜령이 지친 듯하자 억지로 피 한 종지를 먹이고 제갈혜령을 비스듬히 눕게 하고는 계속해서 물었다. 하정원의 질문은 저녁을 먹고 나서도 두 시진 이상이나 계속되었다.

하정원이 제갈혜령을 괴롭히고 있는 동안 생사신의는 돌

을 깎아 만든 단로를 삼매진화로 데워가면서 약을 만들었다.

"신의님, 무슨 약을 또 만드십니까? 현무호심단을 복용하면 되는 것 아닌가요?"

마침내 제갈혜령을 괴롭히는 것을 일단 끝마친 하정원이 물었다.

"하하! 현무호심단을 먹기 전에 먼저 기혈을 어느 정도 바로잡아야 합니다. 그게 한 스무 날 걸립니다. 그리고 현무호심단을 먹은 후엔 여기 이 금침으로 닷새쯤 침을 맞아야 합니다."

생사신의가 자세히 설명했다.

"그 천음절맥이란 병이 정말 큰 병이군요."

"그렇소. 전신의 기혈에 오로지 음기만 가득 차게 되는 병입니다. 서리 위에 다시 서리가 앉듯이 음기가 음기를 불러들여 쌓이게 됩니다. 결국은 온몸이 얼음덩어리같이 변해서 죽게 됩니다."

생사신의는 여기까지 이야기하고 하정원을 한참 신기한 듯 바라보았다. 하정원은 제갈혜령에게 물어서 만든 지도와 정보를 눈으로 외우고 있었고, 입과 귀로는 생사신의와 이야기하고 있었다. 분명히 여러 개의 일을 동시에 할 수 있게 해주는 양의심공 같은 종류의 공부를 한 사람이라는 생각이 들었다. 생사신의는 이야기를 계속했다.

"현무호심단은 과도하게 쌓인 음기를 양기로 순간적으로

전환시켜 음양의 기운을 맞추어 조절하는 역할을 하오. 그러나 그 이전에 일단 더 이상의 음기가 쌓이지 않도록 기혈을 잡아놓은 상태에서 현무호심단을 먹어야 효과가 제대로 납니다."

"그러면 현무호심단을 먹지 않고 그냥 음기가 쌓이지 않도록 하는 방법은 없나요?"

"사실은 지금까지 그렇게 해서 버텨온 것이오. 그러나 음양의 조화가 회복되지 않으면 음기가 밀려들어 오는 것을 막을 방법이 없소."

밤이 되어 생사신의가 지친 듯하자 하정원이 단로를 옆에 끼고 삼매진화로 데웠다. 그러면서 한편으로는 제갈혜령에게 추가적인 질문을 하며 종이에 적어 넣기도 했다. 하정원이 질문을 마쳤을 때에는 사방 세 자 정도 되는 큰 종이에 그려진 지도가 두 장이 나왔고, 백사십 개의 방계 문파에 관한 자료가 큰 종이로 네 장이 나왔다.

하정원은 그 후 만 하루 밤낮을 꼼짝 않고 종이에 적힌 지도와 정보를 외웠다. 외우다가 막히면 시도 때도 없이 제갈혜령을 깨워서 묻고는 했다. 하정원이 그것을 모두 외우고 지도를 삼매진화로 태운 것은 생사신의와 제갈혜령이 수중 동굴에 들어와 세 번째 밤을 자고 일어난 아침이었다. 마침 이때에는 이미 생사신의가 치료에 착수할 수 있는 약이 다 준비되었을 때였다.

"저는 이제 밖으로 나가겠습니다. 아마 상당 기간 동안 못 돌아오게 될 것 같습니다."

아침을 먹으면서 하정원이 담담히 이야기했다.

"여기는 걱정 마십시오. 치료를 시작할 준비는 다 끝났습니다. 한 달가량 걸릴 것입니다."

하정원이 제갈혜령을 보고 물었다.

"혹시 제가 방계 문파의 어르신들을 뵈었을 때 보여드릴 만한 신표 같은 게 없을까요?"

제갈혜령은 품에서 금강백옥패를 꺼내 하정원에게 내어주면서 간단히 백옥패의 내력을 설명했다.

"아! 그런 성스러운 내력을 가진 물건이면 제가 맡을 수 없습니다."

하정원이 백옥패의 내력을 듣곤 거절했다.

"공자, 지금 그런 것을 따질 때가 아닙니다. 아미 분파들은 지금 혈겁에 싸여 있을 것입니다. 한눈에 보고 믿을 수 있는 신표를 가지고 가야 합니다."

생사신의가 강경하게 이야기했다. 결국 하정원은 금강백옥패를 받아서 목에 걸어 품속에 넣었다. 아침 식사를 마치고 하정원이 행랑에 주섬주섬 물건을 챙겨 꾸리기 시작하자 제갈혜령이 일어나서 하정원에게 큰절을 올리기 시작했다.

"소저, 이러시면 안 됩니다."

하정원이 옆으로 펄쩍 뛰어 절을 피하면서 다급히 말했다.

하정원이 받거나 말거나 큰절을 올리고 난 제갈혜령이 꿇어 앉은 채 담담하지만 바위같이 흔들리지 않는 목소리로 말했다.

"비록 만나뵌 지 며칠 되지 않았지만 벌써 공자님께 여러 차례 목숨의 은혜를 입었습니다. 저에게 아미산의 지도와 방계 문파의 정보를 물으실 때 공자께서 하시고자 하는 일을 짐작할 수 있었습니다. 아미산은 흉수들이 흘릴 피를 기쁘게 빨아들일 것입니다. 부디 몸을 보중하시고 큰 승리를 거두시기를 빕니다. 미천한 몸이 이번에 치료를 받아 목숨을 연장하게 된다면 뼈가 가루가 되도록 공자님을 보필하겠습니다. 악적을 물리치고 아미를 다시 세우는 데에 신명을 다하겠습니다."

여기까지 말한 제갈혜령은 다시 일어나 하정원에게 큰절을 올렸다. 하정원은 제갈혜령의 분위기가 너무도 숙연하여 감히 피하지 못하고 맞절을 하였다. 남녀를 초월한 군신(君臣)의 예였다.

병이 깊어 파리한 안색에 몸도 잘 가누지 못하는 제갈혜령의 절을 받으면서 하정원의 가슴은 크게 격탕되었다. 하정원은 오직 금하장의 혈겁에 대한 복수만을 위해 혈마단을 척살하려고 했다. 그러나 제갈혜령은 하정원이 대의(大義)를 위해 혈마단을 척살한다고 받아들이고 있었다. 하정원은 어깨가 무거워지는 것을 느꼈다.

이를 옆에서 보던 생사신의는 눈물이 핑 돌고 가슴이 뜨거워져서 고개를 옆으로 돌리고 말았다. 어려서부터 제갈세가에서 신동이자 천재라는 소리를 듣고 자란 후 아미파에서 금정 신니의 총애를 받으며 속가제자로 지내온 제갈혜령이었다.

또한 며칠밖에 같이 지내지 못한 하정원이었지만 그 무공이나 마음 씀씀이가 범인을 초월한 대영웅이었다. 절세의 두 남녀 기재(奇才)가 수달을 쫓아내고 자리 잡은 좁고 어두컴컴한 동굴 안에서 주군과 신하로서 엄숙하게 맞절을 하는 것을 보는 생사신의의 마음속에서는 만감이 교차하고 있었다.

＊   ＊   ＊

하정원은 아미 분파들이 혈마단의 혈겁에 맞서 고전하면서도 분투하고 있을 것이라고 믿었다. 우선 아미산의 북쪽 만불산(萬佛山) 지역부터 먼저 가보기로 결정했다. 만불산 근처는 크고 작은 속가 문파 열네 개가 밀집되어 있는 지역이었기 때문이다. 매를 앞세워 정찰해 나가면서 움직이고 있었기 때문에 산길 사백 리를 가는 데 꼬박 하루가 걸렸다.

다음날, 만불산을 약 백 리 남겨놓은 지점에 이르렀을 때 동쪽을 맡고 있는 이호가 돌아와 날갯짓으로 신호를 했다. 약 이십 리 밖에 일백 명 정도의 사람들이 모여 있다는 신호였다. 하정원은 그 방향으로 신형을 날리면서 빙긋이 미소를 지을 수밖에 없었다. 이호는 며칠 전까지만 해도 가장 미련한 놈이었는데 어제부터 갑자기 똑똑한 짓을 하기 시작했던 것이다.

병장기 부딪치는 소리가 들리기 시작했다. 하정원은 현장에서 약 백 장 정도 떨어진 나무 위에 몸을 숨겼다. 팔십 명 정도의 무인들이 진법을 구성하여 혈포인 이십여 명을 포위하여 싸우고 있었다. 진 밖에서는 두 명의 무인이 활을 들고 혈포인들에게 활을 쏘고 있었다. 혈포인들은 대부분의 화살을 막아내고 있었지만 가끔씩 화살에 맞아 쓰러지는 사람이 나왔다. 그 두 명의 무인은 아미쌍궁(峨嵋雙弓)이라 불리는 아미신궁(峨嵋神弓) 감형묵과 아미혼궁(峨嵋魂弓) 감형춘 형제일 것이라고 하정원은 생각했다.

"혈마단은 지금 고전 중입니다. 아마 조금 지나면 혈마단은 환단을 먹을 것입니다. 혈마단이 환단을 먹으면 싸우는 척하다가 남쪽으로 도망치십시오. 제가 뒤를 치겠습니다."

하정원은 아미쌍궁으로 생각되는 사람 중 형으로 보이는 사람에게 전음을 보냈다. 하정원의 짐작대로 그 사람은 감형묵이었다. 전음을 받은 감형묵의 얼굴에 크게 놀란 표정이 떠올랐다.

"누구십니까?"

감형묵이 전음으로 물었다.

"금정봉의 연화 소저와 생사신의가 보낸 사람입니다. 시간이 없으니 간단히 말씀드리겠습니다. 저를 믿어주십시오. 신표는 나중에 싸움이 끝나고 보여드리겠습니다."

감형묵이 고개를 끄덕였다.

"지금 백 장 정도 위에 보라색 매가 돌고 있는 것이 보일 것입니다. 혈마단이 환단을 먹고 나면 남쪽으로 도망치십시오. 그 환단은 잠원지기를 끌어내어 소진시키는 극약입니다. 환단을 먹은 혈마단과 정면으로 겨루면 엄청난 희생이 생깁니다. 혈포인이 환단을 먹으면 하늘에 돌고 있는 매를 보면서 계속 도망치십시오. 매가 빠른 속도로 왼쪽 날갯짓을 세 번하면 도망을 멈추고 다시 싸우는 척하십시오. 혈마단이 쫓아오면 또 도망치십시오. 오늘 이 흉수들은 모두 땅에 뼈를 묻게 될 겁니다."

감형묵이 크게 고개를 끄덕이고 화살을 쏘기 시작했다. 혈마단원 중 이미 네 명이 화살에 맞아 땅에 쓰러진 채 신음을 흘리고 있었고, 차 반 잔 마실 시간도 되지 않아 다시 두 명이 쓰러졌다. 혈마단 무리의 우두머리로 보이는 자가 비장한 목소리로 외쳤다.

"모든 혈마단원은 충렬의 혼을 보여라!"

그의 명령과 함께 우두머리 자신을 포함한 혈포인들은 한 손으로는 여전히 검을 휘두르면서 다른 한 손으로 품에서 충렬단을 꺼내 먹었다. 그 순간, 혈포인과 겨루던 만불산 속가 무인들은 재빨리 남쪽으로 도망치기 시작했다. 혈포인들은 충렬단의 효과가 퍼지기를 잠시 기다렸다가 곧 뒤를 쫓기 시작했다. 화살에 맞아 땅에 쓰러져서 신음하던 혈포인들도 충렬단의 힘으로 다시 일어나더니 몸에 박힌 화살대를 꺾어버리고 함께 움직였다.

혈포인들이 하정원이 숨어 있는 나무 밑을 지나는 순간 하정원은 후미의 혈포인 여덟 명을 향해 최대한의 공력을 실어 쇠 구슬을 뿌렸다. 구슬은 소리없이 후미 혈포인 여덟 명의 뇌호혈로 파고들어 가 뇌 전체를 헤집은 뒤 얼굴을 뚫고 나왔다. 얼굴의 코와 눈 있는 부근에 밥그릇만 한 구멍이 뚫렸다. 평소 하정원은 쇠 구슬을 던질 때에 공력을 조금만 실어서 정교하게 움직이도록 만들었다. 그러나 이번에는 쇠 구슬이 목표에 맞고 나서 크게 진동하도록 음양이기의 파동을 실었던 것이다.

쇠 구슬에 맞은 혈포인들은 머리를 관통하여 커다란 구멍이 난 상태에서도 스무 걸음 정도를 움직이다가 쓰러졌다. 한 번에 후미의 혈포인 여덟 명이 쓰러지자 혈포인들은 걸음을 멈췄다. 그 순간 하정원은 하늘의 운에게 신호를 보내었고, 백 장 위의 하늘에 떠 있는 운은 왼쪽 날개를 세 번 퍼덕였다. 만불산 속가 무인들은 즉시 걸음을 멈추고 모두 검을 집어넣더니 활을 꺼내어 혈포인들에게 쏘기 시작했다. 다시 세 명의 혈포인이 쓰러졌고, 이제 남은 혈포인은 열 명밖에 되지 않았다.

혈포인들은 혼란에 빠져 우왕좌왕하기 시작했다. 아직도 위치가 발각되지 않은 하정원은 열다섯 개의 쇠 구슬을 힘껏 뿌렸다. 그중 다섯 개는 모두 우두머리를 향한 것이었다.

챙! 챙!

우두머리 혈포인은 목과 명치를 노리고 날아오는 두 개의 쇠 구슬을 막았지만 검이 부러져 버렸다. 나머지 세 개는 거의 동시에 머리, 가슴, 단전으로 파고들었다.

퍼퍼벅!

우두머리 혈포인은 몸에 세 개의 구멍이 난 상태에서도 하정원을 향해 약 오십 보쯤 전진하다가 풀썩 땅에 쓰러졌다. 또한 나머지 열 개의 쇠 구슬 중 여덟 개가 혈포인들의 기해혈에 명중했다. 단전에 사발만 한 구멍이 뚫린 혈포인들 역시 비틀거리며 하정원이 숨은 나무 쪽으로 왔지만 하정원은 이미 오십 장 이상 뒤로 물러난 상태였다. 여덟 명의 혈포인들은 뒤로 물러나는 하정원을 쫓아오다가 차례로 땅에 쓰러져 숨을 거두었다. 하정원은 남은 두 명의 혈포인에게 몸을 날려 공격해 들어갔다. 하정원은 무공에 대한 최근의 깨달음을 확인하기 위해 일부러 박투를 택했다.

쿵!

혈포인들에게 접근한 하정원은 숲 전체가 울리는 진각(振脚)을 밟으며 몸이 얼음판 위에서 미끄러지듯 쏜살같이 오른편의 혈포인 쪽으로 십 장을 튀어나갔다. 하정원은 오른쪽 혈포인이 내려치는 검을 왼손의 묵환으로 밀어내면서 몸을 공중으로 띄웠다. 하정원의 왼쪽 무릎이 혈포인의 얼굴에 틀여박혔다.

퍽!

생사박투공의 무릎―슬―공격이었다. 순간 무릎을 통해 발경과 전사(纏絲)가 이루어지면서 하정원의 무릎은 혈포인의 얼굴에서 코 윗부분을 깎아버렸다. 하정원은 공력이 실린 오른발로 혈포인의 왼쪽 어깨를 밟으며 한 번 더 뛰어 혈포인의 뒤에 내려섰다.

빠각!

혈포인의 왼쪽 어깨가 하정원의 발에 실린 경력에 맞아 절반쯤 뭉개졌다. 혈포인은 이마가 반쯤 날아가 앞이 보이지 않고 왼쪽 어깨가 너덜거리는 상태에서도 하정원의 기척을 따라 몸을 돌려 쫓아오며 흉험하게 검을 찔러 넣었다.

하정원은 혈포인이 검을 잡은 오른손을 잡아채어 등 뒤로 꺾었다. 그리고 마침 검을 세로로 쪼개어오고 있는 또 다른 혈포인에게 밀어붙였다.

서걱!

두 번째 혈포인의 검은 제압당한 첫 번째 혈포인의 머리 백회혈부터 가슴까지 세로로 쪼개면서 내려갔다. 두 번째 혈포인이 동료의 검에 거의 절반으로 나뉘어진 채 쓰러졌다.

픽!

픽!

권경이 실린 하정원의 주먹이 검을 든 혈포인의 머리와 가슴을 차례로 강타했다. 주먹에 실린 권경은 혈포인의 머리통을 절반쯤 날리고 가슴에 구멍을 뚫었다. 혈포인의 신형이 스르르 무너졌다.

두 혈포인과의 싸움은 순식간에 끝나 버렸다. 하정원의 무릎과 주먹에 혈포인의 피가 묻은 것을 제외하고는 어디에도 흉험한 싸움을 했다는 흔적이 없었다. 살기도 흘리지 않았고 숨도 가빠하지 않았다. 하정원은 갈천휘에게 다시 한 번 깊은 고마움을 느꼈다. 살기를 완벽히 제어할 수 있게 된 것이었다.

혈포인 스물한 명이 쓰러진 숲 속에 다시 새소리와 벌레 소리가 나기 시작했다. 미물도 인간이 내뿜는 살기와 투기를 감지하는 것인지, 이제 그 흉측한 기운이 약해지자 다시 노래하고 울기 시작하는 것이었다. 진시(辰時)가 조금 지나 한없이 싱그러운 햇살이 피비린내도 아랑곳하지 않고 나뭇잎을 스쳐 푸르게 비쳐 들고 있었다.

하정원은 깊이 숨을 들이켰다. 처음으로 계획에 의해 스물한 명이나 되는 사람을 한번에 살해했지만 아무 느낌도 없었다. 일부나마 복수를 했다는 통쾌함도 없었고, 사람을 많이 죽였다는 가책도 없었다. 오른쪽에 있는 전나무의 짙은 회색

껍질이 하정원의 눈에 들어왔다. 문득 자신이 저 나무껍질같이 딱딱한 사람이 되어가고 있다는 느낌이 들었다.

아미 속가 무인들은 경악했다. 감형묵이 원래 싸우던 곳으로 돌아가서 쓰러져 있는 일곱 명의 아미 무인 부상자를 챙기기 시작하자 비로소 정신을 차렸다. 물론 아미 무인들도 큰 역할을 했지만 팔십여 명에 달하는 무인들이 감당하지 못했던 혈마단 스물한 명을 차 한 잔 마실 시간도 되지 않아 처리한 것이었다.

*　　　*　　　*

"하정원이라고 합니다. 혈마단을 주살하고 있습니다."

하정원은 공손하지만 짧게 자신을 소개했다. 소속된 사문도 없었고, 내세울 수 있는 공식적인 스승도 없었기 때문이다.

"아, 하 공자이셨군요. 저희는 만불산 일대의 열한 개 속가 문파에 속하는 사람들입니다. 이 근처에는 원래 열네 개의 속가 문파가 있었는데 이미 세 개 문파는 씨몰살을 당했습니다. 저희는 다행히 적도들이 들이치기 이전에 식솔들과 어린 제자들을 대피시키고 이렇게 진영을 조직할 수 있는 시간이 있었습니다."

감형묵이 간단히 만불산 일대의 사정을 이야기해 주었다. 감형묵은 하정원의 터무니없이 간단한 소개에도 아무 의구심을 품지 않았다. 조금 전 혈마단 스물한 명을 척살할 때 하정원의 모습을 보았다. 더 이상 그 어떤 다른 증명이나 설명이 필요하지 않다고 느꼈다.

하정원과 아미의 무인들은 부근 숲 속의 공터로 자리를 옮겨서 이야기를 나누며 쉬었다. 처음에는 삼십 명 정도의 사람을 별도로 빼내어 사방에 경계를 세우려 했지만 하정원이 그럴 필요가 없다 말하고는 하늘의 매 여섯 마리를 가리켰다. 매들은 반경 천 장 이상 되는 거리를 경계하고 있었기에 이렇게 모두 함께 모인 것이다.

아미 무인들은 매가 공중에서 사방을 감시하고 있다는 말에 처음에는 반신반의했지만 결국 조금씩 마음을 놓기 시작했고, 반 시진이 지난 지금에는 각자 편한 자세로 건량을 먹고 물을 마시면서 삼삼오오 짝을 이루어 이야기를 나누었다. 열두 명의 수뇌부는 하정원을 중심으로 모여서 인사를 나누고 있었다.

"이게 신표입니다. 금정봉의 연화 소저로부터 받은 것입니다. 금정 신니께서 가지고 계시던 성물이었다고 합니다."

하정원이 품에서 금강백옥편을 꺼내어 내밀면서 말했다.

"호오! 금강백옥편이군요. 하지만 이런 신물은 더 이상 중요하지 않습니다."

감형묵이 빙긋이 웃으면서 말을 이었다.

"하 공자님이 이미 혈마단을 짚단 베듯이 무너뜨리셨는데

더 이상 무슨 신표가 필요하겠습니까?'

"저 혼자서 한 일이 아닙니다. 모두 힘을 합쳐서 같이 해낸 일이지요."

하정원이 얼굴을 붉히면서 말했다. 아미 무인들은 하정원의 인간 됨에 대해 감탄을 금할 수가 없었다. 믿을 수 없을 정도로 강한 무공과 매를 부리는 신기(神技)를 가진 영웅임에도 불구하고 매우 겸손하게 일반 무인들과 같이 느끼고 행동하는 것에 깊은 감명을 받은 것이었다. 하정원과 수뇌부는 앞으로 해야 할 일에 대해 깊이있는 이야기를 나누기 시작했다.

*   *   *

"크고 작은 아미 방계 문파는 대략 백사십 개쯤 됩니다. 만불산 일대의 저희 십사 개 문파의 열 배가 되지요. 저희의 경우 진영을 갖추어 싸움에 나선 인력이 백사십 명입니다. 이 자리에는 팔십 명밖에 없지만 비밀 근거지에 육십 명이 더 있습니다. 이런 식으로 계산해 보면 대충 천사백 명의 아미 무인들이 여기저기서 진영을 짜고 혈마단과 싸움을 하고 있다고 추측됩니다. 혈마단 전체가 몇 명인지는 파악되지 않고 있습니다."

감형묵이 공래산맥 일대에서 벌어지고 있을 일에 대한 추측을 말했다.

"싸움을 하긴 무슨 싸움을 해요, 도망 다니다가 차례로 사냥당하고 있는 거지?"

다른 사람이 퉁명스럽게 말했다.

"아무튼 간에 무인 천사백 명이란 인원은 적은 숫자가 아니지."

또 다른 사람의 나직한 말을 끝으로 잠시 좌중에 침울한 분위기가 감돌았다.

"결국 적의 이목을 확 끌어당길 수 있는 사건을 하나 벌여야 되겠군요."

하정원이 담담히 말했다.

"그 말씀은?"

감형묵이 놀라서 물었다.

"예를 들어, 혈마단 중 백 명 정도가 한번에 제거된다면 나머지 혈마단은 하나로 모여서 추적해 올 것입니다. 그럼 여기저기 흩어져 있는 아미 무인들에 대한 사냥은 없어질 테지요. 우리는 추적해 오는 혈마단을 조금씩 조금씩 제거해 나가는 것이지요."

하정원이 엄청난 이야기를 아무 거리낌 없이 이야기하자 다른 사람들은 입이 떡 벌어졌다. 지금까지는 기껏해야 이삼십 명 단위의 혈마단에 쫓기면서 간신히 목숨을 부지해 왔는데, 오히려 백 명 정도의 혈마단을 공격, 섬멸해서 나머지를 모두 끌어들이겠다고 하니까 실감이 나지 않았던 것이다.

"물론 저희 쪽도 아주 심각한 피해를 입을 것입니다. 그러나 이렇게 사냥당해 죽는 것보다는 낫습니다."

하정원이 침중하지만 단호한 목소리로 말했다. 그러자 사람들의 고개가 끄덕거려졌다.

"어떻게 혈마단 백 명을 한번에 쓸어버릴 수 있겠습니까?"

두근거리는 가슴을 진정시키며 감형묵이 물었다.

"혈마단은 생사신의와 연화 소저, 그러니까 제갈혜령 소저를 찾고 있습니다. 경공이 빠른 사람을 하나 골라 생사신의로 꾸미면 될 것 같습니다."

"아하!"

사람들은 모두 탄성을 질렀다.

"맞아! 천리무영 오칠상이면 될 거야!"

한 사람이 저 건너편에서 혼자 검을 닦고 있는 삼십대 초반의 사내를 가리키면서 말했다.

"네. 그리고 체구가 작고 몸이 가벼운 사람을 제갈혜령 소저로 분장시켜서 저분이 업고 가는 것이지요. 제가 생사신의와 제갈혜령 소저의 모습을 본 적이 있으니까 고스란히 흉내낼 수 있습니다."

하정원이 이야기했다.

"먼저 매를 띄워서 혈마단을 찾아낸 다음에."

감형묵이 이야기했다.

"네."

하정원이 빙긋이 웃으면서 고개를 끄덕였다.

이젠 여기저기서 작전의 자세한 그림이 나오기 시작했다. 한 시진 정도 더 이야기를 한 끝에 공래산맥 일대를 동남쪽으로 내려가면서 훑기로 했다. 동남쪽에는 승가 분파 열여섯 개가 있었고, 그중에는 아미산 일대에서 최강의 무력을 보유하고 있는 승가 분파인 복호사(伏虎寺)가 있었다. 그런 지역이라면 반드시 백여 명 이상 되는 대규모의 혈마단이 참살을 저지르고 있을 것이 확실했기 때문이다.

사람들의 얼굴에서 생기와 열기가 피어나기 시작했다. 하루하루 연명하면서 쫓겨 다니는 것이 아니라 흉수를 유인하여 섬멸하는 것이다. 그 과정에서 목숨을 잃어도 좋다고 생각되었다.

아미 속가 무인들의 열기에 하정원은 가슴이 뭉클했다. 이 사람들 하나하나가 자신과 마찬가지로 혈겁을 당했다고 생각하자 혈마단과 마제에 대한 분노는 더욱더 깊어졌다. 한 명도 살려 보내지 않고 공래산맥에 뼈를 묻게 하겠다는 각오가 점점 더 굳어졌다.

허공에서 조금씩 물을 짜내듯 가는 부슬비가 뿌리고 있었다. 하정원과 아미 무인들은 종적을 감추기 위해 모닥불도 피우지 않고 여기저기 나무 아래 기대어 고달픈 잠을 청했고, 산은 이 무인들을 부드럽게 보듬고 있었다. 밤의 어둠에 잠긴

산은 거대한 어머니 같았다. 꼬박 하루를 조심스럽게 숲을 헤치면서 왔기에 새벽에 길을 재촉한다면 다음날 사시(巳時) 전에 복호사 근처까지 갈 수 있었다.

하정원은 설잠이 들었다. 토막토막 끊긴 꿈이 이어졌다. 어떨 때에는 여울에서 대두, 소평과 함께 고기를 잡았고, 어떨 때에는 하태호에게 공부를 게을리 한다고 야단을 맞았다. 다시 흰옷을 입고 당화를 신은 하태호와 사씨가 나왔다. 사씨는 하정원에게 커다란 검을 주었다. 팔에 차고 있는 묵환에 새겨진 것과 똑같은 문양이 칼날에 은은히 새겨져 있었다. 이렇게 보면 구름도 같고 저렇게 보면 용 같은 문양이었다. 하정원이 검을 들여다보고 있는데 검이 갑자기 불길로 변했다. 어찌 된 일인지 검을 내려놓지도 못했다. 거대한 불기둥으로 변한 검을 들고 겁에 질려 어쩔 줄 모르다 흠칫 꿈을 깼다.

부슬비는 그쳐 있었고, 공기가 조금씩 건조해지기 시작했다. 비가 그치자 밤벌레 소리가 더욱 요란했다. 하정원은 꿈에 대한 기억이 너무도 생생해서 검을 쥐었던 오른손 손바닥을 유심히 보았다. 아무 데도 다치거나 덴 자국은 없었다. 하정원의 기적을 눈치 채고 아미신궁 감형묵이 다가와서 하정원 옆에 털썩 주저앉더니 낮은 소리로 이야기했다.

"공자도 잠이 안 오십니까?"

감형묵은 다가오고 있는 싸움에 대한 긴장 때문에 잠을 못 이룬 것 같았다.

"아, 예. 꿈을 꾸다가 깼습니다."

두 사람 사이에 잠시 침묵이 흘렀다.

"아미에 온 혈마단을 물리칠 수 있을까요?"

감형묵이 걱정이 가득 담긴 목소리로 물었다.

"물리칠 수 있습니다. 오히려 그 다음이 문제이지요."

침중한 목소리로 하정원이 말을 이었다.

"혈패천은 거대한 세력입니다. 아미에 온 혈마단이 몇 명인지는 모르지만 혈패천 전체로 보면 별로 많지 않은 수일 겁니다. 혈마단이 아미에서 척살되고 나면 혈패천이 어떻게 나올지… 그게 걱정입니다."

"아, 네."

감형묵은 하정원이 겉보기와는 달리 생각이 매우 깊다는 것을 느꼈다.

"공자 생각에는 혈패천의 흉적들이 더 많이 아미로 몰려올 것 같습니까?"

"네, 하지만 그 시점을 모릅니다. 바로 몰려오게 될지… 아니면 일이 년의 시간을 두고 올지……. 결국에는 사천과 호북을 뒤집어엎으려고 할 것입니다."

"혈패천은 신강 이북의 세력인데 감숙을 통해 섬서로 들어가지 왜 사천과 호북을 먼저 노릴까요?"

"신강에서 감숙으로 가지 않고 바로 사천으로 들어올 수 있습니다. 혹은 신강에서 청해를 거쳐 사천으로 들어올 수도 있지요. 사천을 먹으면 호북을 먹게 됩니다. 그러면 장강 상류와 중류를 다 먹게 되지요. 북쪽에서는 감숙을 통해 섬서로 들어오고 남쪽에서는 사천, 호북, 장강을 먹어서 양쪽에서 공략하면 대륙이 무너집니다. 그걸 노리는 것 같습니다. 단순히 천음절맥을 앓는 연화 소저 때문만은 아닙니다."

"아!"

감형묵은 가슴이 답답해져 왔다. 또한 하정원의 모습이 거대한 산처럼 느껴졌다. 홀몸이라면 너무나 쉽게 이 혈겁에서 빠져나갈 수 있는 젊은 초극고수가 자신과 아무 상관도 없는 아미 무인들과 함께 움직이고 있다는 생각을 하자 마음이 뭉클했다. 하정원 같은 사람이 아미에 버티고 있다면 혈패천의 혈겁을 같이 헤쳐 나갈 수 있겠다는 생각이 들었다.

감형묵은 머리를 들어 하늘을 보았다. 어느새 구름이 걷히면서 하나둘 별이 보이기 시작했다. 또한 동편에서는 엷은 새벽의 기운이 번지고 있었다.

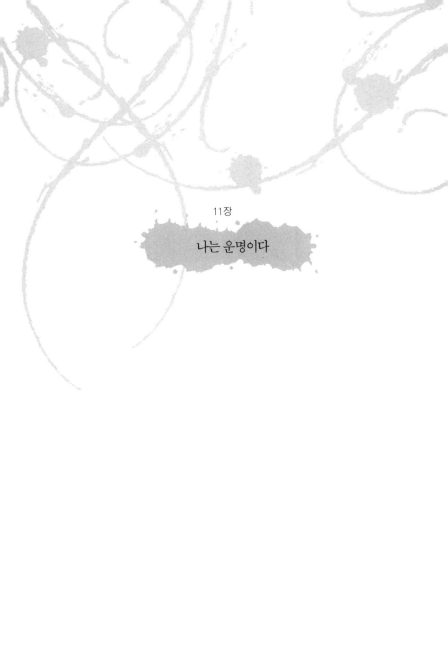

11장

나는 운명이다

묵환
默環

혈마단 제삼백인대주 채수열은 밤새 신열
이 나서 끙끙 앓았다. 금정사에서 중상을 입은 혈마단원 사십
명을 고극수의 명에 따라 사혈을 짚을 때부터 몸이 무겁고 으
슬으슬했다. 혈패천과 혈마단이 악마의 집단으로 변하고 있다
는 생각에 새벽이 되어도 잠을 이루지 못하고 뒤척거렸다. 삼
년 전부터 혈패천의 기본 무공이 된 충렬공 때문에 사람들이
잔혹해지고 미련해져 간다는 것이 너무나 가슴 아팠다.

채수열은 이상하게도 마제충렬공을 익히지 못했다. 어렸
을 때 몸이 아파 죽을 뻔한 적이 있는데, 그때 대뢰음사(大雷
音寺) 출신의 라마 스님이 몸에 한 치가량의 금침 열여덟 대를 박아 넣었다고 한다. 어렸을 때 짓궂은 어른들이 '골패를 돌리다가 돈이 떨어지면 네 가죽을 벗겨 금침을 빼내야겠다'고 놀리곤 했다. 그때에는 그 말을 들으면 겁이 나서 자지러지곤 했다. 몸 곳곳에 박혀 있는 금침 때문인지 채수열은 충렬공만 익히려고 들면 피를 토하고 기절했다. 이번에 대륙에 출동한 오백 명의 혈마단을 포함한 전체 삼천삼백 명의 혈마단원 중에 아직도 패혼귀원공을 사용하는 것은 채수열 하나뿐이었다.

채수열은 전령을 불러 부대주 탁남태를 불러오라고 명령했다.

"부르셨습니까?"

탁남태가 대주 막사를 열어젖히면서 말했다.

"웅, 탁 부대주. 오늘은 탁 부대주가 지휘를 맡게."

채수열이 말했다. 탁 부대주에 대해 채수열은 정말 버러지 같은 놈이라고 속으로 생각하고 있었지만 몸이 이렇게 엉망인 상태에서는 어쩔 수가 없었다.

"네, 실수없이 하겠습니다. 호위는 어떻게 할까요?"

탁 부대주는 두 눈을 사악하게 빛내면서 물었다. 채수열은 속으로 '죽일 놈!'이라고 생각했다. 바로 그저께 몸을 움직이지 못한다는 이유로 사십 명을 죽인 채수열의 입장에서는 '호위를 붙여달라'란 소리가 나올 수가 없는 것이다. 탁남태가 알아서 붙여주어야 할 일인 것이다. 채수열은 풀 죽은 음성으로 말했다.

"일없네. 나는 여기서 머물렀다가 저녁에 자네가 움직인 곳으로 찾아가겠네. 작전에만 집중하게."

"알겠습니다!"

탁남태는 우렁찬 목소리로 말하곤 뒤도 돌아보지 않고 가버렸다. 문득 채수열은 불안한 느낌이 들었다. 호위가 없는 틈을 타 백인대주의 자리를 노리고 저 사악한 놈이 몰래 돌아와 자신의 목을 따지 않을까 걱정이 되었다. 채수열은 아픈 몸을 질질 끌다시피 하여 숲 속으로 들어갔다. 고목나무 밑동이라도 하나 찾아서 기어들어 가 몸을 숨길 생각이었던 것이다. 몸을 억지로 움직이며 채수열은 정말 비참한 느낌이 들었다. 명색이 동료인데 이제 그의 손에 목이 잘리지 않을지 걱정해야 할 상황인 것이다. 정신이 혼미한 채 풀숲을 헤치고 가던 채수열이 비탈에서 미끄러졌다.

주르르르.

가파른 바위 비탈을 십 장쯤 미끄러진 채수열이 다시 몸을 가누고 일어나려는 순간 온몸이 마비되면서 제압당했다. 회색 옷을 입은 인영 둘이 채수열을 제압하여 둘러메곤 숲 속으로 모습을 감추었다.

이들은 복호사의 무승들이었다. 복호사는 남자 스님들로 이루어진 절로, 아미 분파 중 가장 무공이 강하다. 무공으로만 따지면 금정사의 아미 본파보다 오히려 복호사의 무승들이 강했다. 단지 아미의 정통성이 금정사에 있었고, 애초부터 복호사는 금정사에 의해 수호 문파로서 육성되었기 때문에 분파로 꼽힐 뿐이었다. 두 명의 무승은 채수열의 눈을 가린 채 삼십 리쯤 떨어진, 출입구가 돌과 풀숲으로 잘 위장된 넓은 동굴로 데리고 갔다.

한없이 길게 뻗어 있는 용암굴이었다. 눈가리개가 풀린 채 수열은 넓은 용암굴을 보자 이곳이 복호사를 비롯한 이 일대의 불가 문파 저항 세력의 핵심 근거지라는 것을 알 수 있었다. 굴의 반대편으로 두세 군데의 출구가 있을 것으로 짐작되었다.

이 용암굴은 병풍산(屛風山)을 관통하여 무려 육십 리나 땅속으로 뻗어 있고, 반대편에는 네 개의 구멍이 있다. 병풍산은 이쪽 편에서는 사십 리가량 평탄하게 전개되다가 저쪽 편으로 넘어가기 직전에 사백 장 높이의 가파른 절벽이 백이십 리나 연결된다. 굴을 통하지 않고 용암굴 저편 출구로 가기 위해서는 사백 장 높이의 병풍산을 넘어가야 하는데 절벽을 타고 오를 만한 통로가 네 군데밖에 없다. 한마디로 용암굴은 천혜의 요새이다.

용암굴에는 이백 명 정도의 남자 무승들이 모여 있었고, 혈 겁이 있기 전에 금정사에서 미리 내보낸 젊은 여승들도 백여 명이 있었다. 채수열을 데리고 온 무승들은 무리의 중앙에 자리를 잡고 가부좌를 한 채 생각에 잠겨 있던 오십대의 무승에게 귓속말로 무엇인가를 보고했다. 고리눈에 짙은 송충이눈썹을 가진 위맹한 인상의 오십대의 무승이 바로 복호사 최강 고수인 현암이었다. 현암은 평소 악을 원수처럼 미워하여 손속이 지나치다 싶을 정도로 잔혹해 혈금강(血金剛)이라는 별호를 가지고 있었다.

"네놈이 백인대의 대주냐?"

현암의 왕방울 같은 고리눈은 증오와 분노로 이글이글 타오르고 있었다.

"그렇소. 어서 죽여주시오."

모든 것을 체념한 채수열이 홀가분하게 말했다.

"죽는 것에 대해선 걱정 말아라. 때가 되면 확실하게 죽여줄 테니까. 우선 네놈이 알고 있는 것을 모두 토해내게 하고 나서."

혈금강 현암이 으스스한 목소리로 말했다.

"무엇이 알고 싶소? 내가 다 이야기해 주리다."

채수열이 담담하게 이야기했다.

"하하! 보기와는 달리 대주란 자가 아주 고분고분한 겁쟁이로구나!"

이 말을 들은 채수열의 두 눈이 분노로 파랗게 타올랐다. 전신의 혈도를 제압당한 몸이었지만 평생 익혀온 패혼귀원공에서 우러나오는 패기(覇氣)가 미약하게나마 피어올랐다. 한동안 혈금강을 노려보던 채수열은 문득 며칠 전 금정사에서 아직도 숨이 붙어 있던 여승들을 불구덩이 던져 넣던 일이 생각났다. 아직 숨이 붙은 채 불길 속에 몸이 타 들어가는 여승들이 입을 달싹거리며 약한 목소리로 불경을 중얼거리고 있었다. 또 혈마단의 중상자 사십 명의 사혈을 짚어주던 순간이 생각났다. 그러자 혈금강의 분노가 너무나 당연한 것으로 이해되었다. 자신이라도 마찬가지 행동을 했을 것이다. 채수열이 담담히 웃으며 말했다.

"혈마단이 아미에서 사람을 무참하게 죽여서 화가 많이 났겠소. 내가 시를 하나 읊을 테니 마음을 가라앉히시오. 내 목은 언제든지 자를 수 있지 않소?"

채수열은 눈앞에 그저께 그의 손으로 목숨을 끊어준 사십 명의 원혼이 손짓하고 있는 모습이 보이는 듯했다. 채수열은 담담한 목소리로 시를 읊었다.

"대완―대륙의 북서쪽에서 나는 명마―은 초원을 가로지르고[大宛橫草原], 패혼은 천지를 끊는다[覇魂斷天地]. 장부가 생명의 잔을 다 마셨으니[丈夫飮一生], 머리가 잡초 속에 쉬는구나[頭休草卉中]."

혈금강 현암은 손속이 잔인하기는 하나 지극히 영민한 사람이었다. 혈금강의 성정 역시 승려의 청정(淸淨)보다는 호걸의 패기에 가까웠다. 그는 채수열의 말과 비장한 노래를 듣게 되자 문득 크게 감동을 받았을 뿐 아니라 혈패천 내부에 복잡한 사정이 있음을 짐작할 수 있었다. 채수열이 태연히 시를 읊자 머리끝까지 화가 난 몇몇 무승들이 우선 팔다리부터 부러뜨려 놓겠다며 덤벼들었다.

"멈추어라! 그가 사지를 움직일 수 있게 혈도를 풀어주고 내 방으로 데려오라!"

혈금강 현암은 이렇게 말하고는 성큼성큼 용암굴의 한 모퉁이에 나무를 얼기설기 짜서 막아놓은 자신의 거처로 들어가 버렸다.

잠시 뒤, 현암의 거처에 들어간 채수열은 현암에게 혈패천의 사정을 차분하게 이야기하기 시작했다. 채수열은 공력은 완벽히 제압되었으나 손발은 마음대로 놀릴 수 있도록 허용되었다. 그런 그를 무승들과 금정사 출신의 여승들 대부분이 증오의 눈빛으로 바라보았다. 하지만 이미 살겠다는 욕구를 초월한 채수열에게는 이런 눈길이 단지 귀찮고 신경 쓰이는 일에 불과했다.

혈금강 현암이 채수열을 심문하고 있는 동안 용암굴을 근거지로 삼은 무승이나 여승은 전혀 모르는 일이 밖에서 벌어지고 있었다. 하정원이 이끄는 속가 세력이 혈마단을 유인하기 시작했던 것이다.

*   *   *

천리무영 오칠상은 생사신의처럼 여기저기 핏물이 배인

옷을 입고 아침 햇살이 찬란히 비추는 숲 사이를 가로질러 뛰었다. 그의 등에는 아미 속가 문파의 하나인 철담문(鐵膽門)의 첫째 제자인 과평서가 매달려 있었다.

과평서는 강골인 데도 불구하고 이상하게 뼈가 가늘었다. 키는 다섯 자를 조금 넘을 뿐이었고 몸무게가 채 열한 관도 나가지 않는 매우 왜소한 체격의 삼십대 초반의 사내였다. 그러나 각종 암기를 만드는 기술만은 경지에 이르러 절명수(絕命手)라는 별호를 가지고 있었다.

철담문은 처음부터 아미 분파였던 것이 아니다. 이백 년 전쯤 산서 지방에서 활동하던 살수 문파가 강호인들에게 쫓기자 살업을 중단하고 아미의 그늘로 들어온 것이었다. 그래서 철담문은 아미 분파 중에서도 항상 외톨이였다. 아미로부터 기본 심공을 받기는 했지만 원래의 바탕이 있어서 그런지 암기를 잘 사용했고, 무공 초식 또한 괴이하고 신랄했다.

과평서를 업은 오칠상을 발견한 혈마단에는 곧 비상이 걸렸다. 임시 대주인 탁남태의 입에 흐뭇한 미소가 그려졌다. 생사신의와 제갈혜령을 붙잡기만 하면 이까짓 혈마단의 백인대주가 문제가 아니었다. 탁남태는 백이십 명에 달하는 제삼백인대 전체에게 먹고 있던 아침 식사를 그대로 내팽개쳐 두고 전속력으로 추격할 것을 명령했다. 생사신의는 열흘 남짓 도망 다니고 있는 상태였다. 아마 지금쯤 늙어 빠진 몸뚱이는 거의 무너져 가고 있을 것이라고 탁남태는 생각했다.

"저쪽이다!"

오칠상의 신형을 쫓던 수색조에서 큰 외침이 나왔고, 백이십여 명의 혈포인들은 그 방향으로 뛰기 시작했다. 금정사 전투 이후 항상 토끼 몰이를 하듯 아미 무인들을 사냥해 왔다. 생사신의로 위장한 오칠상은 그들에게는 그저 한 마리의 늙고 기운없는 토끼에 불과했다.

오칠상은 이제 혈마단의 선두로부터 칠십 장쯤 앞서서 숲 속의 공터로 접어들고 있었다. 그 순간, 갑자기 오칠상의 신형이 빨라지더니 순식간에 공터를 기묘하게 펄쩍펄쩍 두어 번 뛰어 반대편 숲 속으로 들어가 버렸다.

"저쪽 숲으로 갔다! 전속력으로!"

중간에 있던 탁남태가 크게 소리 질러 혈마단원을 독려했다. 원래 이 정도의 인원이 움직이려면 반드시 몇 개의 작은 부대로 나누어야 한다. 더불어 수색과 정찰을 선행해야만 한다. 그러나 지난 며칠간 일방적으로 승리를 해온 데다가 이날 새벽에 갑자기 임시 대주의 역할을 맡게 된 탁남태는 정확한 판단력을 상실한 상태였다.

함정은 엉성했지만 정확하게 작동했다.

"으아아아악!"

난데없는 비명이 여기저기에서 터져 나오면서 맨 앞에서 공을 다투며 달리던 혈마단원 십여 명이 풀썩 고꾸라졌다. 철담문 제자들이 설치한 눈에 보이지 않는 날카로운 탈혼사(奪

魂絲)에 정강이와 발목을 잘린 것이다.

나머지 혈마단원들은 처음에는 절정의 암기가 날아온 줄 알았다. 그중 일부는 암기를 피하려고 한층 더 빠른 속도로 숲으로 뛰어들었다. 그 결과 순식간에 십여 명의 혈마단이 추가로 허리가 잘려 숨졌다.

"멈춰! 탈혼사다! 멈춰!"

그제야 탁남태의 다급한 명령이 떨어졌다. 공터 가장자리 한쪽에 혈마단원 백여 명이 공포에 질린 눈으로 사방을 두리번거리고 있었다.

이때 숲 속에서 화살과 암기가 비 오듯 쏟아져 나오며 쇠 구슬이 쏟아졌다. 숲 속에 매복해 있던 하정원과 아미 속가 무인 백사십 명은 온 힘을 다해 던질 수 있는 모든 것을 던지기 시작했다.

"으아아아아아악!"

하정원은 서두르지 않았다. 한번에 예닐곱 개씩 쇠 구슬을 냉정하게 겨냥하고 던졌다. 하정원이 던진 쇠 구슬은 탈혼사 사이의 틈새를 소리없이 지나서 정확하게 목표에 틀어박혔다. 이십 장 가까이 떨어진 혈마단원의 가슴에 맞아도 그냥 가슴이 아니라 정확하게 옥당혈이나 화개혈에 박혔다. 뿐만 아니라 하정원의 음양이기에 의해 쇠 구슬은 가공할 속도로 회전했다. 목표에 맞으면 쇠 구슬에 실려 있던 가공할 경력이 발동하면서 심한 진동을 일으켰다. 그 회전과 진동이 너무 강

해서 쇠 구슬은 몸통이나 머리를 뚫고 나오지 못하고 오히려
그 속을 휘저어 갈아버렸다. 혈마단원은 마치 무지막지한 내
가경력에 맞은 것처럼 입에서 폭포수 같은 피와 내장 조각을
흘리면서 쓰러졌다.

하정원의 눈에는 혈마단원들이 점차 멧돼지로 보이기 시
작했고, 그의 손속은 사냥꾼의 한없이 냉정한 솜씨를 닮아가
기 시작했다. 순식간에 사십 명의 혈마단원이 죽었는데 그중
칠팔 할 이상은 하정원에 의해 척살되었다.

"퇴각! 퇴각이다!"

탁남태의 다급한 명령이 떨어지자 혈마단은 방향을 돌려
원래 오던 방향으로 치닫기 시작했다. 숲 속의 공터를 가로질
러 다시 숲으로 접어드는 순간 앞장서서 달리던 혈마단원 십
여 명이 고꾸라졌다.

"으아악!"

또 탈혼사였다. 어느새 그쪽에도 탈혼사를 쳐놓았던 것이
다. 결국 혈마단은 사방이 드러난 공터 안에 갇히게 되었고,
하정원과 아미 무인들이 공터를 포위하게 되었다. 쏟아지는
화살과 쇠 구슬에 혈마단은 하나씩 쓰러졌다. 탁남태의 입으
로도 쇠 구슬이 파고들어 머리통 전체를 안에서 갈아버렸다.
온전한 것은 해골과 얼굴 가죽뿐이었다. 심지어 눈알마저 갈
아버려 눈이 있던 자리에서는 눈알이 터지면서 나온 검붉은
먹물, 뇌수, 핏물이 눈알을 대신했다. 탁남태가 쓰러지고 차

한 잔 마실 시간이 지나자 더 이상 숨을 쉬고 있는 혈마단원은 없었다. 숨지는 순간까지 그들은 아미 무인의 그림자조차 보지 못했다. 숲 속에서 쏟아져 나오는 화살, 쇠 구슬, 유엽표, 암기만 보았을 뿐이다.

만약 채수열이었다면 혈마단원 중 일부에게 충렬단을 먹게 하고 이들을 앞세워서 어떻게든 포위를 뚫었을 것이다. 그러나 탁남태는 너무나 당황하여 마지막까지 지휘다운 지휘를 해보지도 못했다.

전투가 끝나자 비로소 하정원의 눈에 멧돼지가 아니라 사람이 죽어 있는 모습이 들어왔다. 몸 여기저기 화살이나 암기를 박은 채 숨진 사람도 있었지만 대부분 하정원의 쇠 구슬에 몸통을 맞아 입에서 폭포수 같은 피와 내장 조각을 토하고 죽은 사람들이었다. 하정원은 자신이 던진 쇠 구슬이 몸통 가죽만 멀쩡하게 남겨놓고 순간적으로 내부를 휘저어 곤죽으로 만들어놓았다는 것을 너무나 잘 알고 있었다. 아미 무인들은 몸에 화살이 깊게 꽂힌 채 간신히 숨만 할딱거리고 있는 혈마단원을 찾아내어 가차없이 목을 베고 있었다. 여기저기서 목이 날아가면서 분수처럼 피가 솟구쳤다.

이 광경을 보는 하정원의 눈은 유리처럼 투명하고 차가울 뿐이었다. 하정원 스스로 자신의 변화에 대해 으스스한 느낌이 들 정도였다. 그러나 그런 느낌조차도 사치스럽다고 생각했다. 아미에 온 혈마단을 한 명도 살려 보내지 않겠다는 한없이 차가운 결심이 하정원의 가슴에 단단히 굳어져 있었다.

사람들은 기뻐할 틈도 없이 철담문 제자들의 지휘 아래 숲속에 거미줄처럼 쳐 있던 탈혼사를 조심스럽게 회수하였다. 그 후 땅에 떨어진 무기와 화살과 암기를 수거했다. 하정원의 지시에 따라 혈마단의 시신 품속에서 충렬단이 회수되었다. 나중에 생사신의에게 보내어 충렬단에 관한 단서를 조금 더 알아내기 위해서였다.

*　　　*　　　*

"복호사엔 아무도 없습니다. 절은 불에 타버렸고 잔해만 흉물스럽게 남아 있습니다."

복호사로 정찰을 보냈던 속가 무인이 돌아와 감형묵에게 보고했다. 감형묵의 얼굴에는 일순 낭패한 표정이 떠올랐다. 복호사가 있는 지역으로 오기는 했는데 만나고자 하는 복호사 무인들의 그림자도 발견하지 못했다.

"공자, 조금 더 시간이 걸릴 것 같습니다."

"당연하지요. 흔적을 쉽게 남기고 다녔으면 벌써 혈마단에게 당했을 것입니다. 너무 걱정 마십시오. 저놈들이 있으니까 조만간 찾을 수 있습니다."

하정원은 하늘을 돌고 있는 매 여섯 마리를 가리키면서 담담한 음성으로 말했다. 하정원과 아미 속가 무인들은 복호사

절터에서 동쪽으로 이십 리쯤 떨어진 나지막한 구릉 위에 일단 자리를 잡고 하루 동안 쉬기로 했다. 하정원은 내심 바로 출발하여 복호사 승인의 흔적을 찾고 싶은 마음이 들었지만 아미 속가 무인들이 많이 지쳐 보였다. 산길 이백 리를 조심조심 내려와서 이제 막 혈마단 백이십 명을 척살한 사람들은 피로와 기쁨에 뒤범벅이 되어 있었다. 일단 쉬고 마음을 가라앉히는 것이 좋겠다고 하정원은 생각했다.

오후가 되자 감형묵은 불쑥 하정원에게 꿩을 잡아달라고 부탁했다. 이에 하정원은 매 여섯 마리를 모두 풀어 한 시진 만에 꿩 칠십 마리 이상을 잡아들였다. 너무나 쉽게 잡아서 하정원도 이상한 생각이 들 정도였다. 복호사 인근에는 절만 있어서 꿩을 잡는 사람이 없었기 때문에 꿩 천지였던 것이다.

사람들은 행낭에서 쌀을 꺼내 윗도리를 벗어 둘둘 싸더니 옆에 흐르고 있는 작은 개울물에 담갔다. 그 모습에 하정원은 솥이나 냄비가 없는데 어떻게 밥을 짓나 궁금하여 계속 지켜보았다. 아미 무인들은 또한 불이 잘 붙으면서도 연기가 나지 않는 오리나무와 싸리나무를 꺾어 왔다.

밤이 깊어지자 예닐곱씩 모여서 여기저기 깊은 구덩이를 파서 작은 불을 피웠다. 구덩이 속인 데다가 주위를 나뭇가지로 가려서 불빛이 새어 나가지 않았다. 꿩이 천천히 익어가는 냄새가 고소했다. 이와 함께 옷에 싸인 채 물에 불어 있는 쌀을 그대로 땅에 묻었다. 그리고 그 밑으로 작은 굴을 파고 불을 때었다. 꿩고기가 다 익었을 무렵에는 옷 속의 쌀도 다 익었다. 옷은 불에 그을리지도 않고 멀쩡했다.

"하하! 이렇게 해서 밥을 짓는 것은 처음 봅니다."

오랜만에 하정원은 뜨거운 쌀밥에 꿩고기를 먹으면서 함박웃음을 지었다. 무인들의 땀에 절은 옷으로 둘러싸서 한 밥이라고는 전혀 생각되지 않았다. 고슬고슬하고 달기만 했다.

"네. 혈마단 놈들한테 쫓기지만 않으면 매일 이런 호사를 누릴 수 있는데. 쩝."

옆에서 같이 밥을 먹던 아미혼궁 감형춘이 한마디 했다. 감형춘은 아미신궁의 동생이다.

"혈마단 놈들이 오지 않았을 때에도 네가 집구석에서 이렇게 밥 짓는 거 난 한 번도 못 봤다."

감형묵이 뜨거운 밥을 우물거리면서 동생에게 한마디 했다.

"아니, 형님은 그럼 우리가 혈마단 덕분에 이렇게 좋은 밥을 먹는다는 이야기입니까?"

"너는 사람 말을 그렇게 알아듣냐? 그러고도 집안에서 남편, 아비 노릇 하는 거 보니 신통하다."

감형묵이 한마디 하자 감형춘은 아무 소리도 못했다. 같이 밥을 먹던 세 명의 아미 무인들이 킬킬거리고 웃었다. 두 형제가 툭탁거리는 모습을 노상 보았던 모양이다. 하정원은 감씨 형제를 보면서 문득 혁천세와 혁우세 생각이 나서 빙긋이 웃었다. 하정원은 아미 무인의 냄새 나는 옷 등짝에 달라붙어 있는 밥알을 싹싹 긁어모아 먹으면서 아무리 살벌하고 혹독한 조건이라도 사람은 반드시 무엇인가 즐거움을 찾아내고야 만다는 것을 깨달았다. 그게 사람 사는 모습이었다.

"혈패천을 무찌르고 나면 무엇을 하실 생각입니까?"

밥을 먹고 나서 나무등걸에 기대거나 풀밭에 편하게 앉아 쉬다가 감형묵이 문득 물었다. 주위에는 감씨 형제 말고도 속가 무인을 이끄는 네 사람이 더 있었다.

"저는 악산에 내려가서 무관을 하나 차리려고 합니다."

묻기는 하정원에게 물었는데 하정원이 한참 동안 대답을 하지 않으니까 불쑥 다른 아미 무인이 말했다.

"뭐? 무관을 차려?"

"응. 악산에서 무관을 내면 수입이 꽤 좋다구 하던데……."

"그거야 실력이 좋아야 그렇지. 무관은 아무나 하나?"

"왜? 내 실력이 어때서?"

"활 잘 쏘는 것밖에 없잖아! 무관을 하려면 멋있게 검을 휘두른다든가, 아니면 권법을 해야 돼. 그래야 먹혀. 태극무슨 무슨 검을 가르친다고 내걸거나 백보신권을 가르친다고 내걸어야지. 실제로는 식칼 쓰는 법이나 애들 주먹질 정도를 가르치겠지만……."

이 말에 사람들은 킬킬거리고 웃었다. 아미에는 이렇다 할 거창한 이름의 검법이나 권법이 없었다. 그래서 강호에는 아미파 출신이 경영하는 무관이 거의 없다시피 했을 뿐 아니라 중간층에 해당하는 무인들의 강호 진출이 이루어지지 않았다. 심지어 표사나 보표로 진출하는 경우도 드물었다. 일단 무공 이름이 근사해야 먹히는 풍조 때문이었다. 그 덕분에 아미산과 공래산맥 일대에는 거대한 힘이 응집되어 있었던 것이다. 무공을 팔아 수입을 올릴 수 없었기 때문에 농사를 짓거나 사냥을 하며 소박하게 살면서 무공을 수련하는 사람들이 엄청나게 두꺼운 층을 이루고 있었다.

"하 공자, 혈마단을 모조리 척살하고 나면 무엇을 하실 것입니까?"

사람들의 흰소리가 한차례 지나가자 다시 한 번 감형묵이 진지하게 물었다. 감형묵이 보기에 하정원이라는 젊은이에게는 무엇인가 말하지 않고 있는 깊은 슬픔과 분노가 있는 것 같았다. 이제 갓 스물이 넘은 젊은이가 감당하기에 버거울 정도로 깊은 슬픔과 분노가 없으면 오늘과 같은 혈겁을 벌이고 나서도 여전히 유리알처럼 투명한 눈빛을 하고 있을 수 없다고 생각되었다. 그 투명한 눈 뒤에 있는 숨겨진 것으로부터 이날 밤만이라도 해방시켜 주고 싶었다. 그래서 일부러 혈겁이 끝난 후의 일을 물은 것이었다.

"아, 네. 놀아야죠."

하정원의 너무나 단순한 말에 자리에 있던 사람들은 깜짝
놀랐다. 저 정도로 고강한 무공을 가진 젊은 고수라면 당연히
강호에 대한 원대한 야망이 있을 것이라고 내심 짐작하고 있
었기 때문이다. 아미 무인 중 하나가 일부러 장난기 있는 말
을 했다.

"성도에 가면 예쁜 기생이 많습니다. 사천의 죽엽청은 알
아주지요. 기생의 치마 속에 묻혀 장강을 바라보면서 술을 마
시면……."

"아뇨. 그거, 비싸고 재미없어요."

하정원은 담담한 목소리로 말을 끊었다. 원래도 재미가 없
었지만 피바다 속에 누어서 숨진 하태호와 사씨 때문에 기생
놀음은 더욱더 재미가 없을 것이라는 점을 하정원은 너무나
잘 알았다. 천세유림에 있을 때 고급 기생집은 아니지만 서너
번 여자가 시중을 드는 술집에 간 적이 있었다. 그때마다 하
정원에게는 그냥 어색하고 천박하게만 느껴졌다.

"봄하고 여름에는 친구랑 강에서 미역 감고 고기 잡고, 가
을하고 겨울에는 매 사냥이 재미있지요. 여동생도 같이 사냥
에 가고."

"여동생 분이 계십니까?"

"네, 아주 똑똑하지요. 곰탱이 같은 저랑은 다릅니다."

아미 속가 무인들의 우두머리들은 하정원이 스스로를 '곰
탱이'라고 말하자 빙긋이 웃었다. 측량할 수 없도록 고강한

무공을 가진 청년고수가 곰탱이라면, 천하에 곰탱이 아닌 사람이 없을 것이기 때문이었다.

"그 녀석은 아주 야무지고 똑똑해요. 사서삼경은 물론이고 엄청나게 복잡한 학문도 잘하지요. 이 담에 그 녀석을 데려갈 남편은 고생 좀 할 겁니다. 하하! 마누라 앞에서 찍소리도 못하고 살 거예요. 그래도 자식은 똑똑한 놈으로만 낳을 텐데. 그러면 됐죠."

혁화미를 생각하자 하정원의 입매에 애틋한 정이 담긴 미소가 떠올랐다.

아미 무인들은 하정원을 전혀 다른 눈으로 보게 되었다. 한없이 소박하면서도 매우 지혜로운 사람이란 것을 느낄 수 있었다. 법력이 높은 스님이나 도력이 높은 도사 밑에서 오랫동안 산속에서 살면서 배운 청년 같았다.

하정원이 문득 감형묵에 물었다.

"신궁께서는 혈겁이 끝나면 무엇을 하시고 싶습니까?"

"아… 저는… 해동에 가서 활을 좀 배우고 싶습니다. 여차하면 거기 여자 하나 만나서 아예 눌러앉아도 좋지요."

아미신궁은 이십대 초반에 결혼을 했다가 얼마 되지 않아 부인이 병으로 죽은 후 이제까지 홀아비였다.

"해동의 활이요?"

"네, 활이라고 하면 해동이지요. 거기 궁도는 저희와는 차원이 다릅니다. 궁사들의 숫자도 어마어마하구요."

"아, 그렇군요. 언제 기회가 닿으면 저도 한번 활을 배우고 싶습니다만……."

이 말에 감형묵의 눈이 빛났다.

"제가 짬을 봐서 가르쳐 드릴게요. 걱정 마십시오."

감형묵은 평소 다른 사람에게 활을 잘 가르쳐 주지 않기 때문에 이 말을 들은 아미 무인들은 속으로 깜짝 놀랐다. 그중 한 명은 심보가 뒤틀리는지 한마디 했다.

"신궁, 해동에 활 배우러 간다는 것은 전부 핑계 아닙니까! 거기 여자가 예쁘고 살결이 부드럽다고 하던데, 우리 좀 정직하게 삽시다!"

이 말에 사람들은 웃음을 참느라고 얼굴이 시뻘겋게 변했다. 하늘에는 보석을 뿌린 것처럼 별이 많았다. 늦여름 밤의 산은 서늘했고, 폐 속까지 시원하게 만드는 숲 냄새가 가득 흐르고 있었다. 이날 밤 아미산은 그토록 평화스러울 수가 없었다.

*　　　　*　　　　*

하정원이 이끄는 속가 무인들과 혈마단 백이십일 명의 싸움이 있었던 현장에 도착한 혈금강의 입이 경악으로 떡 벌어졌다. 정찰을 나갔던 승인들이 사십 리쯤 떨어진 숲 속에 혈마단 백여 명이 떼죽음을 당해 있다는 이야기를 했을 때만 해도 혈금강은 반신반의했었다.

"사형, 아무래도 만불산 부근의 아미 속가 무인들이 온 것 같습니다. 화살과 암기에 맞아 죽은 놈들이 많습니다."

현암의 사제 현호가 말했다. 현호는 성품이 활달해서 평소에도 아미산과 공래산맥 일대를 휘젓고 다녀 수많은 방계 문파 하나하나의 특성에 대해 정통했다. 이 말에 복호사 승인들은 얼굴 가득히 불신의 빛을 띠었다.

"만불산의 아미 속가 무인들이 혈마단 백이십 명을 한번에 죽인다는 것은 불가능합니다. 그분들의 무위로 봐서는 말도 안 되는 일입니다."

복호사의 젊은 무승이 말했다.

혈금강은 아무 이야기도 하지 않고 있었다. 일단 현호의 말은 맞았다. 그러나 팔십 구가 넘는 시체에는 암기가 박혀 있지 않았다. 입에서 폭포수 같은 피와 내장 조각을 토하고 죽어 있거나, 눈알이 있던 자리에 검고 붉은 액체가 고인 채 죽어 있었다. 혈금강은 계도를 뽑아서 시체 하나의 배를 죽 갈랐다. 평소 담대하고 용맹하기로 이름난 복호사 무승들이었지만 시체의 배를 거침없이 가르는 혈금강의 손속에 가슴이 서늘했다.

뱃속에는 내장이 없었다. 내장이 갈려 죽이 되어 내장 부스러기, 창자 속의 똥, 핏물이 한데 버무려져서 굳어 있었다. 이 광경을 본 복호사 무승들은 공포에 몸을 부르르 떨었다. 혈금강은 버무려져 응고된 덩어리를 헤치고 콩알만 한 쇠 구슬을 찾아내었다. 계도 끝으로 쇠 구슬을 튕겨내어 왼손으로 잡아챈 후 눈 가까이 대고 한참을 들여다보았다. 이 순간 혈금강의 가슴속에는 공포, 안도, 경외의 감정이 소용돌이치고 있었다. 쇠 구슬을 던진 초극고수의 무위를 짐작할 수 있었기 때문이다.

혈금강은 다시 계도를 써서 눈알이 있던 자리에 검고 붉은 액체만 고여 있는 시체의 머리를 세로로 죽 쪼갰다. 성한 것은 해골 껍데기와 얼굴 거죽뿐이었다. 짐작대로 뇌는 물론이고 심지어 이빨까지도 갈려 있었다. 해골 속에 무엇인지 모를 불그레한 죽이 들어차서 고스란히 굳어 있는 상태였다.

"됐다! 이 개새끼들, 이젠 다 죽었다!"

현암이 갑자기 크게 부르짖자 복호 무인들은 영문을 몰라 어안이 벙벙했다. '이 개새끼들'이 혈마단을 가리킨다고 생각하기엔 믿기 어려운 일이었기 때문이다.

"사형, 무슨 일이 벌어진 것입니까?"

현호가 참지 못하고 물었다. 현암은 입매에 씩 오싹한 웃음을 지었다.

"사제의 말이 맞아. 만불산 근처의 아미 속가 무인들이 이곳으로 왔다. 하지만 대부분은 아미 무인의 손에 의해 죽은 게 아니야. 상상하기도 어려울 정도로 고강한 무공을 가진 기인의 손에 죽었다. 대단한 기인이시지. 아마 단 한 분이셨을 게다."

"아, 그러면 암기에 맞지 않은 시체들은 모두……."

"응… 아니… 암기에 맞긴 맞았지. 눈에 안 띄어서 그렇지. 이거에 맞은 거야."

혈금강이 왼손을 들어 콩만 한 강철 구슬을 보여주었다.

"이게 몸 안이나 머리 속에 들어가서 엄청난 회전과 진동을 일으켰어. 그래서 이렇게 된 것이지."

혈금강은 계도로 가른 두 개의 시체를 가리켰다. 혈금강의 말에 복호사 무승들의 가슴에는 아까 혈금강이 느꼈던 것과 똑같은 공포, 안도, 경외의 감정이 소용돌이쳤다.

"그 기인께서 아미 속가 무인들을 이끌고 있다. 분명 이 근처에 있다. 우릴 찾고 있을 거야. 이제 이 개새끼들, 다 죽었다!"

아미에 무참한 혈겁을 일으킨 혈마단을 섬멸할 수 있다는 것을 명확하게 깨닫게 된 복호사 무승들의 가슴은 크게 격탕쳤다. 문득 무승 하나가 계도를 뽑더니 시체의 배를 가르고 쇠 구슬을 찾기 시작했다. 그 광경을 보고 다른 무승들도 서둘러 계도를 뽑더니 어떤 무승은 시체의 머리를 세로로 쪼개기도 하고 다른 무승은 가로로 쪼개기도 했다.

"아니, 무슨 짓들을 하는 거야?"

혈금강 현암이 놀라서 소리쳤다. 이에 현호가 빙긋이 웃으면서 대답했다.

"그런 엄청난 기인이 악마를 때려잡은 암기 아닙니까! 이참에 하나 챙겨두어야죠!"

현호 역시 이 말과 함께 계도를 뽑더니 시체를 가르기 시작했다. 이십여 명의 무승들이 미친 듯이 팔십여 구의 시체를 가르는 광경은 소름 끼치는 모습이었다. 아미 사람들의 원한은 그토록 깊었던 것이다.

*   *   *

하정원이 갑자기 고개를 들고 하늘을 보니 운이 신호를 보내고 있었다. 하정원은 감형묵에게 말했다.

"서쪽 일천 장쯤에서 두 명의 신형이 움직이고 있습니다. 혹시 혈마단의 잔당이 아닌지 모르겠습니다."

하정원과 감형묵은 현장의 지휘를 감형춘에게 맡기고 즉시 운을 앞세워 신형을 날렸다. 운이 가리키는 지점에 도착하자 두 명의 승인이 숲 속을 조심스럽게 살피며 천천히 동쪽, 하정원과 감형묵이 왔던 방향으로 전진하고 있는 것이 보였다. 감형묵은 하정원에게 눈짓을 보냈다. 감형묵이 나서서 말을 하겠다는 뜻이었다.

"복호사의 스님들이십니까? 아미쌍궁의 맏이 되는 감형묵입니다."

승인들의 앞쪽 숲에서 불쑥 감형묵이 튀어나오면서 말을 걸었다. 두 명의 승인은 깜짝 놀라 계도를 뽑았다. 그러다 혈마단이 아니라 일전에 먼발치에서 얼굴을 본 적이 있는 아미 북쪽의 속가 문파 인물임을 확인한 후에야 그들은 얼굴 가득히 기쁜 빛을 띠었다.

"저희는 복호사 식구들입니다. 엊그제 혈마단 백이십 명을 도륙하셨지요?"

사십대 초반으로 보이는 승인이 물었다. 현호였다.

"아, 이쪽에 혈마단의 전력이 집중될 것 같아서 저희 백사십 명이 내려와서 어제 아침에 싸움이 있었습니다."

"세 시진 전에 봤습니다. 대단하더군요. 그래서 아미 속가 분들을 찾고 있었습니다."

감형묵은 혈마단과의 싸움에 대해 간략히 설명했다. 물론 그 설명의 절반은 하정원의 활약에 대한 것이었다. 옆에서 듣는 하정원의 얼굴이 뜨듯해질 지경이었다. 복호사 무승 두 명의 얼굴로 불신과 경악의 표정이 떠올랐다. 쇠 구슬을 사용한 기인의 모습을 위엄있는 수염을 기른 은거기인으로 상상하고 있었기 때문이다. 앳되다고도 할 수 있는 스무 살가량의 청년임을 알게 되자 입이 떡 벌어졌다.

"하정원입니다. 신궁께서 너무 과찬을 하신 것입니다. 아미 무인들이 아니었다면 불가능한 일이었습니다."

하정원이 공손히 말하면서 포권을 했지만 복호사 무승들은 멍한 눈으로 하정원을 쳐다볼 뿐이었다. 문득 현호가 정신을 차리고 말했다.

"저희는 혈금강 현암 스님의 밑에서 움직이고 있습니다.

현암 스님을 모시고 곧 다시 오겠습니다."

쇠 구슬을 던진 기인이 연배가 지긋한 은거고수가 아니라 아직 앳되게 보이는 청년이라는 현호의 말에 혈금강 현암은 현호의 머리를 한 대 쥐어박았다.

"상대가 거짓말을 한다고 그대로 믿고 오냐, 이 바보야! 눈깔을 두었다가 국 끓여 먹을 거냐! 평소에도 얼음판에 자빠진 소 눈깔같이 멍청하게 뒤룩뒤룩 굴리더니! 아예 빼놓고 다녀라!"

어쨌거나 현암은 정찰을 나온 스무 명의 복호 무승을 긁어모아서 현호가 안내하는 장소로 달려갔다.

"하정원입니다. 생사신의와 연화 소저를 구한 후 감형묵 신궁께서 이끄는 일행을 만나서 여기까지 오게 됐습니다."

하정원이 공손하게 말하면서 정중하게 포권을 했다. 혈금강 현암은 잠시 할 말을 잃고 멍청하게 서서 하정원을 뚫어지게 보았다. 미리 말을 들었기에 망정이지 현암조차 하정원의 숨겨진 기도를 놓칠 뻔했다. 겉으로는 미세하게만 드러난 기도 속에 깃들어 있는 가공할 무위를 간신히 짐작하게 되자 혈금강의 몸은 부르르 떨렸다. 가슴이 크게 격탕 쳤다. 문득 정신을 차린 혈금강은 깊숙이 합장을 하면서 말했다.

"복호사의 현암입니다. 성질이 못돼먹어서 남들이 혈금강이라고 부릅니다."

이 모습을 본 복호사 무승들은 크게 놀랐다. 현암은 아미 장문인 금정 신니 생전에도 저렇게 공손히 인사한 적이 없는 뻣뻣한 위인이었기 때문이다.

하정원과 아미 속가 무인들을 이끌고 용암굴로 돌아가는 현암은 덩실덩실 어깨춤이라도 추고 싶은 심정이었다. 이제 속절없이 사냥당하면서 죽는 것이 아니라 한판 제대로 붙어 볼 수 있다고 생각되자 절로 신이 났다. 옆으로 현호가 다가와서 나직한 목소리로 물었다.

"사형, 아직도 제 눈이 얼음판에 자빠진 소 눈깔 같다고 생각하십니까?"

현호의 말에 현암이 역시 나직한 목소리로 대답했다.

"아니, 얼음판에 자빠졌다가 일어난 소 눈깔 같아."

현호가 두 눈에 쌍심지를 켜고 뒤통수를 노려보든 말든 현암은 선두에서 기운찬 걸음으로 길을 안내할 뿐이었다. 하정원 일행 백사십여 명은 혈금강을 따라 용암굴로 향했다. 용암굴에 원래 있던 삼백여 명을 합쳐 모두 사백사십여 명의 근거지가 되어가고 있는 것이다.

"말씀 많이 들었습니다. 뵙고 싶었습니다. 하정원입니다."

하정원이 공손하게 용암굴의 수뇌부 열네 명에게 인사했

다. 용암굴의 수뇌부들 역시 한 명 한 명 자신을 소개하며 정중하게 인사했고, 아미 속가 문파 인원들의 수뇌부 십여 명도 인사를 나누었다.

"하 공자님은 앞으로 어떤 계획을 가지고 계시는지요?"

혈금강이 자리를 잡고 앉자마자 물었다.

"특별한 계획은 아직 없습니다만, 이 지역을 근거지로 삼아 나머지 혈마단을 제거하고 싶습니다. 이 부근에서 백이십여 명이 죽었으니까 아마 나머지 혈마단들이 조만간 알아차리고 이쪽으로 한꺼번에 몰려오지 않겠습니까?"

하정원이 조심스럽게 말했다.

"백이십삼 명입니다, 하 공자님."

과평서가 옆에서 말을 거들었다.

"그렇다면 나머지는 이백육십 명이 채 안 되는군요."

혈금강이 말했다.

"어떻게 정확한 숫자를 아실 수 있습니까?"

하정원이 물었다.

"어제 새벽에 혈마단 백인대주 한 명을 생포했습니다. 죽은 백이십여 명은 제삼백인대입니다. 생포한 인물이 제삼백인대의 원래 우두머리이죠."

혈금강은 채수열로부터 들은 정보를 간략히 이야기하기 시작했다.

"용암굴을 이용해서 혈마단을 끌어들이면 어떻겠습니까?"

아미신궁 감형묵이 조심스럽게 의견을 내놓았다.

용암굴 안쪽으로 깊숙이 떨어진 곳에서는 복호사 지역의 수뇌부와 아미 북쪽 속가들의 수뇌부가 하정원을 중심으로 모여서 작전을 짜고 있었다. 감형묵의 말에 복호사 쪽 수뇌부의 이맛살이 찌푸려졌다. 이제까지 용암굴에 의지해서 간신히 버텨왔기 때문이다. 좌중에 잠시 불편한 침묵이 감돌았다.

그런데 혈금강이 선뜻 감형묵의 말에 찬성을 하고 나섰다.

"그거, 맞는 말이오. 이제 살든 죽든 결판을 내야 할 때가 됐소."

아까 혈마단의 시신 백이십삼 구를 본 이후 혈금강은 싸움이 결판으로 치닫고 있다는 것을 느끼고 있었다. 혈금강의 한마디에 용암굴 일대를 싸움터로 하는 것이 결론지어졌다.

"적이 용암굴로 따라 들어올까요?"

금정사에서 미리 피신했던 젊은 여승이 물었다.

"안 들어올 겁니다. 일부는 이쪽 편 굴 입구를 지키고 대부분은 오히려 병풍산을 넘어가려고 하겠지요. 우리는 병풍산을 넘어가는 네 개 통로에서 그들을 궤멸시켜야 합니다. 함정과 매복을 사용하면 가능한 일입니다."

감형묵이었다. 그는 죽음을 각오한 사람만이 보여줄 수 있는 호수같이 깊게 가라앉은 눈빛을 흘리고 있었다.

"무슨 함정을 만들지요?"

아미 속가 무인이 물었다.

"아, 이럴 때 탈혼사가 많으면 좋은데……."

과평서가 나지막이 혼잣말을 했다.

좌중에 긴 침묵이 흘렀다. 혈마단에 비해 무위가 형편없이 떨어지는 무인들이 많았기 때문에 사용할 수 있는 적절한 함정과 매복이 별로 없었던 것이다.

"탈혼사는 어떻게 만듭니까?"

하정원이 과평서에게 물었다.

"만년한철을 가공하여 눈에 보이지 않을 정도로 얇게 만듭니다. 그리고 그 위에 금강석의 가루를 입힙니다. 병풍산을 넘어가는 네 개의 통로에 탈혼사로 함정을 만들려면 만년한철로 된 강철 선이 엄청나게 많이 있어야 하지요. 네 군데 모두에 탈혼사를 설치하려면 최소한 삼사십 리 길이는 있어야 합니다."

과평서가 대답했다.

하정원이 한동안 생각에 잠겨 있다가 다시 물었다.

"혹시 천잠사나 인면지주사(人面蜘蛛絲)를 쓸 수는 없습니까?"

좌중의 사람들은 순간 어이없는 표정이 되어 하정원을 바라보았다. 천잠사나 인면지주사는 엄청나게 귀한 물건이다. 오십 장만 가지고 있어도 강호인들의 눈이 벌겋게 변할 기물(奇物)을 만들 수 있다.

"아이구, 하 공자님! 제가 만약 인면지주사 아니라 천잠사라도 삼사십 리가 아니라 오 리만 가지고 있어도 돈으로 바꾼 후 대륙을 떠나서 멀리 천축으로 도망가서 살겠습니다!"

감형묵이 한마디 하자 모두들 킥킥거리고 웃었다.

"과 대협, 천잠사나 인면지주사로도 탈혼사를 만들 수 있습니까?"

하정원이 정색을 하고 다시 물었다.

"천잠사나 인면지주사라면 정말 기막히게 훌륭한 탈혼사를 만들 수 있지요. 하지만 천잠사나 인면지주사 이야기를 해서 무슨 소용이 있겠습니까? 만년한철로 만든 강철 선도 없는데……. 탈혼사가 아닌 다른 함정을 검토해야 합니다."

과평서가 무뚝뚝하게 말했다. 하정원이 행낭 속에서 커다란 공 같기도 하고 커다란 주머니 같기도 한 물체를 하나 꺼냈다.

"이 주머니의 바깥쪽 두께 반 치는 인면지주사이고, 그 안의 두께 네 치는 천잠사입니다. 풀어서 쓸 수 있겠습니까?"

갑자기 조용해졌다. 과평서가 주머니를 빼앗듯이 집어 들고는 이리저리 돌려 보면서 연신 감탄인지 신음인지 구분이 되지 않는 소리를 내었다.

"그런데 금강석 가루는 어떻게 구합니까? 그것도 적은 양이 아닐 텐데."

하정원의 말에 모두들 갑자기 웃음을 터뜨렸다. 하정원은 어리둥절해졌다. 혈금강 현암이 웃음을 참느라고 시뻘게진 얼굴로 간신히 말을 시작했다.

"복호사와 그 인근만 해도 팔백 명입니다. 여기에 있는 정예 무승 이백여 명 이외에 피난시킨 스님들이 육백여 명 됩니다. 팔백 명의 식구가 먹고살고 있지요. 보시다시피 이 근처에는 논이나 밭도 별로 없고 첩첩산중일 뿐입니다. 저희는 대륙에서 하나뿐인 금강석 세공 조직입니다. 한마디로 금강석을 깎아서 먹고삽니다. 금강석 가루는 복호사에 가면 지천으로 널려 있지요. 지난 수백 년간 쌓인 금강석 가루를 처리해주신다면 저희야 엄청 감사한 일이지요."

혈금강의 말에 다시 좌중은 웃음바다가 되었다. 회의를 하던 사람들은 하정원이 가공할 무위와 천잠사, 인혼지주사 같은 절세의 기보를 가지고 있으면서도 막상 모든 아미 사람들이 알고 있는 복호사의 정체를 모른다는 점 때문에 다들 웃었던 것이다.

금강석은 세상에서 가장 단단한 물건이라 세공이 무척 까다롭다. 아미산 일대에는 금강석 광산이 꽤 있다. 오백 년 전까지만 해도 금강석의 원석은 아무 쓸모 없는 희끄무레한 돌

조각에 불과했다. 그런데 역병에 온 가족을 잃은 사십대 석공이 복호사에 늦깎이 출가를 해서 들어왔다. 당시 복호사는 조그만 암자 수준이었다.

복호사는 마침 석불을 하나 만들기 시작했는데, 나이 많은 행자승―스님이 되기 위해 처음 거치는 단계. 허드렛일과 심부름을 주로 함―이 되어 있던 석공 스님은 금강석을 갈아서 꽤 그럴듯하게 광채가 나는 보석을 만들어 석불의 이마에 박았다. 석공 스님은 원석의 약한 부분에 정을 대고 쳐서 적당한 크기의 조각을 여러 개 만든 다음 만년한철로 만든 철통에 이 조각들을 넣고 돌려서 서로 부딪쳐서 연마되게 하였다. 그렇게 하여 복호사에 의해 쓸모없던 금강석 원석이 보석으로 거듭 태어났던 것이다.

그 후 복호사의 무승들은 철통을 보다 정교하고 빠르게 돌리기 위해 철통전(鐵桶轉:철통 돌리기)이라는 무공 아닌 무공을 만들었다. 이때부터 금강석 가공은 복호사의 짭짤한 수입원이 되었고, 금정봉 아미파는 복호사를 키우기 시작했다. 이때까지만 해도 금강석으로 만든 보석은 아직 거칠게 가공된 상태에 불과해서 그리 비싸지 않았다.

획기적인 발전은 석공 스님의 제자에 의해 이루어졌다. 제자는 정질을 할 때 생기는 금강석 가루를 동백기름에 버무려서 원반 모양의 숫돌을 만들었다. 원반 숫돌을 빠른 속도로 돌려서 금강석을 갈게 된 것이다. 물론 숫돌을 만들 때 특수

한 접착제가 들어가는데 그 정체는 아직도 비밀이다. 이 원반 숫돌을 마반(磨盤)이라고 한다. 원반 숫돌을 이용한 가공법 때문에 금강석을 원하는 모양대로 깎고 광택을 낼 수 있게 되었다. 드디어 금강석은 진짜 보석이 되었다. 그 광택이나 모양이 현저히 발전한 것이다.

복호사 무승들은 원반 숫돌을 빨리 돌리기 위해 철통전을 변형시켜서 마반전(磨盤轉:원반 숫돌 돌리기)이라는 기공(奇功)을 만들었다. 마반전이 다시 삼백 년 전에 항마탈혼반(降魔奪魂盤)이라는 무시무시한 무공으로 거듭났다.

항마탈혼반은 만년한철로 된 종이처럼 얇은 원반을 던져서 반경 오십 장 이내의 적을 살상하는 무공인데, 절정에 이르면 모두 열두 개의 원반이 종횡무진 날아다니게 된다. 그 후 복호사는 아미산 최강의 무력 집단이 되었다. 이 무렵부터 복호사는 사천금강상회(四川金剛商會)라는 상가를 내세웠고, 금강석 사업에 관해서는 막후로 숨었다. 그래서 요즘은 복호사가 대륙의 금강석 가공의 총본산이라는 사실을 아미산 바깥의 사람들이 잘 알지 못하게 된 것이다. [주1]

1.금강석 가공은 네덜란드의 앤티워프를 중심으로 16세기 경부터 발전했다. 처음에는 주석으로 만든 깡통 속에 금강석 조각을 여러 개 집어넣고 돌려서 금강석 원석끼리 부딪치게 해서 가공했다. 이 깡통을 '도프'라고 한다. 나중에는 금강석 가루와 올리브 기름을 섞어서 만든 원반 모양의 숫돌로 금강석을 가공하게 되었다. 이를 '스카이프'라고 부른다.

　　　　*　　　　　*　　　　　*

　"하 공자님, 여기 이 사람을 좀 만나보시지요."

　동굴 안쪽 깊숙한 곳에 마련된 하정원의 거처로 혈금강이
한 사람을 데리고 들어섰다. 채수열이었다.

　"아, 네. 저는 하정원이라고 합니다."

　동굴 안으로 매를 스무 마리 정도 불러들여 훈련시키고 있
던 하정원이 작업을 중단하고 공손하게 말했다.

　"이 사람이 혈마단의 백인대주였던 채수열입니다. 파동 금
하장에 갔던 인간입니다."

　혈금강은 이미 하정원으로부터 자초지종을 들어 하정원의
출신과 금하장의 참극을 알고 있는 상태였다.

　혈금강의 말에 하정원은 눈앞이 캄캄해지고 심장이 벌렁
벌렁 뛰었다. 온몸이 불길 같은 분노에 휩싸이면서 숨이 막혀
오고 옆구리가 옥죄어 왔다. 채수열은 창백한 얼굴이었지만
두 눈은 깊게 가라앉아 있었지만 고개를 똑바로 든 채 담담한
표정으로 하정원을 보았다. 이미 살고 죽는 것을 초월한 상태
였다.

　만약 이 장소가 용암굴이 아니었다면, 그리고 혈금강이 채
수열을 데리고 온 것이 아니었다면 하정원은 한 주먹에 채수
열을 때려죽였을 것이다. 사실 혈금강은 하정원이 그렇게 할

것이라 생각하고 채수열을 데리고 왔다. 그러나 성정이 순후한 하정원은 가족을 참혹하게 죽인 원수를 대하고도 최소한 용암굴에서 채수열을 때려죽일 수는 없다고 생각했다. 이곳은 사백 명이 넘는 사람들이 먹고, 자고, 쉬며 기거하는 곳이었기 때문이다. 또한 지금 이곳은 혈금강의 관할이라 자신이 충동적으로 손을 써서는 안 된다고 생각했다. 혈금강이 이곳이 사람들의 책임자였기 때문이다. 이러한 고지식함이 하정원의 몸과 마음에 순간적으로 매우 심각한 타격을 주었다. 하정원 내부의 힘과 기세가 통제 불가능한 상태로 치닫기 시작했다.

맹렬한 살기가 사방으로 뻗치고 있었다. 채수열은 삶과 죽음을 초월한 상태였음에도 살기에 숨을 못 쉬고 노랗게 질려 갔다. 혈금강마저도 얼굴이 하얗게 변했다. 살기와 분노가 맹렬하게 치달아 하정원의 기혈을 뒤틀어 버렸다.

'컥!'

하정원은 반 사발이나 되는 피를 토하고서 제자리에 철퍼덕 주저앉아 가부좌를 틀었다. 하정원이 주화입마에 드는 모습을 보고 혈금강 현암의 얼굴이 노래졌다.

하정원은 필사적으로 마음을 가라앉히고 기혈을 다스리려고 노력하며 혼태토납공의 구절을 외웠다. 그러나 혼태토납공의 구결은 그저 글자로서만 겉돌 뿐이었다. 하정원은 층층단정공의 구결을 외웠다. 그러나 층층단정공의 구결 역시 글자에 불과했다. 하정원의 기혈이 더욱더 꼬이면서 그의 입가에서는 이내 피가 줄줄 흐르기 시작했다.

모든 무공 구결이 부질없게 된 상태에서 문득 하정원은 아버지 하태호가 노상 흥얼거리던 노랫소리를 들었다. 하태호는 지독한 음치였다. 그런데도 항상 노래 비슷한 것을 흥얼거리기를 좋아했다. 하태호의 말로는 '인생불가지(人生不可知:인생은 알 수 없다)'란 노래라고 했다. 젊었을 때 항주(杭州)의 퇴물 노기(老妓:나이 들어 퇴물이 된 기생)에게서 배웠다고 했다.

있는 것은 장차 반드시 없어지고[有必將至無],
없는 것은 반드시 흘러 있는 것이 되네[無必流爲有].
생명은 장차 반드시 죽게 되고[生必將至死],
죽은 것은 반드시 변해서 생명이 되네[死必轉爲生].
흘러 흐르고 변해 변하는구나[流流轉轉兮].
시작도 없고 끝도 없구나[無始無終兮].
의기를 느껴 분노하는 가슴에도 더러운 마음이 숨어 있거늘[義憤藏汚心],
옳고 그름은 한낱 봄날의 꿈일 뿐이네[是非一春夢].

꼬여서 치닫던 기혈이 조금 가라앉는 듯했다. 하정원은 끝없이 음치 아버지가 흥얼거리던 소리만을 마음속에서 좇고 있었다. 세 시진이 지났다. 채수열은 어느 때부터인가 눈물을 비 오듯 흘리더니 무릎을 꿇고 두 손을 땅에 짚고 이마를 땅에 대고 있었다. 혈금강도 옆에서 무릎을 꿇고 앉아 두 눈을 감고 명상에 들었다.

꼬박 하루 반이 지났다. 그동안 무슨 일인가 하고 몇 명의 복호사 승인들이 왔었다. 그러나 혈금강의 눈짓에 따라 십 장 밖에서 열 명이 호위를 서기 시작했다. 마침 그때부터 하정원의 기혈 속에서 기운이 조용히 흐르기 시작했다. 어느 순간에는 혼태토납공인 것 같았고, 다른 순간에는 층층단정공인 것 같았다. 묵환이 기혈의 흐름에 장단을 불렀다. 한순간은 빠르게 흐르고 다음 순간에는 한없이 느리게 흘렀다.

다시 꼬박 이틀의 시간이 더 흘렀고, 하정원의 온몸에서는 오색 안개가 피어나기 시작했다. 안개에서는 한없이 청량한 현무호심단의 냄새가 났다. 안개는 빛으로 변하는가 싶더니 다시 하정원의 몸으로 흡수되었다. 하정원은 벼락을 맞은 듯 몸을 부르르 떨었다. 하정원은 머리 속에서는 갑자기 모든 것이 깨달아졌다. 너무나 당연해서 왜 지금에서야 깨달았는지 오히려 궁금해질 지경이었다.

혼태토납공, 층층단정공, 사상양의심법, 회선비류환, 생사박투공, 구궁태을검법, 만금통령술······. 지금까지 익혀온 모든 무공의 세세한 부분까지 왜 그렇게 만들어졌는지 한번에 느낌이 왔다. 각기 다른 이 무공들을 꿰뚫는 근본 이치가 존재한다는 것을 깨달았다. 분별은 사물을 이해하기 위해 반드시 거쳐야 할 과정이지만 어느 단계에서는 버려야 한다는 것을 알았다. 혼돈, 태허, 음양, 사상이 실은 같은 것의 다른 얼굴들이라는 것을 느낄 수 있었다. 아직은 혼태토납공이 내공을 흩어버리는 현상이 계속되고 있지만 모든 인위적인 구분과 분별을 넘어서게 되는 순간 이 문제 역시 해결될 것이라는 확신이 들었다.

하정원의 눈이 떠졌다. 평범하고 순박한 청년의 눈이었다.

"시간이 얼마나 흘렀습니까?"

하정원이 담담한 목소리로 물었다.

"사흘하고도 한나절이 지났습니다."

혈금강이 극도로 공손한 목소리로 대답했다. 혈금강은 자신이 엄청난 순간을 지켜보았다는 것을 알고 있었다. 그저 옆에서 같이 명상을 했는 데도 자신의 무공마저 비약적인 발전을 이룬 것이 느껴졌다.

"채 대주, 혈금강 현암 스님을 따라가 보십시오."

하정원이 담담한 목소리로 채수열을 '채 대주'라고 부르며 말했다. 지금 이 순간 채수열에 대한 분노와 증오는 모두 사라지고 없었다. 그냥 불쌍한 인간으로 보였다. 자신의 부모를 죽인 진짜 원수는 마제라고 생각되었기 때문이다. 채수열

같은 일개 무부(武夫)가 아니라고 생각되었다.

꿇어앉아 있던 채수열의 고개가 더 깊이 숙여지면서 그의 어깨가 들썩였다. 사흘 전에 자신을 처음 보았을 때 하정원이라는 이 젊은이는 엄청난 살기를 일으켰다. 자신을 단매에 때려죽이든가 포를 떠서 죽여야만 풀릴 살기였다. 그런데 이 기이한 젊은이는 그 살기를 누르느라고 주화입마에 빠져 목숨이 왔다 갔다 할 지경까지 되었다. 참으로 바보 같은 짓이었다. 주화입마에 든 채 삼 일 동안 운공요상을 하더니 큰 깨달음을 얻은 것 같았다. 그리고 눈을 뜨자 자신을 '채 대주'라고 부르고 자신에게 말을 높여주면서 그냥 가보라고 한다. 채수열은 무엇인가 거대한 인간 정신의 힘을 보았다. 그리고 주체할 수 없는 눈물이 쏟아졌다.

채수열이 고개를 들었다. 채수열은 삼 일 넘게 같은 자세로 꿇어앉아 있어서 눈두덩이 쾡하고 안색은 초췌하기 이를 데 없었다. 그러나 한동안 눈물을 쏟아낸 눈빛은 고요한 가운데에서도 조용히 빛나고 있었다. 채수열이 말했다.

"혈패천 혈마단 제삼백인대주 채수열은 사흘 전 공자님께서 좌정에 드실 때 죽었습니다. 지금 이곳에는 이름없는 노복(老僕)만 있을 뿐입니다. 공자님의 신발 끈이라도 매게 해주십시오. 아니면 동굴 밖에 끌고 나가 단칼에 목을 쳐주십시오."

채수열이 조용하지만 흔들림이 없는 목소리로 말했다. 하정원은 한동안 아무 이야기도 없었다. 이윽고 하정원의 입이 열렸다.

"일단 가서 씻고, 먹고, 자고, 그 이후에 오십시오. 그때 생각해 봅시다."

채수열은 운공을 하지 않은 채 너무 오래 꿇어앉아 있어서 일어날 수가 없었다. 채수열은 엉금엉금 기어서 갔다. 혈금강은 일부러 그를 부축하지 않았다. 엉금엉금 기는 것 역시 채수열의 몫이라고 생각되었기 때문이다.

*   *   *

"충렬공을 익히려면 우선 마혼강림이라는 입문 의식을 거쳐야 합니다."

채수열은 하정원에게 담담한 목소리로 이야기했다. 하정원은 채수열을 받아들였다. 하정원이 사흘 반 동안의 좌정에서 깨어난 날 저녁에 하정원은 채수열에게 혈패천의 내부 사정에 대해서 여러 가지를 묻고 있었다. 채수열이 다른 일체의 칭호를 거절하여 하정원은 그를 '노채'라 부르게 되었고, 채수열은 하정원을 '주군'이라고 부르게 되었다. 노채의 이야기가 이어졌다.

"피처럼 걸쭉하고 비릿한 액체를 마시지요. 액체를 마시고 나서 '지옥의 겁화에 떨어질 때까지 저의 영혼을 맡깁니다'

라고 맹세를 하지요. 그러면 혈패천주가 백회혈에 손을 얹고 일종의 기를 불어넣어 줍니다. 마기(魔氣) 같습니다. 이렇게 마혼강림을 마치고 나면 충렬공을 운공할 수 있게 됩니다. 내공이 급속하게 증가하고 지칠 줄 모르는 체력을 가지게 됩니다."

"노채의 마제충렬공은 화후가 어떻게 됩니까?"

하정원이 나직한 목소리로 물었다.

"아, 원래의 이름이 마제충렬공입니까?"

"네. 신마대전 때 마제가 가르치던 무공입니다."

이 말을 들은 노채는 온몸을 부르르 떨었다.

"아, 그래서 인성이 그렇게 사악하게 변하는 거였군요. 시끄럽게 군다고 자신의 갓난아이를 패대기쳐서 죽이는 일도 있습니다. 저는 마제충렬공을 익히지 않았습니다. 아니, 익히지 않은 것이 아니라 익히지 못했습니다."

"그걸 익히지 않고 있어도 가만두던가요?"

"아닙니다. 어렸을 때 제가 몹시 아팠는데, 마침 발가시 호수 근처를 지나던 대뢰음사의 라마 스님들의 눈에 띄었습니다. 스님들이 제 몸에 금침을 열여덟 대를 박아 넣으셨다고 합니다. 그 때문인지 마혼강림 입문 의식을 받으러 가서 그놈의 걸쭉한 피 같은 액체만 마시면 피를 토하고 기절했습니다."

"아! 그런 이유로 노채(老蔡)는 마제충렬공을 익히지 않았군요?"

"네, 주군. 새옹지마이지요."

"혈패천 안에 마제충렬공을 익히지 않고 패혼귀원공을 고집하고 있는 사람이 노채 외에 또 있나요?"

"아마 없을 것입니다. 지난 삼 년 동안 끝없는 숙청이 이루어져 왔지요. 지금 혈마단을 이끌고 이곳 아미산으로 온 혈마단주 고극수 같은 놈이 그 숙청의 선봉을 맡았지요. 고극수나 부단주 마전동은 주군께서도 조심하셔야 합니다. 그놈들의 마제충렬공은 오성의 화후를 넘어선 지 오래됐습니다. 특히 충렬단을 먹은 후에는 괴물이 될 것입니다."

"그럼 혈패천에는 이제 패혼귀원공을 익힌 고수가 없다고 보아야겠군요."

"네. 아참, 이런 정신머리하고는! 대공자님이 패혼귀원공을 고집하고 계시지요. 그분은 패왕의 혼을 가진 분입니다. 조만간 제거될 가능성이 높지만… 대공자 혈천고성 갈천휘, 아까운 인물이지요."

갈천휘란 이름을 듣는 순간 하정원의 안색이 하얗게 질렸다. 한동안 침묵이 흘렀다.

"대공자는 금정봉 아미사 혈겁이 끝나고 따로 돌아갔습니까?"

"아니, 그걸 어떻게 아십니까? 혈마단주 고극수와 사이가 틀어져도 단단히 틀어져서 돌아갔습니다. 아마 혈패천으로 귀환한 후에 처벌받을 가능성이 높습니다."

"공녀도 대공자와 함께 돌아갔습니까?"

"네. 대공자나 공녀는 금하장 일이나 아미의 일에 대해 매우 못마땅하게 생각하셨습니다. 공녀도 아미사 혈겁 이후 혈패천으로 바로 돌아갔습니다."

하정원은 눈앞이 캄캄했다. 강호에 나와 처음으로 형님으로 모시고 싶다고 느낀 사람이 혈패천의 대공자이며 파동 금하장 참사 현장에 있던 사람인 것이다. 금하장 혈겁에 대해서 반대 입장을 취했고 손에 피를 묻힌 적 없었으며 강수를 구했다고는 하지만 흉수와 일행인 사람인 것이다. 하정원은 머리와 가슴이 빠개지는 듯했다.

"아, 오늘은 여기까지만 합시다. 노채도 지난 며칠 동안 쉬지 못했는데 오늘만은 푹 쉬십시오."

노채를 보내고 하정원은 가슴이 너무 답답하여 바깥 공기를 마시기 위해 용암굴에서 나왔다. 밤은 고요하고 평화스러웠다. 운도 근처 나무에서 쉬고 있을 터이다. 가을 밤, 산속에는 벌레 소리만 요란했다.

정주 무정숙을 떠나온 지 몇 년이 흐른 것만 같았다. 지난 열흘 남짓한 기간 동안 너무 많은 일을 겪었기 때문이리라. 하정원은 숲 가장자리 상수리나무 그루터기에 앉아서 최근에 벌어진 일들을 곰곰이 생각하기 시작했다.

자신이 정신없이 소용돌이치는 운명 속으로 빨려 들어가고 있다는 것을 깨달았다. 부모가 그까짓 얼음 덩어리 하나 때문에 참혹하게 죽었다. 혈마단이 말만 제대로 했더라면 백정구를 얼마든지 내어줄 수 있었다. 그런데 혈마단이 미련하고 포악했기 때문에 비참하게 죽은 것이다.

이곳 금정산에 오는 길에는 갈천휘를 만나 서로 뜻이 통했다. 그런데 형님으로 모시고자 했던 갈천휘는 흉수의 대장인 것으로 드러났다. 더 애매한 것은 흉수라고도 할 수 있지만 혈겁에 반대하는 꿋꿋한 사람이라고도 할 수 있는 인물이라는 점이다. 노채의 말에 따르면 혈패천에 귀환하면 혹독한 처벌을 받게 될 것이라고 한다. 하정원 자신이 아미산과 공래산맥에서 혈마단을 완벽히 제거하면 갈천휘의 처벌은 더욱더 피할 수 없게 될 것이다.

그리고 공래산맥 일대에서는 벌써 사백여 명의 사람들이 자신을 믿고 따르고 있다. 한편 수중 동굴에서는 현무문의 어른인 생사신의가 자신을 믿고 치료에 전념하고 있다. 치료를 받는 제갈혜령은 이미 하정원을 주군으로 모시겠다는 뜻을 밝혔다.

하정원은 자신이 거미줄에 걸린 벌레처럼 보이지 않는 운명의 실타래에 단단히 엮었다는 것을 느꼈다. 그리고 그 운명이 자기를 희롱한다고 생각되어 커다란 분노를 느꼈다. 하정원은 문득 밤하늘을 올려다보았다. 셀 수 없이 많은 별똥별이 떨어지고 있었다. 유성우였다.

갈천휘가 꼭 별똥별 같은 사람이라는 생각이 들었다.

사부를 존경하고 사부가 가르쳐 준 패왕의 길을 가는 진정한 무사이며, 사부의 딸과 서로 깊게 사랑하는 사이이다. 그런데 지난 삼 년 동안 사부가 변질해 버렸다. 노채의 말을 따르면 혈패천주는 패도를 버리고 마제의 하수인이 되든가, 혹은 스스로 마제가 되려 하고 있다. 갈천휘는 도대체 왜 혹독한 처벌을 각오하면서까지 그런 사부에게 돌아가고 있을까 하는 생각이 들었다.

사부에게 입바른 소리를 하기 위해서 돌아가고 있는 것일까? 그렇게 한다 해도 혈패천주는 조금도 변하지 않을 것이다. 혈패천주는 수십 년 동안 생사고락을 같이한 동지들을 '배신자'로 누명을 씌워 가족과 함께 처형하고 독약을 먹여 죽인 인물이다. 갈천휘가 제아무리 안달복달해도 혈패천주는 눈곱만큼도 변하지 않을 것이다. 하정원이었다면 예서희를 데리고 천축이나, 아니면 그보다 더 멀리 도망갔을 것이다. 갈천휘는 자신에게 주어진 운명을 정면으로 껴안으려 한다. 하늘의 끝에서 끝으로 빛을 뿜으며 떨어지는 별똥별처럼 운명을 향해 쏘아져 가고 있는 것이다.

여기까지 생각이 이르자 하정원의 머리털이 곤두서고 온몸에 진저리가 쳐졌다. 운명이 쳐 놓은 거미줄에 걸린 사람이 당당해질 수 있는 하나뿐인 방법은 오히려 스스로 운명 그 자체가 되는 것뿐이라고 생각되었다. 하정원의 입에서 신음 같은 소리가 한 자 한 자 저절로 쏟아졌다.

"나.는. 운.명.이.다."

하정원은 쏟아지는 별똥별을 하염없이 보면서 스스로 운명이 되기로 결심했다. 마제를 소멸시키는 자의 운명이 되기로 결심했다. 이제까지는 아버지와 어머니의 참변에 대해 복수하고 혈마단을 섬멸하기 위해 움직였지만, 앞으로는 마제를 소멸시키는 것을 목표로 삼기로 결심했다.

이렇게 마음을 정하고 나자 갈천휘가 오래전부터 같이 자란 쌍둥이 형제처럼 느껴졌다. 갈천휘가 파동 금하장에 있었든 없었든 이미 전혀 문제가 되지 않았다. 하정원 자신과 갈천휘 두 사람 모두 같은 운명에 속해 있었기 때문이다.

12장

팔군(八軍) 창설을 저지르다

묵환
默環

자리를 털고 용암굴로 돌아오는 하정원의
안색은 고요하게 가라앉아 있었고, 눈에서는 정광이 비쳤다.
발걸음도 가벼웠다. 아까 번뇌에 휩싸여 있었을 때에는 아무
것도 보이지 않더니 이제는 사람들의 생생한 모습이 하나하
나 다 보였다.

사람들은 삼사십 명씩 조를 짜서 탈혼사를 만드느라고 구
슬땀을 흘리고 있었다. 다들 탈혼사에 금강석 가루를 입히다
가 손이 베어진 상태였다. 베인 손에서 나오는 피를 옷에 문질
러 닦아 옷들은 죄다 붉은색 물감이 들어 있었다. 채 열여섯도
안 된 아름다운 소녀 비구니가 두 손에 벌겋게 피를 흘리면서

작업하는 것을 보게 되자 하정원의 눈에 핑 눈물이 돌았다. 하정원은 손을 거들기 위해 속가제자들 틈에 끼어 앉으려 했다.

"하 공자, 이거 아무나 하는 거 아닙니다."

속가제자 중 하나가 짓궂게 이야기했다.

"이거 하려면 우선 저 구석에 가서 삼천 배를 드리고 오십시오. 탈혼사 한 가닥에 혈마단의 원혼 스무 개는 낚아야 하니까 미리 속죄부터 하시고 오십시오. 어이, 우리는 아까 아침부터 점심때까지 꼬박 삼천 배를 했지? 안 그래?"

또 다른 사십대 속가제자 하나가 걸죽하게 농담을 했다.

"푸하하하하!"

이 말에 다들 웃음을 참지 못하여 몇 명이 탈혼사에 손가락을 벨 뻔했다.

"하 공자, 여기 끼어들려고 하지 마시고 노래나 하나 하십시오!"

누군가 크게 소리쳤다. 그 말에 모두들 열렬히 찬성해서 하정원은 노래를 하는 수밖에 없었다.

문득 하정원은 모여서 일하는 사람들의 모습이 농부와 닮았다고 느꼈다. 그래서 농부들도 모두 다 아는 노래인 격양가 (擊壤歌:요 임금 시대를 찬양하는 노래임)를 가사를 조금 바꾸어 불렀다. 원래 노래의 마지막 한 구절을 빼고 그 자리에 두 구절을 추가했다.

해 뜨면 일하고[日出而作],
해 지면 쉬네[日入而息].
우물 파서 물 마시고[鑿井而飮],
농사지어 밥을 먹네[農耕而食].
마제의 힘은 명부로 돌아가네[魔帝之力歸冥府].
강호 위세는 개 풀 뜯어먹는 소리[江湖威勢犬嚼草].

모두 아는 노래인 데다가 뜻이 의미심장하여 모두들 따라
부르기 시작했다. 탈혼사 작업을 감독하는 철담문의 제자들
마저 정신없이 따라 부르다가 하마터면 탈혼사가 엉켜서 못
쓰게 될 뻔한 적이 여러 번 있었다.

다시 하정원이 슬며시 앉아 작업에 끼어들려고 하는데 감
형묵이 와서 하정원의 옷소매를 잡아끌어 용암굴 밖으로 데
리고 나갔다. 밖에는 여전히 별똥별이 내리고 있었다.

"공자, 탈혼사 작업은 이제 거의 끝나갑니다. 지난 사흘 동
안 조를 바꾸어가며 사백 명의 사람들이 달라붙어서 했으니
까요."

"죄송합니다. 제가 너무 오랫동안 정신을 잃고 있었군
요."

"하하! 정신을 잃기는요. 현암 스님께 말씀 들었습니다. 무
공에 큰 깨달음이 있으셨다고."

"아직 미미합니다. 실마리는 잡은 것 같은데……."

"노채를 용서하시고 거두셨다구요."

감형묵 또한 채수열을 이미 '노채' 라 부르고 있었다. 하정원이 채수열을 거두었다는 이야기가 이미 용암굴의 사람들에게 퍼지고 있는 것으로 보였다.

하정원은 잠시 침묵에 빠졌다가 입을 열었다.

"용서하지 않았습니다. 애초에 용서하고 말고 할 일이 아니었습니다. 부모님을 참살한 것은 마제와 혈패천주입니다. 노채 같은 하수인들은 싸움에서 마주쳤을 때 제거해야 할 적에 불과합니다. 싸움이 끝나면 더 이상 시비를 따질 필요가 없지요."

감형묵은 하정원에 대해 거듭 놀라고 있었다. 혈기왕성한 스무 살 조금 넘은 청년인데 세상을 보는 눈이 득도한 고승과 같다고 느꼈다. 하정원이 채수열을 마주쳤을 때 살기와 분노를 참지 못해 피를 토하고 하마터면 주화입마에 빠져들 뻔했다고 혈금강 현암에게서 들어 알고 있었다. 그 고비를 넘고 새로운 깨달음의 경지로 나아가고 있는 하정원이 경이롭게 보였다. 잠시 침묵이 흘렀다.

"아까 현암 스님하고도 잠깐 이야기했는데, 적은 지금 큰 혼란에 빠져 있는 듯합니다. 적이 이곳에 오려면 앞으로도 시간이 좀 걸리겠지요?"

감형묵이 물었다.

"그럴 것입니다. 전체 전력의 삼분의 일쯤이 갑자기 아무 연락도 없이 사라진 것이니까요. 아마 지금쯤 공래산맥 이곳 저곳에 흩어져 있던 혈마단을 모두 불러모아서 머리를 맞대고 작전을 상의하고 있을 것입니다."

"네. 공자께서 운공에 빠져 계시는 동안 절명수 관평서가 이끄는 철담문 제자들이 사방 삼백 리에 걸쳐서 일부러 여기 저기에 미세한 흔적을 남겼습니다. 적은 이 일대로 진입한 이후에는 흔적을 쫓아 이리저리 헤매고 다니게 될 것입니다. 하하!"

"아, 그렇군요. 내일부터는 매를 띄워서 적의 움직임을 정확하게 알아보겠습니다."

"네. 그리고 완성된 탈혼사를 사용하여 병풍산을 넘어가는 통로와 용암굴 속에 함정을 만들기 시작해야 합니다."

잠시 말을 멈추었던 감형묵이 조심스럽게 입을 열었다.

"공자께서는 이미 가공할 무공을 갖추고 계십니다만 제가 궁술을 좀 가르쳐 드리고 싶습니다. 공자의 무공에 비하면 어린애 장난 같은 것이지만……."

하정원은 감형묵의 말에 크게 감격했다. 무공이 심오하느냐 그렇지 않느냐를 떠나서 자신의 무공을 남에게 아무 조건 없이 내어주겠다고 하는 마음을 가진다는 게 쉬운 일이 아닌 것이다. 감형묵의 말이 이어졌다.

"공자께서 활을 쏘시면 정말 좋겠다는 생각이 들었습니다. 해동궁(海東弓)을 쓰면 무공이 없는 사람도 육칠십 장 정도의 거리에 있는 적을 쓰러뜨릴 수 있지요. 해동궁의 편전(片箭:대롱 속에 짧고 무거운 살을 넣어서 활에 걸어 쏘는 것)을 쓰면 무공을 모르는 사람도 이백 장 밖의 적을 쓰러뜨립니다. 아마 공자님께서 활을 익히시면 무시무시한 결과가 나오게 될 것입니다. 매를 띄워서 적을 발견한 후 소리없이 접근해서 순식간에 제거하는 것이지요."

번갯불 같은 영감이 하정원의 머리 속을 스쳤다.

"아, 그거 정말 좋은 방법이군요!"

감형묵은 등에 메고 있던 커다란 반지 모양으로 둥그렇게 말린 활을 꺼냈다.

"이걸 공자님께 드리고 싶습니다. 해동궁이지요. 해동궁은 시위를 풀어놓으면 이렇게 둥글게 말립니다. 손에 공력을 일으켜 활이 따뜻해지도록 문지르면서 활을 뒤로 꺾어서… 네, 이렇게 꺾어서 시위를 걸면 보통 우리가 보는 활이 되지요."

해동궁은 대나무, 뽕나무, 복숭아나무를 얇게 깎아서 일곱 개 층으로 덧댄 후 맨 바깥쪽 부분은 물소 뿔을 얇게 깎아 붙인다. 감형묵이 하정원에게 준 활은 검은 바탕에 호랑이 꼬리 같은 흰색 무늬가 이어진 물소 뿔이 대어져 있었다. 하정원은 활에 호미궁(虎尾弓: '호랑이 꼬리와 같은 활' 이라는 뜻. 이씨 왕실의 고종이 쓰던 활의 이름이 '호미궁' 이었음)이라고 이름을 붙였다.

그날 밤부터 하정원은 감형묵에게서 활 쏘는 방법을 배웠다. 하정원은 활에 푹 빠졌다. 지치지 않고 쉼없이 쏘니 천천히 온 정성을 모아서 쏘아도 하루에 천 순(한 순은 다섯 발)을 쏠 수 있었다. 하정원의 우직한 수련에 감형묵은 고개를 절레절레 흔들었다.

이틀 만에 하정원은 감형묵과 비슷한 실력이 되었다. 삼 일째 되는 날부터는 화살에 공력이 실렸다. 활을 무리하게 많이 당기지 않아도, 또 화살의 속도가 특별히 빠르지 않음에도 화살은 묵직하게 소리없이 날아가서 한 자 두께의 바위를 깨끗이 관통했다. 화살에 실린 공력이 화살을 보호하고 있어서 바위를 관통하고도 깃털 한 오라기조차 상하지 않았다.

노채는 하루 종일 화살을 주워 오거나 새 화살을 만드는 일을 했다. 화살을 주워 오는 것은 보통 열서너 살 먹은 아이들이 하는데, 이 아이들을 시동(矢童: '화살 줍는 아이' 라는 뜻)이라고 부른다. 노채는 말하자면 시로(矢老)가 된 셈이다.

혈패천 혈마단의 백인대주가 하루 종일 화살 심부름을 한다고 하면 모든 사람들이 배꼽을 잡고 웃을 일이지만 노채의 얼굴은 점점 더 밝아지고 편안해지고 있었다. 무엇인가 하정원에게 조금이라도 쓸모있는 존재가 될 수 있다는 점이 노채를 행복하게 만들기 시작했다.

하정원은 활을 쏘면서 그 깊은 맛을 조금씩 알아가기 시작하였다. 활이야말로 정중동(靜中動)의 극치였고, 정신을 고도로 집중시켜야 하는 마음 공부이다. 또한 겉으로는 아무 움직임이 없어 보이지만 기본에 충실한 음양이기 내공 수련이다. 한편으로는 발바닥의 용천에서 빨아들인 땅의 음기를 양관혈, 회음혈, 장강혈을 통해 단전으로 보내야 하고, 다른 한편으로는 머리의 백회로 빨아들인 하늘의 양기를 몸 앞쪽의 중정혈, 거궐혈, 관원혈를 통해 단전으로 보내야 한다. 단전의 음양이기는 독맥을 통해 어깨의 견정혈을 거쳐서 팔로 치달아 소해혈과 지정혈을 통해 뻗어가야 하는 것이다. 팔로 당기면 백 근짜리 활도 힘들지만 기로 당기면 사오 백 근짜리 활도 한없이 쏠 수 있다. (주2)

활을 겨눈 채 정신을 모으고 기를 미세하게 계속 증가시키면 어느 순간 화살이 저절로 나가게 된다. 하정원은 힘을 씀에 있어서 마지막까지 미세하게 기를 증가시키는 이치를 깨닫게 되었다. 함부로 기를 폭출시키면 흐트러지게 되고, 반대로 마지막 순간에 주저앉아 기가 뒷받침되지 못하면 맥없이 물러서게 된다. 폭출시키지도 않고 주저앉지도 않아야 한다는 이치는 나중에 하정원이 사용하는 모든 무공에 적용되어 실제로 들어가는 힘보다 훨씬 더 큰 파괴력을 내게 해주었다.

혈마단과의 결전을 기다리는 칠 일 남짓한 기간 동안 하정

---

2. '백 근' 이라는 뜻은 활의 무게가 백 근이라는 이야기가 아니라 활시위의 장력이 백 근이라는 뜻이다.

원은 생사박투공과 구궁태을검에 이어 또 하나의 가공할 무공인 궁술을 손에 넣기 시작했다.

＊　　　　＊　　　　＊

"혈마단이 이제 육십 리 밖 사미봉(沙彌峰) 아래까지 접근했습니다."

운과 신호를 주고받던 하정원이 혈금강에게 말했다.

"정말 조심스럽게 움직이고 있군요. 사방을 정찰해 가면서… 이 속도라면 혈마단 정찰대가 십 리 밖까지 오는 데 두 시진쯤 더 걸리겠습니다."

"네. 십 리 밖 내림곡(內林谷)에 유인대(誘引隊)를 숨기고 이제 모두 위치를 잡아야 할 때인 것 같습니다."

"공자도 병풍산 통로 중 한 군데로 가시는 게 어떨지요?"

혈금강이 조심스럽게 물었다.

"아닙니다. 제가 이곳 용암굴을 맡겠습니다. 혈금강께서는 유인대를 이끌고 움직이기 시작하시지요."

하정원이 단호하게 말했다.

"제가 용암굴을 맡았어야 하는 것인데……. 너무 위험한데……."

혈금강은 낭패한 음성으로 말했다.

"하하. 현암 스님, 저 안 죽습니다. 명이 고래 힘줄보다 더

질깁니다. 걱정 마십시오."

하정원이 짐짓 쾌활한 목소리로 말했다.

작전은 다음과 같이 준비되어 있었다. 혈금강이 오십 명의 유인대를 이끈다. 유인대는 이곳에서 십 리 떨어진 내림계곡에서 혈마단에 일부러 종적을 드러내고 쫓기는 척하다가 열 명씩 다섯 조로 나뉘어 한 개 조는 용암굴로 뛰어든다. 그리고 나머지 네 개 조는 병풍산 절벽을 넘어가는 네 개의 통로를 밟아 나간다. 그때 하정원은 용암굴로 진입하려는 적을 막아낸다. 한편, 적의 주력은 네 개 조의 흔적을 따라 병풍산 절벽을 넘어가는 통로를 밟게 된다. 통로에 마련해 놓은 함정을 바탕으로 적의 주력을 병풍산 절벽에서 섬멸한다. 하정원이 용암굴 앞의 적 전력을 분쇄하고 나면 적의 주력을 쫓아서 병풍산 절벽으로 치달아 뒤쪽에서 적을 친다.

이 작전에서 가장 중요하고도 위험한 역할은 용암굴의 배수진이었다. 용암굴이 무너지면 용암굴에 투입되었던 적이 병풍산의 통로를 뚫는 데 보강될 것이다. 반대로 용암굴에 남겨진 적을 빨리 제거할 수 있으면 병풍산 절벽으로 달려간 적 주력의 배후를 칠 수 있다.

혈금강이 유인대 오십 명을 이끌고 떠나려 할 때 하정원이 불쑥 말을 꺼냈다.

"떠나시기 전에 이제 노채의 혈도를 풀어주시지요!"

하정원이 한쪽에서 화살통을 들고 서 있는 노채를 가리키면서 말했다. 하정원도 풀 수 있었지만 복호사가 사로잡은 사람이기 때문에 일부러 풀어주지 않고 있었다.

이 말을 들은 혈금강 현암은 기겁했다. 노채 역시 두 눈이 경악으로 크게 떠졌다. 노채는 내심 오늘 무공 한 번 못 쓰고 죽을 가능성이 높다고 생각하고 있었다. 회한은 없었다. 단지 무엇인지 좀 섭섭했을 뿐이다. 노채가 배신을 하면 용암굴에 의존해서 싸우는 결사대는 그 자리에서 죽을 수밖에 없기 때문에 혈도를 풀지 않는 것은 너무나 당연했다.

혈금강 현암은 아무 말도 하지 않고 하정원을 쳐다보기만 했다. 하정원 역시 아무 말도 하지 않은 채 빙긋이 웃고 있을 뿐이었다. 현암은 하정원의 눈에서 그 뜻을 읽었다. 하정원의 운명이 마제를 소멸하는 것이라면 노채가 배신하는 일 따위는 있을 수 없다는 확고한 믿음이었다. 곧 혈금강 현암은 노채의 혈도를 풀었다. 노채의 눈에서 주르르 닭똥 같은 눈물이 흘러내렸다. 노채는 소매로 눈을 한 번 훔치더니 서 있던 자리에 그대로 앉아서 운공조식에 들어갔다. 열흘 남짓 혈도가 막혀 있었기 때문에 반드시 운공이 필요했다.

혈금강이 유인대 오십을 이끌고 떠난 뒤 나머지 사백여 명은 네 개로 나뉘어 절벽을 넘어가는 네 개의 통로 쪽으로 각각 움직이기 시작했다. 사람들은 무기와 물과 건포만 몸에 지닌 채 움직였다. 승리하든가 죽든가 둘 중의 하나뿐이기 때문에 다른 것을 가지고 가야 할 이유가 없었다. 이제까지 사백여 명의 사람들이 생활하면서 사용하던 살림과 집기는 용암굴 안쪽의 한구석에 쌓아놓았다.

사람들이 모두 떠난 후 하정원은 마음을 가라앉히고 천천히 용암굴 내부에 설치된 탈혼사를 다시 한 번 점검했다. 굴입구에서 안쪽으로 이십 장은 탈혼사를 치지 않았지만 그 이후 육십 장은 사람 한 명이 드나들 수 있는 통로만 남기고 탈혼사를 거미줄처럼 쳐놓았다. 어두컴컴한 굴 안쪽에서 보면 탈혼사의 흔적을 희미하게 볼 수 있지만 굴 바깥쪽에서는 탈혼사가 전혀 보이지 않았다.

운공을 하던 노채가 자리를 털고 일어나 살림 집기를 모아놓은 굴 안쪽으로 달려가더니 청강검 한 자루를 허리에 차고 손에는 활과 화살통을 들고 나와 하정원의 옆에 섰다. 노채의 눈에서는 패혼귀원공의 패기가 섬광처럼 뻗어 나오고 있었다. 사로잡힌 이후로 여러 가지 일을 겪으면서 얻은 깨달음 때문에 패혼귀원공이 크게 늘었다.

한 시진쯤 지나자 운의 신호가 들렸다. 이제 적이 오고 있는 것이다. 하정원의 양손에 땀이 배었다. 향 반 대 정도 탈시간이 지나자 감형묵, 감형찬을 선두로 열 명이 뛰어 들어와서 하정원의 좌우 엄폐물 뒤에 자리를 잡고 활과 암기를 준비하기 시작했다. 바깥에 삼백 명 가까운 사람들의 인기척이 나기 시작했다. 하정원의 입가에 희미한 미소가 걸렸다. 기대했던 대로 혈마단 전체가 이 자리로 온 것이다.

*   *   *

고극수는 잔뜩 눈살을 찌푸리고 있었다. 내림곡에서 아미 복호사의 무리로 보이는 오십 명을 발견하곤 뒤쫓아왔다. 그런데 굴 앞에 도착하자 한 무리는 굴속으로 도망쳐 들어갔고, 나머지는 네 개의 무리로 나뉘어서 저 멀리 아스라하게 보이는 병풍산 절벽 방향으로 치닫기 시작한 것이다. 동굴로 도망쳐 간 무리는 얼마나 급했는지 동굴 입구를 가려놓았던 풀숲과 돌을 옆으로 치워놓은 채 그냥 안으로 내뺀 게 분명했다.

"마 부단주, 이 새끼들이 뭐 하자는 거야? 어떻게 생각해?"

고극수는 이빨 사이로 씹어 뱉듯이 물었다.

사천에 그전에 몇 번 와본 적이 있는 혈마단의 제이백인대주 강택상이 나섰다.

"제가 한 말씀 여쭙겠습니다. 그전에 사천에 왔을 때 공래산맥의 병풍산에 대해 들은 적이 있습니다. 높이 사백 장에 절벽이 백이십 리나 뻗은 산이라고 들었습니다. 저 산이 병풍산입니다. 또 병풍산 밑에는 몇 개의 용암굴이 있는데, 긴 것은 오십 리 이상 뻗어서 병풍산을 지하로 관통하고 있다고 들었습니다. 만약 이 굴이 그런 굴이라면 복호사 중놈들은 병풍산을 넘어서 굴 반대편 입구로 가고 있을 것입니다."

"호오! 그러면 지금 굴속에도 꽤 많은 쥐새끼들이 반대편 쪽으로 발바닥에 불이 나게 도망가고 있겠구먼. 흐흐."

극수가 잔혹한 냉소를 흘리면서 말했다.

"단주, 그러면 우리도 다섯으로 나누어서 하나는 굴로 들어가 밀어붙이고, 다른 넷은 저 쥐새끼들을 따라서 병풍산을 넘어갑시다. 오늘 복호사 일대의 이 버러지 같은 놈들을 완전히 뿌리를 뽑지요. 이 새끼들을 몇 명 살려서 족치면 천음절맥에 걸린 계집의 행방도 나올 것입니다."

부단주 마전동이 말했다.

"그렇지. 복호사 중놈들이 아미에서는 제일 강한 놈들이니까. 계집이 분명히 이놈들한테 와 있을 게야."

고극수가 말했다. 제이백인대주 강택상이 육십 명을 이끌고 동굴을 치기로 결정되었고, 나머지는 오십 명씩 네 개의 무리로 나뉘어 병풍산 방향으로 가기로 했다. 네 개의 무리가 출발하자 강택상은 혈마단원 이십 명을 바로 용암굴로 조심스럽게 진입시켰다. 다섯 명씩 네 개의 줄을 이루어 조심스럽게 진입했다.

하정원은 기척을 죽이고 왼쪽으로 오십 장 정도 이동했다. 앞에 들어오는 혈마단원을 그대로 내버려 둔 채 맨 마지막에 들어오는 혈마단원들을 노릴 수 있는 위치였다. 하정원의 손에서 소리없이 열 개의 구슬이 떠났다. 어둠 속을 날아간 구슬은 거미줄처럼 쳐진 탈혼사 틈 사이로 빠져나가 맨 마지막

줄과 그 앞줄에 속한 열 명의 혈마단원에게 날아갔다. 하정원이 던진 쇠 구슬은 열 명의 머리통을 터뜨리고 기해혈에 구멍을 냈다. 뒤에 있던 혈마단원 열 명이 쓰러지자 앞에 있던 혈마단원들은 뒤쪽에서 기관이 발동한 줄 알고 앞으로 냅다 뛰었다.

"아아아아악!"

앞으로 뛰던 혈마단원들은 채 이십 장도 달리지 못하고 허리나 목이 끊어져서 숨졌다. 단 한 명만 중앙에 나 있는 통로로 우연히 들어갔다가 아미쌍궁이 이끄는 열 명의 매복자가 쏜 화살과 암기에 맞아 그 자리에서 고꾸라져 숨졌다.

하정원은 노채에게 따라오라 손짓을 한 후 통로를 빠져나갔다. 용암굴 입구 바로 안쪽의 너른 공간 한구석에 노채와 함께 몸을 숨겼다. 미리 만들어놓은 엄폐물 뒤였다.

동굴 밖에 있던 강택상은 매우 당황했다. 동굴 안에서 비명소리가 난 후 아무 기척도 들리지 않자 순식간에 스무 명의 혈마단원을 잃었다는 것을 직감했다. 강택상은 다시 혈마단원 스무 명을 지목했다.

"충렬의 힘을 준비하고 동굴로 진입해라!"

동굴 안의 안배가 충렬단으로는 아무 효과가 없다는 것을 모른 채 강택상은 부하들에게 스스로 목숨을 끊으라는 잔인한 명령을 내렸다. 강택상의 얼굴에는 조금도 슬픔이나 가책의 빛이 나타나 있지 않았다. 충렬단을 꺼내어 먹는 스무 명의 얼굴 역시 별다른 기색이 없었다. 마제충렬공은 사람으로부터 정상적인 판단력과 느낌을 제거하기 때문이었다.

충렬단을 먹고 온몸에 지렁이 같은 힘줄이 불거져 나온 혈마단원 스무 명이 동굴로 들어섰다. 하정원은 그들이 모두 지나가기를 조용히 기다렸다. 천천히 전진하던 혈마단원들은 곳곳에서 탈혼사를 발견하고는 점점 더 중앙 쪽으로 모여서 하나씩 탈혼사가 쳐져 있지 않은 통로로 들어섰다.

마지막 혈마단원이 통로로 진입하고 나자 하정원은 노채로부터 활을 받아서 쏘기 시작했다. 공력이 실린 화살은 맨 뒤 혈마단원의 뇌호혈을 뚫고 관통해서 그 앞 혈마단원의 목천돌혈을 절반 이상 뚫고 나왔다. 하정원의 화살 공격과 함께 아미 속가제자들은 일렬 종대로 더듬더듬 전진해 오는 혈마단원에게 화살과 암기를 쏘기 시작했다. 아미 속가제자들은 통로의 정 중앙을 마주 보고 있었던 것이 아니라 통로와 비스듬히 사선이 되는 방향에 양쪽으로 매복해 있었다. 아미 속가제자들의 암기와 화살은 거미줄 같은 탈혼사의 틈바구니를 뚫고 양쪽에서 비스듬히 혈마단원을 갈아버렸다.

혈마단원은 뒤에서 날아오는 하정원의 화살에 벌써 예닐곱 명이 쓰러졌다. 비스듬히 양쪽에서 날아오는 화살과 암기에도 너댓 명이 쓰러졌다. 혈마단원들은 앞으로 치달리기 시작했다. 육십 장 정도 치달리는 과정에서 다시 서너 명이 쓰러지면서 이제 여섯 명밖에 남지 않았다. 그때,

"으아아아악!"

가장 앞에서 치달리던 혈마단원의 목이 날아갔다. 하정원이 통로를 빠져나갈 때 통로 끝에 탈혼사를 쳐두었던 것이다. 살아남은 다섯 명의 혈마단원은 길이 육십 장의 좁고 긴 통속에 갇힌 셈이 되었다. 순식간에 그 다섯 명마저도 온몸이 고슴도치가 되어 쓰러졌다.

하정원은 동굴 입구로 가서 밖을 은밀히 살펴보았다. 백인 대 대주로 보이는 자가 조급한 표정으로 옆의 사람과 무엇인가를 상의하고 있는 것이 보였다. 강태상과 이야기를 나누던 자는 전령이었다. 상황이 심상치 않다고 판단한 강태상이 고극수에게 지원을 요청하기 위해 전령을 보내려 하고 있었던 것이다. 하정원은 연달아 두 발의 화살을 쏘았다. 한 대는 강태상의 가슴 한가운데 옥당혈(玉堂穴)을 관통해서 커다란 구멍을 냈고, 다른 한 대는 전령의 천돌혈을 관통해서 목에 사발만 한 구멍을 냈다.

하정원은 활과 화살을 내려놓고는 쇠 구슬을 열댓 개 꺼내어 뿌리면서 바깥으로 튀어나갔다. 노채도 하정원과 함께 몸을 날렸다. 남아 있던 혈마단원 열아홉 명이 쓰러지는 데에는 차 반 잔 마실 시간도 걸리지 않았다.

하정원과 노채는 활과 화살을 챙겨서 고극수가 간 방향을 향해 전속력으로 신형을 날렸다. 용암굴 앞에서 기해혈이 뚫려서 죽어가는 혈마단원 하나를 심문하여 고극수가 맨 왼쪽 방향으로 갔음을 알 수 있었다. 고극수는 부단주 마전동과 함께 정예 혈마단원 오십 명을 데리고 갔다고 했다. 그 방향은 혈금강 현암이 이끄는 복호사의 승인들이 있는 곳이었다. 그러나 고극수와 마전동이 이끄는 정예가 갔다면 상황은 결코 낙관할 수 없었다.

반 시진 정도 만에 혈금강 현암이 지키고 있는 절벽에 도달했다. 절벽 중간 부분에서 이제 막 싸움이 벌어지고 있었다. 혈마단원 중 삼십 명가량은 순식간에 함정에 걸려 죽었고, 나머지 열아홉 명은 바위에 번갈아 손을 박아 넣어가면서 탈혼사 함정을 오른쪽으로 돌아 멀리 우회하는 참이었다.

하정원은 활에 화살을 먹여서 쏘았다. 화살은 바위에 붙어 있던 혈마단원 하나의 명문혈을 뚫고 바위에 박혔다. 혈마단원이 숨지면서 손에 힘이 빠지자 화살이 꺾이면서 시체가 떨어졌다. 하정원은 쉬지 않고 계속 화살을 쏘았다. 바위에 번갈아 손을 박고 움직이던 열아홉 명 중 순식간에 여덟 명이 떨어졌다.

"내려간다! 화살을 쏘는 놈부터 잡는다! 충렬의 힘을 보여라!"

고극수가 비장하게 외치면서 원독에 가득 찬 눈으로 충렬단을 먹었다. 하정원은 제자리에 선 채 계속 활을 쏘았다. 충렬단의 약효가 퍼지기 시작한 혈마단원들은 바위를 나는 듯이 미끄러져 내려왔다.

고극수가 이끄는 혈마단원들이 코앞에 닥칠 때까지 하정원은 계속 활을 쏘았다. 단주인 고극수와 부단주인 마전동을 포함해서 여섯 명이 바위에서 나는 듯이 미끄러져 내려와 하정원의 앞까지 이르렀다. 나머지 다섯 중 셋은 바위에서 미끄러져 내려오던 중에 화살에 맞아 죽었고, 다른 두 명은 다 미끄러져 내려와 하정원의 정면으로 달려오다가 화살에 맞아 쓰러졌다.

하정원은 활을 던지면서 신형을 뒤로 쭉 뽑았다. 하정원의 검이 뽑히면서 붉고 푸른 기운이 어린 검강이 제일 앞에서 달려오던 마전동의 심장이 있는 신봉혈(神封穴) 부근에 박혔다. 구궁태을검법의 최강 초식 중의 하나인 일월관천이었다.

스걱!

일월관천이 심장을 뚫고 지나가자 마전동은 달려오던 관성으로 인해 앞으로 대여섯 발자국을 힘없이 움직이다가 풀썩 고꾸라졌다. 노채 역시 검을 뽑고 맨 오른편에서 달려온 혈마단원과 맞서기 시작했다.

고극수는 세 명의 혈마단원과 함께 하정원을 포위했다.

"마기천하참(魔氣天下斬)!"

고극수의 검에서 시뻘건 검강이 뿌려지면서 하정원의 목을 비스듬히 베어왔다. 하정원은 왼팔의 묵환으로 검을 막았다.

쩡!

무시무시한 강기가 실린 검이 묵환을 때리는 순간, 하정원의 신형이 검의 진행 방향으로 죽 늘어지듯 미끄러지면서 충격을 흡수했다. 동시에 하정원의 오른손에 들린 검이 직경 두 자도 안 되는 작은 강기 고리를 뽑았다. 그 강기 고리의 끝에는 오른쪽에 서 있던 혈마단원의 목이 걸려 있었다.

털썩!

검에서 뿜어진 강기 고리에 맞은 혈마단원의 목이 떨어졌다. 하정원의 무공이 급증하면서 구궁태을검법의 최강 초식인 천지쌍교를 더 작고 더 정교하게 구사할 수 있게 된 것이었다. 혈마단원은 목을 잃은 채 분수같이 피를 뿜으며 비틀거리다가 고꾸라졌다. 쓰러진 혈마단원의 뒤편으로 옮겨 자리를 잡고 있는 하정원을 향해 고극수와 두 명의 혈마단원이 다시 짓쳐들어왔다.

하정원은 다시 신형을 뒤로 뽑으면서 고극수의 가슴 화개혈(華蓋穴)을 향해 구궁태을검법의 일기직입(一氣直入)의 수법으로 검강을 찔러 넣었다.

꽝!

하정원의 일기직입을 고극수의 검이 막았다. 고극수의 신형이 충격에 의해 석 자 정도 물러서는 순간 하정원의 검이 좌우로 흔들렸다. 실 같은 검사(劍絲)가 뿌려지면서 채찍처럼 좌우로 춤을 추었다. 구궁태을검법의 검편사행(劍鞭蛇行)이었다.

츠츠츠츳!

검사는 하정원을 노리고 달려들던 혈마단의 목을 감고 훑었다. 혈마단원 두 명은 목을 잃고 고꾸라졌다. 하정원의 검강을 막았다가 뒤로 석 자 정도 물러났던 고극수가 다시 덤벼들었을 때에는 이미 하정원과 고극수의 일 대 일 대결이었다. 하정원은 여유를 가지고 곁눈으로 힐끗 노채 쪽의 싸움을 보았다. 노채는 마제충렬공의 무공을 잘 아는 듯 상대의 공격을 이리저리 피하면서 상대를 조금씩 무너뜨려 가고 있었다.

"네 이놈, 채수열! 이 더러운 배반자!"

갑자기 고극수가 고함을 지르고 신형을 빼어 노채 쪽으로 검을 휘둘러 갔다. 하정원은 크게 놀라 검을 휘둘러 노채를 향해 뻗어가는 검로를 막았다. 이것이 고극수의 함정이었다.

무시무시한 경력을 담은 고극수의 왼 주먹이 하정원의 심장 위 유중혈(乳中穴)을 노리고 짓쳐들어왔다. 묵환으로 막기는 하겠지만 치명적 타격을 입을 수밖에 없었다. 이미 자세가 흐트러져 기가 흩어져 있었기 때문이다. 하정원은 그때 처음으로 눈 깜짝할 사이도 안 되는 짧은 순간이 억겁과 같이 길어질 수도 있다는 것을 알았다. 고극수의 손등에 나 있는 터럭 하나하나를 셀 수 있을 정도였다. 시간은 정지한 듯했고, 고극수의 손은 천천히 유중혈로 다가오고 있었다.

순간 하정원은 혼태토납공과 층층단정공이 하나로 엮인

것 같은 느낌이 들었다. 혼돈과 음양이 애초부터 둘이 아니라는 확신이 들었다. 그 순간 혼돈 같기도 하고 음양 같기도 한 기운이 하정원의 관원혈에서 출발하여 독맥을 타고 왼쪽 견정혈을 거쳐 묵환에까지 연결되었다. 혈을 거칠 때마다 조금씩 기운의 성격이 달라지는 것 같았다. 찰나의 일이라 아주 작은 기운이었다. 그러나 하정원은 어쩌면 고극수의 주먹을 막을 수 있을지도 모른다는 생각을 했다.

쾌앙!

고극수의 주먹을 하정원의 왼 팔목에 채운 묵환이 막았다.

"으아아아악!"

고극수는 칠팔 장을 날아가면서 입에서 피를 분수같이 토하며 비명을 내질렀다. 고극수의 주먹이 하정원의 왼팔을 때리는 순간 주먹을 타고 괴이한 기운이 몸에 흘러들어 왔다. 불길 같은 뜨거움과 얼음보다 더한 차가움을 동시에 가진 기운이었다. 그 기운은 순간적으로 고극수의 내장을 휘저어서 곤죽을 만들어 그의 숨통을 끊어놓았다.

그러나 하정원의 신형 역시 오 장을 날아가 처박혔다. 하정원 역시 가볍지 않은 부상을 입은 듯 입으로 계속 피를 게워 내고 있었다. 노채가 혈마단원의 목을 날리고는 하정원의 곁으로 달려왔다. 혈금강과 복호사 승인 백여 명도 절벽을 타고 미끄러져 내려와서 하정원이 있는 쪽으로 달려왔다.

하정원은 혈금강 현암의 부축을 받아 가부좌를 튼 후에 힘겹게 말했다.

"현암 스님, 저는 혼자 운공요상을 할 수 있습니다. 아직 싸움이 계속되고 있는 곳으로 가셔서 이참에 혈마단을 완전히 제거하십시오."

이 말에 혈금강은 다섯 명의 승인을 호위로 남겨놓은 채 나머지 인원을 이끌고 바람처럼 신형을 날렸다.

*　　　*　　　*

노채와 다섯 명의 승인이 호위를 선 가운데 하정원은 절벽 아래 나무 밑에서 운공요상에 들어갔다. 제대로 방어를 취하지 못한 상태에서 무시무시한 경력이 실린 고극수의 주먹을 얻어맞아서인지 유중혈을 중심으로 기혈이 크게 뒤틀려 있었고, 무엇인가 사악한 기운 덩어리가 혈을 막고 있었다. 운공이 제대로 되지 않았다. 사악한 기운은 온몸을 잠식해 들어오고 있었다. 이대로 한 시진만 지나면 몸이 고목과 같이 굳어지면서 죽을 것만 같았다.

하정원은 문득 아까 고극수의 일권을 막을 때 아주 미약하지만 혼태토납공과 층층단정공을 하나로 엮어서 왼손으로 보냈던 것을 기억해 내었다.

혼태토납공은 선천지기를 쌓는 무공이고 층층단정공은 선천지기를 음양이기의 내공으로 바꾼다. 문제는 층층단정공의 운공을 중지하는 순간 내공이 다시 선천지기로 흩어진다는 데에 있었다. 그래서 하정원은 사상양의심공을 사용하여 단전 안에서만 항상 운공이 되도록 만들어서 내공을 사용했다.

며칠 전 노채를 처음 만나고 심마에 들었을 때 혼돈과 태허의 뜻을 새삼 깨달았다. 그것은 구분이 없어지는 경지였다. 옳고 그름의 구분이 없어지고, 산 것과 죽은 것의 구분이 없어지고, 내공과 선천지기 사이의 구분이 없어지는 것이다. 그러나 그때에는 어렴풋하게 깨달았을 뿐이다. 고극수의 권격(拳擊) 앞에 순간적으로 그 깨달음이 다시 한 번 떠올랐고, 선천지기와 음양이기 내공의 구분 없이 그 기운 자체를 움직인다는 일념으로 왼팔을 들어 그 권격을 막았었다.

하정원은 모든 구분을 버리고 그 기운 자체에 몸을 맡겼다. 혼태토납공도 층층단정공도 생각하지 않았다. 층층단정공을 단전 안에서 운공하는 것도 놓아버렸다. 온몸의 기혈 속에서 기운이 조금씩 꿈틀거리기 시작했다. 한순간에는 선천지기의 성질을 가지고 있었고, 다른 순간에는 음양이기 내공의 성질을 가지고 있었다. 또 어떤 순간에는 두 가지 성질을 모두 가지고 있었다. 기운은 자기 흥에 내키는 대로 온몸을 휘저었다. 드디어 고극수의 주먹에 맞아 사악한 무엇인가가 맺혀 있던 유중혈이 뚫렸다.

"울컥!"

검게 죽어 있는 피를 한 사발이나 토했다. 기운은 더 활발하게 움직이기 시작했다. 묵환이 기운을 주도하여 어떨 때는 느리게, 어떨 때는 빠르게 움직이게 만들었다. 기운은 점점 더 선천지기의 성질과 음양이기 내공의 성질을 동시에 갖기 시작했다. 풀리지 않고 있던 혼태토납공의 구절이 무슨 뜻인지 이해가 되었다.

태허든 음양이든 기는 둘이 아니고[太虛陰陽氣不二],
혹은 뛰어오르고 혹은 흐르니 기에는 허물이 없네[或躍或流氣無咎].
마음과 행동을 쫓아 기가 마르지 않으니[從心從行氣無盡],
천지 또한 영혼보다 크지 않구나[天地不亦大於魂].

하정원의 온몸에서 검고 노란 땀이 비 오듯 흘러나왔다. 한순간 온몸에서 오색찬란한 빛이 나다가 다시 갈무리되어 몸 안에서 사라졌다.

하정원은 다시 한 번 자신의 운명을 똑똑히 느낄 수 있었다. 마제의 소멸이 그에게 맡겨진 짐이라는 것을 명확히 깨달은 것이다. 하늘이 그에게 그런 짐을 맡길 것이 아니라면 이 며칠 사이에 가족이 그토록 참혹한 혈겁을 당했을 리도 없고, 자신의 무공이 이토록 빠른 속도로 발전할 리도 없다는 것을 생생하게 느낄 수 있었다. 마제 소멸이라는 짐을 맡기기 위해 꼭 이런 시련을 주어야 하는가 하는 생각이 들자 하늘을 원망

하는 마음도 조금은 생겼다. 어쨌거나 하정원은 그 짐이 이제 운명이라 생각했고, 하정원 자신이 운명 그 자체가 되겠다고 다시 한 번 결심했다.

하정원은 감고 있던 눈을 떴다. 고승의 눈빛과 같이 심연처럼 고요히 가라앉아 있는 눈이었다. 주위에는 노채와 아까부터 호법을 섰던 다섯 명의 무승만 있는 것이 아니었다.

혈금강을 비롯한 복호사 무리의 수뇌부들과 감형묵 형제를 포함한 아미 북쪽 속가 무인들의 수뇌부들이 여기저기 가부좌를 틀고 앉아 있었다. 근 삼십 명 가까운 사람들 중에는 팔이나 다리가 잘려 피가 배인 붕대로 감고 있는 사람들도 서너 명 있었다. 해는 벌써 서쪽으로 기울고 있었다.

"현암 스님, 이제 혈마단을 모두 제거하고 싸움이 다 끝난 모양이지요? 오늘 전체 사망자와 부상자는 얼마나 됩니까?"

명상에 빠져 있던 사람들이 모두 하정원을 바라보았다.

"하하, 오늘이요? 하 공자님, 이미 사흘 밤이 꼬박 지났습니다. 공자님은 사흘 동안 운공하셨습니다."

혈금강이 어이가 없다는 표정으로 말했다.

"저희 측의 사망자와 부상자는 거의 없습니다. 스물세 명이 사망했고, 삼십오 명이 중상을 입었습니다. 혈마단은 한 명도 안 남기고 전멸했습니다."

혈금강의 말을 이어 감형묵이 차분한 목소리로 말했다.

하정원은 깜짝 놀랐다. 그리고 어깨가 무거워져 왔다. 운

공을 하는 자신을 기다리려고 팔다리가 끊긴 사람마저 땅바
닥에서 노숙을 하며 같이 사흘 밤을 보냈다는 것을 깨달았기
때문이다.

*　　　　　*　　　　　*

복호사. 건물은 모두 불타서 잿더미가 된 절 터에 여기저
기 풀과 나무로 만든 움막과 엉성한 천막이 백여 개 자리 잡
고 있다. 모두 사백 명이 넘는 사람들이 열 명에서 스무 명
씩 모여서 모닥불을 피우고 저녁을 해먹고 있었다. 옷에는
피가 군데군데 묻어 있었다. 가끔씩 팔다리가 잘려 피가 배
인 붕대를 감고 창백한 안색으로 불 옆에 누워 있는 사람도
보였다. 어찌 보면 깊은 산중의 불타 버린 흉물스러운 잿더
미 옆에 웅성거리고 모여 있는 거지 떼로 생각되었다. 그러
나 초라하고 비루한 겉모습과 달리 사람들의 얼굴은 하나같
이 기쁨에 빛나고 있었고, 여기저기 떠들썩한 웃음소리가
터져 나오기도 했다. 사정을 모르는 이가 이 광경을 보았다
면 '거지들이 떼를 이뤄 미쳤다' 생각하고 혀를 끌끌 찼을
것이다.

"하하하! 정말 오랜만에 마음 놓고 밥을 먹네요!"
혈금강이 유쾌하게 말하더니 자리에서 일어나 쇠 종을 치
는 듯한 큰 소리로 외쳤다.

"자, 밥을 먹고 쉬다가 한 시진쯤 후 저녁 예불을 드리겠습니다! 그리고 특별히 감추어두었던 용정차를 한 잔씩 마십시다!"

혈금강의 말에 여기저기서 '좋소!' 라는 소리가 나왔다. 아미 속가제자들은 속으로 '술은 없나?' 란 생각을 했다. 이미 아미 속가 중 십여 명은 사십 리 밖의 인가에 가서 술을 가져오겠다며 아까 저녁 시간 전에 튀어 내려간 상태였다.

"술을 먹어도 됩니까?"

드디어 참다못한 아미 속가 한 명이 큰 소리로 물었다.

"저녁 예불이 끝나고 차를 마신 다음, 한쪽에 모여서 조용히 드십시오. 부처님도 오늘은 특별히 허락하실 것입니다."

혈금강이 진중하게 말했다.

마당 한쪽을 쓸어내고 만든 초라한 장소에서 진행된 예불은 장중했다. 불에 타버린 종각(鐘閣)에서 종을 꺼내어 나무에 매달았다. 종이 울리는 가운데 백팔배가 진행되었다. 백팔배를 드리면서 모든 사람이 지장경(地藏經)을 암송했다. 지장경은 죽은 사람을 위해 읽는 경이다. 사백 명의 사람이 동시에 암송하는 장중한 경전 소리가 퍼져 나갔다.

백팔배를 마치고 모두 꿇어앉아 있는 상태에서 복호사의 현수 스님이 손에 들고 흔드는 작은 종을 치면서 법문을 읊기 시작했다. 죽은 사람을 위한 일종의 약식 천도제(天導際)

였다.

먼저 금정 신니를 비롯한 금정사의 사망자들에 대한 내용
이 나왔다. 금정사에서 미리 피신시켜서 목숨을 간신히 건진
여승들 사이에서 숨죽인 오열이 터져 나오기 시작했다. 그리
고 차례로 아미 속가 문파의 희생자들이 거론되었다. 이어 복
호사의 희생자들이 거론되었다. 마지막으로 혈패천 혈마단
이 거론되었다. 이 모든 이들의 혼백이 무사히 흩어져 윤회의
겁을 끝내기를 빌면서 법문이 끝났다.

갑자기 노채가 엉엉 울기 시작했다. 고향을 떠나 만 리 밖
에서 끔찍한 혈겁을 저지르다 덧없이 숨진 짐승들이 불쌍해
서 울었고, 부하들에게 그런 흉측한 명령을 내린 혈패천주가
미워서 울었고, 이곳 공래산맥과 아미산에서 숨진 짐승을 위
해 천도제를 지내주는 아미 사람들이 고마워서 울었다.

다시 종이 울렸고, 그 소리에 맞추어 백팔배를 올리는 것으
로 예불이 끝났다. 사람들은 닭똥 같은 눈물을 흘리면서 절을
올렸다.

예불이 끝나자 나무를 깎아서 만든 잔에 용정차가 한 잔씩
돌았다. 그리고 불가 인원의 수뇌부는 혈금강의 지휘 아래 따
로 모여 회의에 들어갔고, 속가 인원 백사십여 명은 절 밖의
숲 속 공터에 모여 묵묵히 술을 마시기 시작했다.

하정원은 한 말들이 큰 술 한 병을 얻어 노채를 데리고 따

로 자리를 가졌다.

"노채, 앞으로 혈패천이 어떻게 움직일 것 같습니까?"

"아마 최소한 이삼 년은 꼼짝하지 않을 것입니다. 이번 혈마단이 박살난 것은 엄청난 충격일 것입니다."

"전체 삼천삼백 명의 혈마단 중에 불과 오백 명이 죽었는데요?"

하정원이 이상하게 생각되어 되물었다.

"그렇지요. 하지만 소림이나 무당 같은 강호의 거대 문파가 움직인 것이 아닙니다. 그냥 사천 안에서 소리 소문 없이 죽은 것입니다."

"그게 그렇게 충격적인 일입니까?"

"네. 강호 전체가 움직여서 혈마단이 몰살당했다면 별로 놀랄 일이 아닙니다. 하지만 강호에서는 아무 움직임이 없었지요. 외부에서 보면 아미파 자체의 힘만으로 혈마단 오백을 몰살시킨 것입니다. 아무도 생존자가 없는 진짜 몰살이지요."

"그렇다면 혈패천주는 강호가 엄청난 힘을 가지고 있다고 판단하겠군요?"

"네, 바로 그렇지요. 적을 전혀 모를 때에는 적이 더 크고 더 강하고 더 무서워 보이는 법입니다. 그러니 저희는 밖으로 소문을 내서는 안 됩니다. 그냥 조용히 지내야 합니다."

여기까지 말한 노채는 눈을 빛내며 다시 입을 열었다.

"제가 혈패천주라고 가정해 보지요. 혈마단의 정예 오백 명을 쥐도 새도 모르게 사천에 보냈습니다. 소림이나 무당 같은 거대 문파는 전혀 눈치를 채지 못하고 아무 움직임도 없었습니다. 그런데 사천에 보낸 혈마단이 단 한 명도 살아남지 못하고 전멸했습니다. 혈패천주는 소름이 끼치고 간이 오그라들 겁니다. 강호에 어떤 무시무시한 암중 세력이 있어서 혈패천을 견제하고 있다고 생각할 것입니다. 스무 살 먹은 청년 하나가 아미의 생존자들을 이끌고 혈마단을 제거했다는 사실도 모를뿐더러, 그 이야기를 들어도 전혀 믿지 않을 것입니다."

"그러면 혈패천주는 어떻게 움직일까요?"

"움직이지 않습니다. 최소한 이삼 년은 힘을 기를 것입니다. 마제충렬공을 익힌 고수를 엄청나게 기르겠지요."

이삼 년은 시간을 벌었다는 생각에 하정원은 한편으로는 마음이 놓였다. 그러나 그 후에는 더 큰 혈겁이 본격적으로 벌어질 것이라는 생각에 가슴이 한없이 무거워졌다.

하정원은 묵묵히 술을 마시기 시작했고, 그 마음을 짐작한 노채는 옆에 무릎을 꿇고앉아서 술을 부었다. 생각에 빠져 있던 하정원은 문득 노채가 술을 안 마시고 있다는 것을 깨닫고는 술을 권했다.

"노채, 아까 천도제를 지내면서 문득 내가 정말 많은 사람을 죽이게 되겠구나 하는 생각이 들었습니다."

하정원이 노채에게 침중한 음색으로 이야기했다.

"이제는 이골이 나서 별로 느낌이 없습니다. 마음이 이 바위나 혹은 저기 서 있는 전나무의 딱딱한 껍질같이 변해가는 것 같습니다."

"주군, 어차피 마제와 혈패천과는 싸울 수밖에 없습니다. 주군이 천하 끝으로 도망쳐 숨어도 결국 싸우게 됩니다. 마음을 단단히 먹으십시오."

노채가 하정원에게 나직한 목소리로 이야기했다. 순간 하정원은 천세유림으로 돌아가고만 싶었다. 가서 혁우세에게 사정을 이야기하고 싶었다. 그러면 혁우세가 강호 무림인들을 크게 모아서 혈패천으로 쳐들어갈 것만 같았다. 그러나 피바다 속에 누워 숨진 하태호의 모습이 떠오르자 다시 한 번 몸이 부르르 떨리면서 정수리에 찬물을 뒤집어쓴 것 같은 느낌이 들었다.

"노채는 식구가 없나요?"

한동안 노채는 말이 없었다. 목이 메어 말을 잇지 못하던 노채의 입이 열렸다.

"발가시에 마누라하고 이제 여덟 살 된 딸년이 있지요. 마누라나 저나 다 고아여서 다른 친척은 없습니다. 발가시 근처는 유목민끼리 부족 전쟁이 많아서 고아가 많습니다. 그래서 혈패천은 어린 문도들을 쉽게 구하지요. 마누라와는 혈패천에서 만났습니다. 무인이 아니고 혈패천의 시비로 있던 여자이지요."

"아, 그러면 사람을 시켜 데려와야 하지 않을까요?"

"……."

노채는 아무 말도 하지 않았다. 하루에도 몇 번씩 처를 데려오고 싶은 생각이 굴뚝같았다. 하정원이 노채의 손을 잡고 말했다.

"걱정 마십시오. 제가 며칠 후에 파동으로 전통을 넣겠습니다. 상인 조직을 통하면 소리 소문 없이 모시고 올 수 있습니다. 파동이나 형주에 모셔다 놓으면 될 것입니다. 저에게 부인을 접촉할 수 있는 방법을 가르쳐 주십시오."

하정원이 말하자 노채는 두 손으로 땅을 짚고 주르르 눈물을 흘렸다. 고개를 푹 숙이고 있는 노채의 어깨가 사정없이 흔들리고 있었다. 하정원은 아무 이야기도 하지 않은 채 술잔만 계속 비웠다.

하정원이 노채와 밤새 술잔을 기울이던 시각에 아미 무인들의 수뇌부는 따로 모여서 심각한 논의를 하고 있었다.

"우리는 혈패천이 보낸 혈마단을 몰살시켰습니다. 혈패천은 이제 무슨 대가를 치르더라도 아미와 사천을 가만 놔둘 수 없게 되었습니다. 우리는 사천을 떠나 뿔뿔이 흩어지든지 아니면 본격적인 싸움을 준비해야 합니다."

혈금강이 침중한 목소리로 말했다. 이 자리에는 복호사에서 현암을 비롯한 열 명, 금정사에서 연주를 비롯한 열 명, 아미 속가에서 아미쌍궁을 비롯한 열 명이 모여 있었다.

"사천을 떠나 뿔뿔이 흩어지다뇨! 그런 말씀은 아예 꺼내지도 마십시오!"

연주가 부르짖었다.

"사실 제 뜻도 그렇습니다. 사천을 떠나 뿔뿔이 흩어진다는 것은 말이 되지 않는 이야기입니다. 그렇다면 혈패천과 본격적으로 싸울 수밖에 없습니다. 어떤 방법이 있겠습니까?"

혈금강이 다시 한 번 말하자 무거운 침묵이 내려앉았다.

"소림이나 무당에 구원을 청하면 안 될까요? 연주 사저가 장문영부를 가지고 있습니다. 장문영부를 들고 찾아가 보면 어떻겠습니까?"

금정사 출신의 여승 하나가 조심스럽게 말을 꺼냈다.

"그렇게 해보지요. 혈패천이 아미를 멸문시켰다는 것은 무림맹이 만들어져야 할 만큼 중요한 사안입니다. 우리 혼자서 혈패천과 싸울 필요는 없습니다. 무림맹을 만들게 해서 전체 정파무림을 끌어들여야 합니다."

아미 속가제자 하나가 찬성의 뜻을 비추었다.

"혈패천은 마제의 부활을 추진하고 있습니다. 이건 무림맹을 만들어서 대처할 일입니다. 하루라도 빨리 이 소식을 다른 문파에 전해야 합니다."

복호사의 젊은 승인 역시 적극적인 찬성의 뜻을 비추었다.

"혈패천이 마제 부활을 추진한다는 증거가 어디 있지요? 다른 문파 사람들을 어떻게 설득할 수 있습니까? 무림맹이 만들어진다고 해도 아미 무인들은 소모품이 될 것입니다. 혈패천의 진짜 의도를 알아내기 위해서라도 사천은 그냥 방치될 것입니다. 만약 어느 문파가 아미를 적극적으로 돕겠다고 나선다면, 그 문파는 틀림없이 사천에 주저앉아 아미를 먹겠다고 할 것입니다."

다른 문파의 힘을 빌리자는 의견에 대해 감형묵이 강하게 반박했다. 좌중은 다시 긴 침묵 속으로 빠졌다. 마침내 혈금강이 입을 열었다.

"이럴 때 가장 근본적인 원칙은 우리 자신의 힘을 기르는 것입니다. 힘을 기르려면 우리를 이끌어줄 사람이 필요하고, 또한 시간이 필요합니다."

"아미 무인 전체를 아우를 수 있는 임시 조직을 만들고 하공자를 수장으로 추대하면 어떨까요?"

연주가 생각에 잠겨 혼잣말처럼 나직하게 말했다. 순간 혈금강과 아미쌍궁은 번개에 맞은 것 같은 충격을 느꼈다. 하정원의 무위는 구대문파 장문인보다 뛰어난 것으로 판단되고, 성품은 순진하다고 할 정도로 순후하였다. 생사신의를 구하고 제갈혜령에게 사용할 약을 전달한 것으로 보아 최소한 생사신의와 같은 급의 은거기인들의 가르침을 받았을 것이 틀림없었다. 그 은거기인들 역시 아미에 힘이 되어줄 가능성이 높았다. 나중에 아미가 재기하여 독립하게 될 때 하정원은 걸림돌이 될 것 같지도 않았다.

사람들은 하정원을 수장으로 삼아 임시 조직을 만들어 힘을 기르는 방안에 대해 진지하게 논의하기 시작했다.

"나이가 너무 어리지 않을까요?"

금정사 출신의 여승 하나가 조심스럽게 물었다.

"어리고 순진할수록 아미가 재기하여 독립하기 좋습니다."

아미신궁 감형묵이 잘라 말했다. 하정원을 수장으로 삼아 임시 조직을 만드는 쪽으로 의견이 모아졌고, 당분간 아미 혈겁을 일체 외부에 알리지 않기로 결정되었다. 다음날 하정원을 찾아가 설득하기 위하여 스물네 명의 대표를 정하고 나서 이날의 회의는 끝났다.

*   *   *

혈금강을 비롯한 십이 명의 승가 수뇌부와 감형묵이 이끄는 속가 수뇌부 십이 명으로 이루어진 이십사 명이 이른 아침에 하정원의 막사로 찾아왔다. 하정원이 번거로운 것을 싫어한다는 것을 알기에 그 막사는 절터 맨 위쪽 칠성신군(七星神

君)을 바위에 파놓은 숲 속에 있었다. 스물네 명의 사람들은 하정원을 찾아와 다짜고짜 공터에 무릎을 꿇었다. 하정원이 크게 놀라서 그 앞에 같이 무릎을 꿇고 앉았다.

"공자님, 저희를 받아주십시오. 아미를 다시 일으켜 주십시오. 아니, 공자님이 직접 일으키지 않으시더라도 저희가 힘을 갖출 수 있도록 이끌어주십시오."

혈금강이 무릎을 꿇은 채 진중하게 말했다.

하정원은 아무 말도 못했다. 너무 엄청난 이야기여서 무엇이라 대답할 말이 없었던 것이다.

"혈패천의 혈겁은 이제 시작입니다. 혈패천은 천음절맥에 걸린 제갈혜령 소저의 일이 아니더라도 사천에서 호북에 이르는 장강 상류와 중류를 노리고 있습니다. 게다가 이번에 혈마단 오백 명이 이곳에서 몰살당했으니 앞으로 저희는 혈패천의 첫 번째 공격 목표가 될 것입니다. 힘을 키우지 못하면 저희는 죽은 목숨입니다."

혈금강이 단숨에 절박한 사정을 이야기했다. 혈금강이 이야기하지 않은 것은 소림이나 무당을 비롯한 거대 문파에 도움을 청하지 않은 이유였다. 거대 문파에 도움을 청하지 않은 까닭은 한번 도움을 받게 되면 영원히 귀속될 것을 두려워했기 때문이다. 하정원은 구파일방의 최강고수를 뛰어넘는 무공을 갖추고 있을 뿐 아니라 도량이 넓고 성품이 순후해서 나중에 아미파가 다시 일어나 독립성을 되찾을 수 있을 것으로 판단되었기 때문이다.

"혈마단과 싸울 때 저희 무인들만 사백여 명이 넘었으며, 앞으로 일백여 개 아미 분파에서 무인들을 엄선해 보내준다면 그 수는 근 이천에 가깝습니다."

혈금강은 잠깐 말을 쉬었다.

"이미 어젯밤과 오늘 새벽에 열 개 속가 분파의 무인 백여 명이 도착했습니다. 저희가 혈마단과 싸운다는 소식을 듣고 달려왔지요. 혈마단을 한 명도 놓치지 않고 제거했다고 하니까 지금 공자님을 뵙겠다고 난리가 아닙니다."

한동안 긴 침묵이 흘렀다. 하정원이 이마에서 나는 진땀을 닦으며 담담하게 말했다.

"일단 돌아가십시오. 저 혼자 생각할 시간을 주십시오."

아미 사람들은 일제히 일어나 장읍을 하고 돌아갔다.

*   *   *

하정원은 혼자 앉아 깊은 생각에 빠졌다. 혈패천이 다시 혈겁을 일으키면 아미는 그 첫 번째 공격 대상이 될 것이 확실했다. 하정원이 나서지 않는다면 아미 무인들은 뿔뿔이 흩어져서 다른 문파에 들어가거나 혹은 초야에 묻혀 살아야 한다. 사천은 비게 되면 혈패천은 사천을 발판으로 장강 전체를 노리게 될 것이다. 한편으로는 감숙과 섬서를 통해 남쪽으로 내려오고, 다른 한편으로는 장강 젖줄을 꽉 잡고 있으면 강호무림은 붕괴한다. 사천과 호북이 혈패천을 막아야 한다. 우선 아미 무인들이 뭉쳐서 강해져야 한다.

문제는 왜 이러한 엄청난 일을 하필이면 하정원이 맡아야 하는가 하는 점이었다. 다 그만두고 심산유곡으로 도망가고 싶었다. 하정원은 자기 자신에 대하여 최근 들어 무공이 상상할 수 없을 만큼 급증했지만 아직 세상을 알지 못하는 젊은 청년이라고 생각했다.

세력이 만들어진다면 그 세력의 본거지에 상시 거주하는 직속 무인이 근 이천 명에 달한다. 세력의 본거지뿐 아니라 각 방계 문파에 남아 있게 될 저변의 무인들까지 계산하면 근 만 명에 달하는 무력이다. 딸린 식솔까지 계산하면 근 삼사만 명에 달하는 엄청난 식구였다. 하정원은 머리가 어지러워지면서 속이 메슥거렸다.

"머리 아프시죠?"

노채가 옆으로 다가와 차를 한 잔 권하면서 나직하게 말했다. 어젯밤에 혈금강에게 졸라서 용정차를 무려 세 통이나 받아내었던 것이다.

"네. 정말 어떻게 해야 할지 모르겠습니다."

"……."

향 한 대 탈 동안 두 사람은 아무 말도 없이 앉아 있었다.

"주군, 저지르십시오!"

"네?"

"저지르십시오!"

"……."

"이건 하늘이 주군을 단단이 써먹으려는 겁니다. 잔꾀를 내어 빠져나가려고 하면 오히려 몸에 화를 입고 망신스러운 일만 잔뜩 생깁니다."

노채는 머리를 들어 하늘을 보며 중얼거리듯 말했다.

"주군, 이 세상에 태어날 때에 버러지로 날지, 짐승으로 날지, 사람으로 날지 고른 적이 있습니까? 주군의 부모를 고른 적이 있습니까? 그냥 하늘이 불러내어서 불알 두 쪽 달고 기어나온 것 아닙니까? 이제 그 하늘이 주군을 단단히 고생시키면서 써먹으려고 하는 겁니다. 한번 제 마음대로 써먹어보라고 다 받아주십시오. 이때는 일을 저지르셔야 합니다."

노채의 말을 듣는 순간 하정원은 뒤통수를 망치로 얻어맞은 것 같은 충격을 받았다. 복잡할 것 없었다. 운명이 마련한 길을 내리 달리면 되는 일이었다. 하정원은 가슴이 시원해지는 것을 느꼈다.

"노채, 고맙습니다!"

하정원은 노채의 두 손을 잡으며 말했다. 노채는 아무 이야기도 하지 않고 하정원의 눈을 바라보았다. 두 사람의 눈에는 약간의 물기가 맺혀 있었다. 하정원은 문득 마제의 부활에 대비한 현무문의 칠군을 생각했다. 현무문의 일곱 개 무력 조직의 뒤를 이어 사천을 중심으로 여덟 번째 조직을 만들 생각이었다. 하정원은 만들어질 조직의 이름을 팔군으로 정했다.

그날 밤, 하정원은 혈금강에게 노채를 보내어 아침에 왔던 수뇌부를 모두 자신이 머무는 막사 앞 공터로 불러들였다. 십이지신(十二支神)의 방위에 따라 열두 개의 횃불이 이글거리는 공터에 사람들이 모였다. 노채가 방위를 가려서 그렇게 횃불을 꽂았다. 하정원의 막사로 온 사람들은 누가 시키지도 않았는데 모두 무릎을 꿇고 앉았다. 하정원 역시 그 맞은편에 무릎을 꿇고 앉았다.

"제 목표는 마제의 소멸입니다. 아미파의 부활이 아닙니다."

하정원이 말문을 열었다. 대부분의 사람들의 얼굴에 실망의 빛이 짧게 흘렀다.

"저희가 세력을 만들어 마제와 싸우는 과정에서 많은 분들이 죽거나 불구가 될 것입니다. 어쩌면 대부분이 숨질 수도 있습니다. 저희가 만들 세력의 이름은 팔군(八軍)입니다. 이름의 내력에 대해서는 묻지 말아주십시오. 팔군은 마제가 소멸한 후에 해체합니다. 그때 살아남으신 분들은 아미를 일으켜 세우십시오. 마제와 싸워서 승리한 힘으로 아미를 다시 세우면 아미는 강호에 우뚝 서게 될 것입니다."

하정원의 말은 짧고 정중했으며 또한 단호했다. 사람들은 전율을 느꼈다. 잠시 침묵이 흘렀다.

"군주(軍主), 마제 소멸의 대업에 생명을 바치겠습니다!"

혈금강 현암이 부르짖듯 외치면서 땅에 손을 짚고 머리를 숙였다. 세력의 이름을 팔군으로 하자고 했는데, 혈금강 현암은 하정원에 대한 호칭을 벌써 군주로 정해서 불렀다.

"군주, 마제 소멸의 대업에 생명을 바치겠습니다!"

이십여 명의 수뇌부 전체가 혈금강 현암의 말을 고스란히 따라서 우렁차게 외치며 땅에 두 손을 짚고 머리를 숙였다.

노채가 커다란 나무 그릇과 단도를 들고 왔다. 하정원은 생각하지도 못한 일이었다. 노채는 하정원의 팔목을 긋고 피를 받았다. 피에서는 더 이상 현무호심단의 냄새가 나지 않았다. 고극수와 싸우다 부상을 입고 운공요상을 하다가 크게 깨달음을 얻어 피 속의 현무호심단이 모두 몸에 흡수되었던 것이다. 노채는 그릇에 모든 사람의 피를 받았다. 금정사 여승들의 피도 받았다.

"천지신명께 고합니다. 마제 소멸의 대업을 위해 여기 모인 사람들과 함께 생명을 바치겠습니다."

하정원은 옆에서 노채가 가르쳐 준 대로 크게 외치고 피를 조금 마셨다. 혈금강은 일부러 맨 마지막에 그릇을 받았다. 혈금강 역시 크게 외치고 피를 마신 후 노채에게 그릇을 넘겨주면서 말했다.

"노채, 자네도 반드시 맹세해야 하네! 자네같이 독한 사람이 빠지면 마제를 못 죽여!"

이 말에 사람들은 가슴이 뭉클해지는 것을 느꼈다. 어찌 보면 노채는 같이 출동한 동료를 배신한 독한 사람인 것이다. 이제 그 사람을 정식으로 동지로 받아들이는 것이다. 노채는 두 눈에 눈물이 그렁그렁한 채로 잔을 들고 크게 맹세를 외치더니 그릇을 깨끗이 비웠다.

"내일은 금정사로 올라가 거기에 근거지를 만들기 시작해야 합니다. 여기는 너무 좁습니다. 또 이곳은 남쪽으로 너무 치우쳐 있어서 방계 문파 중에는 오가는 데에 시간이 많이 걸리는 곳도 많습니다."

혈금강이 말했다.

하정원은 한동안 아무 말도 하지 않고 있다가 여승들에게 불쑥 물었다.

"금정사 부근에 공터가 많이 있습니까?"

이 말에 사람들의 입가에 빙긋 웃음이 떠올랐다. 모르는 것을 너무나 자연스럽게 묻는 솔직한 자세가 사람들을 기쁘게 했던 것이다.

"네, 금정사는 금정봉 기슭에 자리 잡고 있습니다. 그 앞은 상당히 너른 들입니다. 텃밭만 해도 수만 평이 되고, 너른 평지가 수십만 평입니다."

삼십대 초반으로 보이는 여승이 공손하게 대답했다.

"그러면 이렇게 합시다. 제가 가진 돈이 조금 있으니 불에 탄 산문만 조금 수리합시다. 그리고 산문에 '아미파 봉문. 수련 중' 이라고 써 붙이십시오. 저희는 금정사 밖의 텃밭이나 공터에 자리 잡는 것이 좋습니다. 금정사는 나중에 아미파가 되살아날 때 쓰십시오."

하정원이 담담하게 말했다.

이 말에 아미 무인들의 눈매가 붉게 변했다. 하정원의 말은 팔군은 팔군이고 아미는 아미라는 뜻이며, 팔군은 아미의 손님으로서 아무 사심 없이 절 밖에서 머물겠다는 뜻이었기 때문이다. 이는 아미의 부활을 약속하는 가장 확실한 말이었다.

"아참, 백여 개의 출신 문파를 모두 구분해서 부르는 것은 너무 번거롭습니다. 금정사 출신은 아미본문, 복호사와 그 인근 출신의 무승들은 아미금강문, 속가 출신들은 아미천왕문으로 묶어주십시오. 나중에 팔군의 편제가 짜이면 이 구분마저도 중요하지 않겠지만 당분간은 이렇게 구분을 해서 씁시다."

하정원이 말했다. 사람들은 하정원의 말을 듣고 크게 느끼는 바가 있었다. 나이도 많지 않고 한없이 순박하지만, 한번 결심이 서면 과단성이 있고 치밀한 사람이라는 것을 알게 되었다. 하정원에 대해 존경과 함께 두려움을 가지게 되었다.

*   *   *

금정사 앞에 팔군의 근거지를 만들기 시작한 지 며칠이 지났다. 그동안 중추절이 끼어 있었는데, 아미천왕문에 속하는 속가 사람들만 이틀 정도 자리를 비웠을 뿐이다. 나머지 인력은 팔군 총타를 만드는 작업을 계속했다. 아미본문에 속하는 여승들이 어디서 재료를 구했는지 월병을 만들어왔을 때에야 하정원은 중추절이란 것을 실감했다.

팔군 총타에는 집은 짓지 않기로 했다. 대신 터를 다지고 축대를 쌓은 후 하정원이 내어준 돈으로 막사만 잔뜩 여기저기 세웠다. 곳곳의 속가 무인들과 무승들이 계속 몰려오고 있어서 막사는 계속 부족한 형편이었다. 아미 무인들도 문파에 숨겨져 있던 적지 않은 돈을 다 내놓았다. 중추절이 끝나고 팔월 하순에는 약 천삼백 명에 이르게 될 것으로 예측되었다. 혈마단의 참극을 겪은 후라 사람들은 어떻게 하든 힘을 기르고 세력을 만들어야 한다는 것을 절감하고 있었다.

아미본문과 아미금강문은 각각 한 명의 문장(門長)과 두 명의 부문장(副門長)을 정했다. 속가 무인들의 조직인 아미천왕문은 그 수가 천 명에 육박할 것으로 예측되어 한 명의 문장과 다섯 명의 부문장을 정했다. 앞으로 세 개의 문이 모여서 아미파를 부활시킬 계획이었기 때문에 문주라는 칭호는 피하고 '문장'으로 정했다. 그리고 세 개의 문은 모두 북방 무인들의 호전적 전투 편제를 따라 십인조와 백인대를 두기로 했다.

"나가서 같이 일을 못 도와드려서 죄송합니다."

하정원이 혈금강 현암에게 말했다. 하정원의 막사에는 한시진 전부터 세 명의 문장이 와서 앞으로 팔군이 해야 할 일에 대해 논의하고 있었다. 혈금강 현암이 금강문의 문장이 되었고, 아미검봉(峨嵋劍鳳) 연주가 본문의 문장을 맡았으며, 아미신궁 감형묵이 천왕문의 문장으로 뽑혔다.

"무슨 말씀을! 군주께서는 훨씬 더 중요한 일을 하고 계시지 않습니까!"

혈금강이 손사래를 쳤다.

"군주님이 축대를 쌓거나 터를 다지는 일을 하게 되면 다른 사람들 일을 방해하게 되는 결과를 낳습니다. 그거 아무나 하는 게 아닙니다. 다른 데 가셔서 한 삼 년 배우신 다음에 오십시오. 그러면 끼워드리겠습니다."

감형묵이 짓궂게 농담을 하자 모두들 크게 웃었다.

"그런데 무공을 정리하시는 일은 진척이 많으신지요?"

아미검봉 연주가 조심스럽게 물었다. 연주는 이제 막 삼십이 된 여승으로서 금정 신니의 직전제자 중 막내였다. 이번 혈겁 때 연주의 손위 사저들은 모두 금정사에서 숨졌다.

"네. 그렇지 않아도 어느 정도 진척이 있어서 오늘이 자리에 모신 겁니다."

하정원은 말을 하면서 얇은 책 세 권을 내밀었다. 제목은 단정신공(丹精神功)으로, 세 권 모두 같은 책이었다.

"제가 익힌 내공 심법은 도가 전진파의 충층단정공이란 심법입니다. 몇 해 전에 숙부께서 익히기 쉬우면서도 기존에 익혀왔던 공력을 유지할 수 있도록 충층단정공을 태허단정공으로 바꾸신 적이 있습니다. 원래는 태허단정공을 그대로 드릴까 생각했는데, 지난번에 깨달음이 있어서 제가 다시 손을 보았습니다."

하정원의 말에 세 문장의 얼굴이 경악으로 가득 찼다. 칠일 전에 하정원이 '무공을 좀 정리해서 전해드리고 싶다'고 하기에 박투공이나 검공 중에 몇 수 가르쳐 주겠거니 하고 생각했다. 그런데 이날 하정원이 내공 심법을 꺼내자 한순간 할 말을 잃었다.

내공 심법을 전한다는 것은 무공의 전체를 전한다는 것과 같은 뜻이다. 게다가 아미파는 내공 심법이 취약점이다. 공래 산맥 남부 일대의 여러 문파들이 시간을 두고 하나둘 발전해서 아미파를 이루었기 때문이다. 절세의 내공 심법에 바탕하여 하나로 꽉 짜인 무공 체계를 발전시키지 못해왔다.

"군주, 이렇게 귀한 가르침을 주시면 군주님의 사문에 허물이 되지 않겠습니까?"

마침내 혈금강이 격동에 가득 찬 목소리로 부르짖었다.

"저는 사문이 없습니다."

하정원이 담담히 말했다.

"숙부님께 무공을 배웠는데 저 자신이 일가를 이루라는 말씀을 들었습니다."

하정원의 말에 세 사람은 거의 놀라서 자빠질 지경이 되었다. 하정원의 경세적 무공을 보고 강호 기인이 이끄는 문파의 적통을 이은 제자라고 생각했었다.

"사실 제가 익힌 무공 중에는 층층단정공이 포함되어 있지만 그 속사정이 아주 복잡합니다. 제가 익힌 것을 그대로 전해드릴 수는 없습니다. 다른 분들은 아마 익히시지도 못할 것입니다. 단정신공을 하루 이틀 운공해 보시고 말씀해 주십시오. 아무 부작용이 없을 것을 장담드릴 수 있습니다."

하정원은 한 시진에 걸쳐서 단정신공의 기본 원리에 대해 설명했다. 기를 의식적으로 주천시키는 것이 아니라 기 스스로 예순네 번에 걸쳐 성격을 변화하면서 온몸을 돌아다니게 되는 것을 설명해 주었다. 그리고 한 사람씩 가부좌를 틀고 앉게 한 후 온몸의 기혈 여기저기를 자극하여 단정신공의 운공이 저절로 일어나도록 유도했다. 혁우세는 층층단정공을 익힌 적이 없었기 때문에 하정원이 직접 몸으로 체득해 가면서 예순네 번의 전변(轉變)을 해냈다. 그러나 하정원은 층층단정공뿐 아니라 혼태토납공과 만금통령술을 대성했기 때문에 기의 흐름과 제어에 관해서는 강호의 누구보다도 더 통달할 수 있게 되었다.

게다가 지난 며칠 동안 두 번이나 죽을 고비를 넘기면서 깨달음이 크게 늘었다. 그리하여 층층단정공을 훨씬 더 익히기 쉽게 단정신공으로 만들었던 것이다. 예를 들어, 처음으로 단정신공을 접하는 경우 단정신공의 입문 운공을 익히도록 하였다. 입문 운공을 하는 상태에서 운공을 가르치는 사람이 여기저기 기혈을 자극하면 예순네 번에 걸친 기의 전변을 직접 체험할 수 있다. 하정원의 경우, 처음 배울 때 순전히 이론으로만 공부한 후 목숨을 걸고 운공을 시도했었다. 하지만 지금 하정원이 만들어낸 입문 방법은 전혀 달랐다. 우선 몸으로 겪어볼 수 있도록 만든 것이다. 이날 세 사람에게 이론을 설명한 후 운기를 체험하도록 하는 데에 무려 네 시진이나 걸렸다. 체험이 끝난 후 세 사람은 책을 소중히 품에 안고 돌아갔다.

하정원은 팔군을 위한 무공 체계를 만들어야 한다는 극심한 압박감에 시달리고 있었다. 하태호와 사씨의 모습을 수시로 떠올리지 않았다면 하정원은 중도에서 포기하고 말았을 것이다. 갈천후나 고극수와 겨뤄보았기 때문에 혈패천이 어느 정도의 힘을 가지고 있는지 그 자신이 너무나 잘 알고 있었다. 게다가 노채의 말에 의하면 혈패천의 무력은 앞으로 마제충렬공의 화후가 높아질수록 훨씬 더 강해질 것이라고 했다. 이러한 사정을 잘 아는 하정원은 다른 일체의 일을 하지 않고 오로지 무공만 고민하면서 살고 있었다. 이 고민의 첫 결과물이 바로 단정신공이었던 것이다.

이틀 후 세 사람은 얼굴 가득 기쁜 빛을 띠고 하정원을 찾아왔다.

"아주, 아주 좋습니다! 저희가 익혀온 무공과도 아주 잘 조화를 이루고 있습니다!"

감형묵이 기쁨이 넘치는 어조로 말했다.

"위력은 어떤 것 같습니까?"

하정원이 조심스럽게 물었다.

"내공이 축적되는 속도도 빠르고, 발경과 내공 발출도 매우 유연하고 강해졌습니다."

혈금강 역시 확신에 찬 어조로 말했다.

"본 문의 무공과도 잘 조화됩니까?"

하정원이 아미검봉 연주에게 물었다.

"네, 정말 잘 조화됩니다. 처음부터 하나였던 것같이 잘 어울립니다."

연주의 목소리에도 기쁨이 넘쳐 있었다.

다음날부터 하정원은 팔군의 모든 문도들을 구십 명씩 나누어 열다섯 개 반을 만든 후 나흘마다 다섯 개 반을 졸업시켰다. 십이일 만에 열다섯 개 반에 속한 천삼백여 명의 모든 문도가 단정신공을 운공할 수 있게 되었다. 반마다 하루에 두 시진씩 나흘 동안 강의와 실습을 병행한 수업을 강행한 결과였다. 실습 때에는 세 명의 문주가 각각 세 명씩 맡아서 하정원의 지시에 따라 기혈을 자극하고 다녔다. 그리하여 세 명의 문주는 하루 열 시진씩 십이 일에 걸친 강행군 후에 몸살을 앓았다.

13장

시한부(時限附)가 더 무섭다

묵환 默環

하정원의 막사는 맨 위쪽에 따로 떨어져서 있었다. 침식을 잊고 무공 체계를 정리해야 되었기 때문에 번거로운 것이 싫었을 뿐 아니라 막사 뒤편으로 활터와 연무장을 두기 원했기 때문이다. 열이틀간의 강행군이 끝난 후 하정원은 하루의 절반가량은 활을 쏘는 데 바쳤다. 나머지 절반은 검공이나 박투공을 수련하면서 틈틈이 무엇인가를 적어 내려갔다. 가끔 노채와 손을 섞기도 했다. 노채는 패혼귀원공을 익히기 있기 때문에 단정신공을 익힐 필요가 없었다. 그러나 기를 갈무리하고 집중하는 이치를 하정원에게서 배워 패혼귀원공에 적용했다. 이때의 경험이 나중에 노채로 하여금 패왕의 맥을 잇게 하는 밑거름이 되었다.

"주군, 생사신의님이 오셨습니다."

막사 뒤편의 활터에서 수련을 하고 있는데 노채가 안내하여 생사신의와 얼굴에 면사를 쓴 여인이 들어섰다. 하정원은 십여 일 전에 혈금강에게 말하여 세 명의 무승을 생사신의에게 보내어 수중 동굴을 호위하도록 조치했었다.

"안녕하셨습니까? 치료는 잘되었습니까?"

하정원이 활짝 웃으며 생사신의에게 말했다.

"네. 불과 한 달도 되지 않아 혈마단을 완전히 제거하시고 이렇게 큰 살림을 맡으셨군요!"

생사신의가 감탄과 걱정이 반반씩 섞인 음성으로 말했다.

"호랑이 등에 탄 셈이라 내리지를 못했습니다. 그러다 보니 여기에까지 이르렀습니다."

하정원도 걱정이 담긴 목소리로 말했다.

"허허, 이거 저희 현무문에서 했어야 할 일인데……."

"저도 어찌 보면 현무문 사람이나 다름없지 않습니까?"

"……."

생사신의와 하정원 사이에 잠시 침묵이 흘렀다. 하정원은 혁우세로부터 무공을 배웠지만 현무문에 속한 사람은 아니다. 마제의 부활을 감시한다는 것에 대한 자부심 하나로 지난 천이백 년을 버티어온 현무문으로서는 이번 사천의 일에 의하여 뒤통수를 맞은 셈이 된 것이다.

"장차 현무문 제팔군으로 들어가기 위해 이름도 팔군으로 지었습니다."

"군주, 이런 말씀을 드리기가 좀 거북합니다만… 아마 현무문 제팔군으로 들어오기 어려울 수도 있습니다."

"왜 그렇습니까?"

하정원이 깜짝 놀라서 물었다.

"어떨 때 보면 사람은 개와 아주 비슷합니다. 개를 보면 자기 영역을 표시하기 위해 끊임없이 여기저기 오줌을 싸놓고 다니지요."

생사신의는 여기까지 이야기한 후 잠시 말을 멈추었다.

"제일군부터 제칠군에 이르는 현무문의 기존 무력은 각기 일곱 개의 호법 가문과 깊은 관계가 있지요. 저희 의가(醫家)가 제육군을 맡고 있습니다만… 호법 가문들은 천이백 년 동안 마제 부활을 감시한다는 고집 하나로 버텨왔기 때문에 변화를 못 받아들이는 편입니다."

하정원은 가슴이 철렁했다. 하정원은 현무문이 곧 혁우세이고 혁우세가 현무문이라고 은연중에 생각해 왔다. 현무문이 너무나 전통을 고집하여 그 내부가 변화를 받아들이지 못할 정도로 딱딱하게 굳어져 있다는 이야기는 청천벽력과 같았다.

"원칙대로 따지자면 제육군을 맡은 저희 의가와 제칠군을 맡고 있는 영가(影家)는 독자적인 무력을 형성하면 안 좋습니다. 나머지 다섯 개 무력에 분산되어 녹아들어 가는 형태로 편성되었어야 합니다. 의가는 주로 의술에 강하고 영가는 신법과 전통(傳通:신호, 전서구, 봉화 등으로 소식을 전하는 것)에 강하기 때문이지요. 하지만 호법들이 모두 자기 자신의 독자적인 무력을 원했기 때문에 각 호법 가문마다 무력을 가진 셈이 되었지요."

여기까지 말하고 생사신의는 이마에 맺힌 땀을 훔쳤다. 마음이 몹시 불편한 것 같았다.

"팔군이 하나의 강력한 무력으로 현무문에 참여하는 것에 대해 아마 호법들 중 대부분이 크게 반대할 것입니다. 그래서 제가 개 이야기를 꺼낸 것입니다. 사람은 지혜롭지 않습니다. 개처럼 미련할 때가 더 많습니다."

하정원은 믿는 도끼에 발등을 찍힌 것 같은 기분이 들었다. 마제가 부활하는 판에 전통을 내세워서 호법 가문의 영향력을 유지하는 것을 가장 중요하게 생각한다니 어이가 없기도 하고 분노가 치밀어 오르기도 했다. 이어서 생사신의가 쐐기를 박는 말을 했다.

"이번에 문주님께서 오시면 제팔군으로 참여하시겠다는 말씀을 너무 고집하지 마십시오. 문주님으로서도 난감하신 일입니다. 이왕 이렇게 된 것, 공자님께서 하셔야 할 일을 그냥 묵묵히 밀고 나가십시오. 저도 힘이 되어드리겠습니다."

하정원은 아무 말도 하지 않고 깊은 생각에 빠졌다. 세상 천지에 정말 외톨이가 된 느낌이 들었다. 혁우세는 그의 스승

이자 아버지 같은 존재였다. 혁우세가 믿어주고 밀어줄 것이
라 생각하고 이번에 덜컥 아미 무인들의 청을 받아들여 세력
을 형성한 것이다. 그런데 지금 생사신의의 말을 들어보니 현
무문은 결코 하정원과 팔군을 받아들일 수 없을 것이라고 한
다. 머리가 지끈거리고 속이 쓰렸다.

"아참, 이런 정신 좀 보게. 혜령아, 군주께 인사드려라. 군
주, 이번에 혜령이를 치료하고 아예 제 의녀로 받아들였습니
다. 하하!"

생사신의가 하정원을 위로하기 위해 짐짓 쾌활하게 말을
꺼냈다.

곧 여인이 면사를 벗고 하정원에게 공손히 큰절을 했다.

"공자님의 은혜로 목숨을 구하게 되었습니다. 공자님을 옆
에서 보필하며 마제를 소멸시키는 데에 신명을 바치겠습니
다."

생각에 빠져 있던 하정원은 화들짝 놀라서 급히 맞절을 했
다. 너무 급히 하느라 맞절을 하던 제갈혜령의 머리와 하정원
의 머리가 부딪쳐서 둘은 그만 엉덩방아를 찧고 말았다.

"푸하하핫!"

"킥킥."

옆에서 그 모습을 본 생사신의와 노채가 웃음을 참지 못했
다. 하정원은 너무 무안해서 얼굴을 시뻘겋게 물들이며 황급
히 일어났다. 그러나 제갈혜령은 아무 일 없었다는 듯 천연덕

스럽게 몸을 추스르더니 다시 큰절을 올리기 시작했다. 결국 하정원은 뻣뻣이 선 채 절을 받는 형국이 되고 말았다.

그제야 하정원은 제갈혜령을 제대로 살펴볼 수 있었다. 완전히 다른 여자였다. 아마 그냥 마주쳤으면 몰라보았을 것이다. 그전에는 호수같이 깊고 그윽하면서 서늘하게 반짝이는 두 눈만 빼고는 얼굴은 누렇게 떠서 까칠하고 몸은 비쩍 마른 여자였다. 심지어 머리카락조차 군데군데 숱이 빠지고 가늘게 시들었었다. 그러나 지금은 백옥같이 매끄러운 피부에 발그레한 혈색이었다. 입술은 촉촉하게 윤기가 돌았고, 눈썹은 초승달 모양으로 시원하게 그려져 있었다. 절을 올릴 때에 검은 윤기가 흐르는 삼단 같은 머리카락 사이로 희고 긴 목이 드러나서 하정원의 가슴을 철렁하게 만들었다. 하정원의 입에서 눈치없이 멍청한 탄성이 저절로 튀어 나왔다.

"아, 대단한 미인이셨군요!"

이 말은 당시 풍속으로 이런 자리에서 여인에게 직접 할 수 있는 이야기가 아니었다. 큰 실례로 받아들여질 수도 있는 소리였다. 게다가 팔군의 수장이 수하에게 할 수 있는 이야기도 아니었다. 하정원이 평소 대책없이 순박한 면이 있다는 점을 다들 알고 있기에 사람들이 다른 뜻으로 해석하지 않았을 뿐이다.

"네. 제가 어디 가서 포목점을 하나 내어도 밥을 굶지는 않게 생겨먹었습니다."

제갈혜령 역시 눈치 없이 멍청하게 대답했다. 모두들 크게 웃음을 터뜨렸다. 어색해질 수도 있던 분위기가 한순간에 사라졌다. 노채는 그제야 얼른 탁자에 자리를 마련하고 차를 준비하러 나갔다.

*   *   *

"혜령이를 총사로 쓰십시오."

제갈혜령을 아미본문의 사형제들에게 보낸 후 생사신의가 하정원에게 간곡하게 이야기했다. 하정원은 아무 말도 하지 않았다. 제갈혜령에 대한 호감이 자신의 판단을 흐릴 수도 있다고 생각되었기 때문이다.

"저희도 제갈 소저의 능력을 압니다. 생사신의님의 말씀이 맞습니다."

혈금강 현암도 같은 의견이었다. 현암과 감형묵, 연주는 자금과 재정에 관한 문제를 상의하러 조금 전에 하정원의 막사로 올라와 있었다.

"연화는 제갈세가의 진전을 이미 열두 살 이전에 모두 이은 것으로 압니다. 저희는 연화를 여제갈이라고 불렀습니다. 영민하면서도 성품이 원만해서 속가제자인 데도 돌아가신 사부님의 총애를 받았었지요. 총사를 맡으면 잘해낼 것입니다."

아미검봉 연주도 같은 의견이었다.

모두의 의견을 들은 후 하정원은 마음을 정했다.

"알겠습니다. 그러면 제가 직접 제갈 소저께 총사를 맡아 주십사 하고 말씀을 드리지요. 먼저 세 분이 여기에 오신 일을 처리하고 나서 제갈 소저를 부르겠습니다."

"하하! 그러실 필요 없습니다. 저희는 원래 자금과 재정 문제를 상의드리려고 왔습니다. 하지만 이제 제갈 소저가 총사를 맡게 되니까 이 자리에서는 더 이상 상의하지 않아도 될 것 같습니다."

혈금강이 웃으며 말했다.

"그런데 군주, 그거 아십니까?"

감형묵이 심각한 얼굴로 물었다.

"네? 무엇을 말씀하시는 것인지……?"

하정원이 어리둥절한 표정으로 되물었다.

"군주님은 이제 중요한 사람이 더 이상 아닙니다. 그냥 활이나 쏘시면서 소일하십시오. 저희가 다 알아서 합니다."

감형묵이 짐짓 심각하게 말을 하자 모두들 배를 잡고 웃었다.

"자, 군주님이 활을 계속 쏘시도록 저희는 그만 나가지요. 내려가서 연화를 보내겠습니다."

연주가 이렇게 말하자 모두들 더 크게 웃을 수밖에 없었다. 감형묵이나 연주 같은 수뇌부들은 하정원이 팔군의 무공 체계를 확립하기 위해 침식을 잊고 무공에 매달리고 있다는 것을 잘 알고 있었다. '활을 계속 쏘면서 소일하라' 는 감형묵의 이야기는 실은 '팔군을 위해 너무 고생하고 계신다' 는 뜻을 나타낸 것이었다. 팔군의 우두머리와 핵심 수뇌부 사이의 관계는 서로를 염려하는 마음이 꽉 채워진 농담을 격의없이 할 수 있을 정도로 발전하고 있었다.

*   *   *

"제갈 소저입니다."

노채가 제갈혜령을 안내해서 막사로 들어섰다. 하정원과 제갈혜령은 탁자에 자리를 잡고 앉아서 노채가 내온 차를 마셨다.

"이미 말씀을 들으셨겠지만 총사를 맡아주십시오."

하정원이 정중하게 이야기했다. 보통은 짐짓 겸양을 부리는 인사치레의 말이 나올 법한데 제갈혜령은 아무 말이 없었다. 잠시 침묵이 이어졌다.

"군주, 팔군은 마제의 소멸을 위한 한시적인 세력입니까, 아니면 앞으로 수백 년 이상 이어갈 강호문파입니까?"

제갈혜령이 단도직입으로 물었다. 하정원은 제갈혜령의 노골적인 물음에 한순간 말문이 막혔다.

"그 문제는 이미 제가 아미삼문의 사람들에게 말한 그대로

입니다. 팔군은 마제가 소멸된 후 해체됩니다."

하정원의 단호한 말에 제갈혜령은 깊은 생각에 빠졌다.

"군주, 강호 역사상 어떤 목표를 위해 만들어진 세력이 그 목표가 이루어지고 나서 스스로 해체하는 경우는 거의 없습니다. 아니, 전혀 없다고 해야 합니다. 군주의 뜻은 알겠지만 마제의 소멸 이후에 팔군을 해체한다고 하면 실은 아주 복잡한 문제가 생겨나게 되지요."

하정원은 눈을 끔뻑거릴 수밖에 없었다. 하정원은 야망이 큰 인물이 아니었으며, 번거로운 것을 싫어하는 성품이었다. 하정원으로서는 문파를 일으키겠다는 생각은 조금도 없었다. 마제의 소멸 후에 팔군을 해체한다면 일이 단순해진다고만 생각하고 있었다. 그런데 그 경우 오히려 문제가 복잡해진다고 하니까 하정원은 어리둥절해질 수밖에 없었다.

"마제의 소멸을 위한 한시적인 조직이라고 공표하는 순간 저희의 임무는 그만큼 어렵게 되고, 처지는 그만큼 더 위험해지게 됩니다. 우선 조직이 순식간에 커지게 됩니다. 지금 보름 남짓한 기간에 이미 천사백 명이 넘어섰습니다. 군주께서 아미를 장악할 뜻이 없다는 것과 주군과 함께하면 무공이나 여러 가지 얻는 바가 많다는 것을 아니까 아미의 무인 전체가 한순간에 주군을 따르게 된 것입니다. 보름 사이에 팔군에 모인 사람만 천사백 명입니다. 각 방계 문파에 남아 있는 무인까지 하면 근 만 명에 이르는 세력입니다. 공래산맥 일대에서 순식간에 이 정도로 세력을 통일한 사례는 없었습니다. 금정사 본문도 이렇게 사람들의 마음을 사로잡지는 못했습니다. 군주의 힘이 강해지면 아미뿐 아니라 사천 전체, 나아가 심지어 서장과 장강 유역 역시 군주를 따르게 될 가능성이 높습니다. 이 무인들을 수용하고 그들에게 적합한 무공과 편제를 마련해 주는 것은 엄청난 일입니다. 이건 문파 차원의 일이 아니라 천하를 도모하는 것과 같은 성격의 일인 것입니다."

그제야 하정원은 자신이 저지른 일이 가지는 뜻을 알게 되었다. 자신은 그저 사심과 욕심이 없어서 문파를 만드는 것을 피했다. 대신에 마제의 소멸을 목표로 삼는 한시적 세력을 추구했다. 그러나 그 선택은 실로 어마어마한 차원의 결과를 불러일으키기 시작하고 있었다.

"또한 저희의 처지는 정말 위험해집니다. 혈패천과 마제의 입장에서 보면 사천의 촌 무지렁이들이 악을 쓰면서 덤비는 형세입니다. 무슨 대가를 치르고서라도 가장 먼저 섬멸해야 할 적이 되는 것이지요. 또한 저희 내부에서도 마제와의 싸움을 계속 요구하는 분위기가 팽배할 것입니다. 팔군이 존재하는 이유가 마제의 소멸이기 때문입니다. 한마디로, 정면 충돌인 셈입니다. 일단 싸움이 시작되면 옆으로 몸을 빼서 세력의 보존을 도모할 틈이 전혀 존재하지 않습니다."

여기까지 말한 후 제갈혜령은 별빛같이 서늘하게 반짝이는 눈을 들어 하정원을 직시했다.

"군주, 이래도 팔군을 마제 소멸 후에 해체되는 세력으로 만드시겠습니까?"

하정원은 잠시 생각에 빠졌다. 다 맞는 말이었다. 그러나 하정원의 눈에 파동 금하장의 혈겁과 호탕하게 웃으며 혈패천으로 돌아가던 갈천휘의 모습이 떠올랐다.

"네, 팔군은 마제가 소멸한 후에 해체됩니다."

하정원은 중얼거리듯 작은 목소리로 이야기했다. 그러나 그 말속에는 바위보다 더 단단한 결심이 엿보였다. 제갈혜령의 얼굴에 옅은 미소가 번졌다.

"군주의 뜻이 그러실 것이라고 짐작하고 있었습니다. 저는 이 순간부터 오직 마제의 소멸만을 생각하고 살겠습니다. 제 목표에서는 아미의 부활마저도 지우겠습니다. 그것은 다른 사람이 해야 할 몫으로 여기겠습니다. 군주께 생명을 바쳐 충성을 바치겠습니다."

제갈혜령은 다시 일어나 큰절을 올렸다. 하정원도 맞절을 했다. 하정원과 제갈혜령은 한동안 서로의 눈을 응시했다. 그 안에는 이미 모든 뜻과 각오가 담겨 있었다.

제갈혜령은 자리에서 일어나며 며칠 안에 전체적인 전략의 초안을 마련해서 보고하겠다고 말했다. 또한 자신이 좀 익혀보고 싶다면서 하정원으로부터 만금통령술을 받아서 돌아갔다.

　　　　　*　　　　　　*　　　　　　*

　"팔군이 해야 할 일들을 지난 오 일 동안 정리해 보았습니다. 우선 재정 문제의 해결이 가장 시급하지만 분명히 길이 있습니다."

　제갈혜령이 차분한 음색으로 말문을 열었다. 하정원의 막사 탁자에는 아미삼문의 문장과 생사신의, 하정원과 제갈혜령이 모여 있었다. 생사신의는 처음에는 이 자리에 함께하기를 거절했다. 현무문에서 팔군을 인정하지 않을 가능성이 높다는 걱정 때문이었다. 그러나 하정원이 간곡히 설득하여 생사신의는 현무문 호법의 자격이 아니라 개인 자격으로 참관하기로 했다. 노채는 부지런히 차를 내오면서도 주위를 경계하는 일을 맡았다.

　"지금 당장은 월 은자 이만 냥 정도가 필요합니다. 하지만 세력이 불어나면 월 은자 십만 냥 이상이 필요할 수도 있습니다."

　제갈혜령을 제외한 다른 사람들은 재정 문제를 곰곰이 따져 본 적이 없었기에 생각지 못한 어마어마한 액수가 거론되자 사람들의 입이 떡 벌어졌다.

　"하지만 재정 문제는 해결될 수 있습니다. 대륙 시장에 금강석을 가공하여 본격적으로 팔면 한 달에 은자 육만 냥까지는 무난합니다. 그 이상은 대륙에서 금강석을 팔기 쉽지 않습니다. 그 이상 시장에 내놓으면 값만 떨어지고 판매되는 물량은 늘어나지 않을 것입니다. 금강석은 보석 중에서 가장 화려하기 때문입니다. 대륙의 끝, 해동 같은 곳에서는 아예 보석으로 쳐주지도 않습니다. 그 대신 은은한 광채가 나는 비취나 옥을 알아주지요. 대륙은 반반입니다. 일부는 금강석 같은 화려한 보석을 좋아하고, 또 다른 일부는 비취나 옥 같은 은은한 보석을 좋아합니다. 따라서 대륙 시장에서는 금강석을 팔아서 월 은자 육만 냥까지는 만들 수 있습니다."

"호오, 그렇다면 팔군의 재정은 한 달에 은자 육만 냥이 한계이겠군요."

혈금강이 말했다.

"아닙니다. 만들 수 있는 한 가장 화려하게 만들어주십시오. 남지나상련을 통해 천축, 파사(波斯:지금의 페르시아. 安息國이라고도 함)에 팔고자 합니다. 그곳 사람들은 화려하고 사치스러운 것을 좋아합니다. 아미본문의 연우 사저께 도움을 청하십시오. 금강석을 어떻게 절단해야 광채가 좋아지는지 의견을 줄 것입니다. 일전에 저에게 그런 이야기를 한 적이 있습니다."

제갈혜령은 여기까지 이야기하고 막사 휘장을 걷더니 손거울을 꺼냈다. 처음에는 거울 면을 아무렇게나 놓아서 햇빛이 전혀 반사되지 않게 했다. 그러다 다시 거울을 조정하여 햇빛이 탁자 위의 사람들에게 정면으로 반사되게 했다.

"금강석은 이 거울과 똑같습니다. 금강석으로 깎은 작은 보석은 수십 개의 절단면을 가지고 있어서 그 각도에 따라 빛을 반사합니다. 그래서 그토록 화려한 것입니다. 연우 사저는 보석에 깎아 넣는 절단면이 어떤 각도가 되어야 빛을 잘 반사할지 방안을 내놓을 것입니다. 화려하면 화려할수록 천축이나 파사에서 잘 팔립니다. 잘하면 풍문으로만 듣는 나마(羅馬:지금의 로마)나 수부(壽府:지금의 제노바)까지 팔려 나갈 것입니다. 심지어 제4왕조 때에 한때 대륙 왕조가 다스렸던 로서아(露西亞:지금의 러시아)까지 팔려 나갈 것입니다. 로서아로 가는 육로는 혈패천 때문에 막혀 있지만 파사에서 나마니아(羅馬尼亞:지금의 루마니아)를 거치면 로서아에 도달하게 됩니다."

사람들은 제갈혜령의 말을 듣고는 입이 떡 벌어졌다. 제갈혜령의 머리 속에는 천하의 지리와 풍속이 모두 들어 있는 것이다. 금강석을 화려하게 깎는 방법에 대해 연우라는 이름도 잘 모르는 여승이 방안을 가지고 있다는 말도 충격이었다.

연우는 쉰쯤 되는, 성질이 괄괄하고 무공을 모르는 여승이었다. 비천한 집에서 태어나 처음에는 허드렛일을 하러 금정사에 들어왔다가 그 불심이 지극한 것을 보고 금정 신니가 승적을 주었지만 주로 험한 일을 했다. 목수들을 부려서 집을 짓고 석공을 부려서 축대를 쌓았다. 텃밭의 농사를 관리하는 것도 연우의 몫이었다. 불경을 읽는 대신에 주로 토목, 건축, 수리에 관한 책을 읽었다. 나이가 많음에도 무공을 몰라 이번 혈겁 때에 젊은 후기지수들과 함께 미리 피신하도록 명을 받았던 것이다.

"물론 해보아야 압니다만, 저는 팔군의 일이 하늘이 명한 일이라고 믿습니다. 금강석이 우리에게 충분한 재정을 제공할 것입니다. 하늘이 저희에게 재원을 내려주실 겁니다."

제갈혜령의 목소리에는 확신이 가득 차 있었다.

"나중에 금강석 세공 사업이 궤도에 오르면 세공 작업을 하는 스님들 몇 명은 머리를 길러 일반인으로 변복시켜서 광동(廣東) 아래 해남도로 보내십시오. 아미금강문의 무승 서른 분쯤이 머리를 기르고 일반인 행세를 하면서 동행하면 좋을 것입니다. 거기라면 혈패천의 손길도 닿지 못하는 데다가 대륙제일의 금강석 원석이 나옵니다."

금강석 세공 사업 자체를 대륙의 남쪽 끝에 있는 섬으로 옮긴다는 이야기였다. 제갈혜령의 발상은 거침이 없었다. 사람들은 마음속으로 군사(軍師)가 무엇인지 절감하게 되었다. 세력의 생사흥망을 결정짓는 두뇌인 것이다.

혈금강은 노채를 불러 금강석 가공을 잘 아는 복호사 스님 두 분을 불러들였다. 보통 금강석 가공은 무공을 모르는 스님 열 명에 마반전 무공을 하는 스님 한 명으로 한 조를 이룬다. 복호사 및 그 인근의 스님 중 무공을 모르는 사람은 약 육백여 명이다. 그중 사백 명은 금강석 가공 일을 하고 있거나 한때 했던 스님들이었다. 혈금강에게 호출되어 하정원의 막사로 온 스님들과 함께 논의한 끝에 최대한 화려하게 만든 보석 견본 다섯 개 남짓을 한 달 안에 준비할 수 있다는 결론이 나왔다. 호출되어 온 스님들을 돌려보낸 후 사람들은 견본이 만들어지자마자 바로 남지나상련으로 보내기로 결정했다.

"자, 하늘이 도와주신다면 저희의 재정 문제는 쉽게 해결될 것입니다. 다음은 저희가 머무는 이 금정봉 일대를 난공불락의 요새로 만드는 일입니다. 인원을 보내어 도와주신다면 저는 내일부터 이 일에 착수해서 한 달 안에 끝낼 작정입니다. 진법과 탈혼사를 겹겹이 설치할 생각입니다. 본문에서 이십 명, 금강문에서 삼십 명, 천왕문에서 백 명을 보내주십시오. 모두 무공을 익힌 사람들이어야 합니다."

제갈혜령이 제시한 인원의 수는 각 문에 속한 무인들의 수와 대충 비례했다. 삼문의 문장들은 짧게 논의를 한 후 내일 새벽 묘시까지 중앙에 있는 마당에 작업을 할 무인들을 모으겠다고 결정했다.

"이상 두 가지는 제가 주도해서 방안을 낼 수 있었습니다. 하지만 나머지 한 가지는 무공 문제입니다. 제 생각만 간단히 말씀드리겠습니다. 저는 그것을 실현할 수 있는 방안을 내놓지는 못합니다."

제갈혜령은 한동안 말을 쉬었다가 진중하게 입을 열었다.

"제일차 신마대전 때의 역사를 보면 천왕 한 분을 빼고는 마제 세력에 비해 무력이 많이 뒤처졌습니다. 그것은 마제를 따르는 자의 힘이 일반 무공에서 나오는 것이 아니기 때문입니다. 예를 들어 마제충렬단을 보십시오."

제갈혜령은 품속에서 마제충렬단 하나를 꺼냈다. 하정원과 감형묵은 혈마단을 무찌르고 회수한 백여 개의 마제충렬단을 생사신의에게 넘겨준 것 중 하나였다.

"어제와 그제 생사신의께서 사만현(沙灣縣)으로 내려가셔서 현청 옥에 갇힌 흉악한 살인범 두 명에게 이것을 먹이셨습니다. 그 살인범들은 아무 반응이 없었습니다. 생사신의께서 알아내신 바로는 일반인은 이것을 먹어도 아무렇지도 않다는 것입니다."

제갈혜령은 여기까지 말하고 미처 말릴 틈도 없이 마제충렬단을 꿀꺽 삼켰다. 자리에 모인 사람들은 제갈혜령의 담대함과 단호함에 크게 느끼는 바가 있었다. 매 순간 온몸을 던져 죽음을 각오하지 않으면 마제와 싸울 수 없다는 것을 깨달은 것이다. 하정원 역시 온몸에 전율을 느꼈다. 한없이 아름답고 부드럽게 보이는 소저가 실은 여장부였다는 것을 절감했다.

"마제충렬단은 기혈에 작용하는 것이 아닙니다. 혼백에 작용합니다. 마제가 자기를 따르는 무리에게 가르치는 마제충렬공 역시 마찬가지입니다. 혼백에 작용하지요. 그래서 저는 무공으로 정면 승부를 하는 경우 팔군은 섬멸당할 것이라고 생각합니다. 특히 상대가 마제충렬단을 먹고 나면 무위가 전혀 달라집니다."

좌중에는 깊은 침묵이 흘렀다. 무거운 분위기가 내려앉았다.

"저로서는 아직 우리가 어떤 무공으로 싸워야 하는지 확신이 서지 않습니다. 그러나 그게 어떤 무공이 되었든 네 가지는 반드시 필요하다고 봅니다. 하나는 합격진(合擊陣)입니다. 일 대 일이 안 되면 여러 명이 한 명을 제거해야 합니다. 둘째는 경신법입니다. 생사신의께서 알아내신 바로는 마체충렬단을 먹고 한 시진이 지나면 온몸이 재로 변합니다. 상대가 마제충렬단을 먹으면 한 시진 동안 도망 다니면 됩니다. 그러기 위해서는 뛰어난 경신법이 필요합니다. 셋째는 만금통령술입니다. 지금은 군주 한 분만 매를 부릴 수 있습니다. 만약 여러 사람이 매를 부려서 사방 수백 리의 움직임을 미리 알 수 있다면 상대를 요격할 수 있습니다. 넷째는 활이나 탈혼사같이 거리를 두고 상대를 암습할 수 있는 방법입니다. 일 대 일로 가까이 붙어서 싸우면 저희는 승산이 없습니다. 저는 어떤 성격의 싸움이 되어야 하는지는 압니다. 그러나 구체적인 무공과 방법에 대해서는 잘 모릅니다. 군주님과 삼문의 문장님들께서 무공과 방법을 찾아내 주셔야 합니다."

"잠깐! 나는 제갈 총사의 말에 절대로, 절대로 동의할 수 없소!"

혈금강이 부르짖듯 말했다.

"일 대 일이 안 되니까 떼거리로 몰려서 상대와 싸우고, 힘에서 밀리면 경신법을 써서 도망가고, 매를 부려서 미리 엿보고, 암기와 활을 써서 암습하고……. 가끔 어쩔 수 없이 그런 방법을 사용할 수는 있을 겁니다. 하지만 그게 중심이 되어서는 안 됩니다. 그건 무인의 도리가 아닙니다."

혈금강의 말은 무인의 길을 가는 사람의 입장에서는 당연한 이야기였다. 소림사의 경우, 백팔나한진 같은 합격진이 있지만 사용되는 경우가 거의 없었다. 그런데 제갈혜령의 말은 기본으로 합격진을 사용해야 한다는 이야기였다. 하물며 경신법을 써서 도망 다닌다거나, 매를 이용해서 정찰을 한다거나, 암기와 매복을 이용한 암습을 기본으로 사용해야 한다는 주장은 무인의 자존심으로서는 받아들이기 어려운 이야기였다.

아미본문의 연주도 혈금강과 입장을 같이했다. 평소 활을 즐겨 사용하는 감형묵 역시 선뜻 제갈혜령의 의견을 받아들이지 못했다. 삼문의 문장 사이에 약간의 이야기가 있은 후 제갈혜령의 의견에 대해 매우 부정적인 분위기가 되었다. 그때 옆에서 차 심부름을 하던 노채가 입을 열었다.

"제가 한 말씀 감히 여쭙겠습니다. 마제충렬공에 대해 말씀드리고자 합니다. 우선 이걸 익히면 아프거나 지치는 일이 없습니다. 그냥 힘이 탈진되어 숨질 때까지 움직이지요. 둘째, 심성이 짐승보다 더 못하게 됩니다. 수십 년을 살을 섞고 살아온 마누라를 도끼로 내려쳐서 죽이는 일이 비일비재합니다. 심지어 갓난아이가 시끄럽게 운다고 제 새끼를 마당에 패대기쳐서 죽이는 일도 흔합니다. 더 흉악한 것은 마누라를 도끼로 찍어 죽이고, 제 새끼를 패대기쳐서 죽이는 것을 옆에서 본 사람들이 깔깔거리며 좋아한다는 것이지요. 한마디로, 마제충렬공은 무공이 아닙니다. 혼백에 작용해서 사람을 사악하게 만드는 마기(魔氣) 덩어리입니다. 무공이 아닌 것을 상대로 싸우면서 왜 무인의 길을 찾아야 하는지 저는 그 이유를 모르겠습니다."

자신의 체험에서 나오는 진솔한 말에 삼문의 문장들은 뒤통수를 망치로 얻어맞은 것 같은 느낌이 들었다. 마제와 싸울 때에는 무인의 길을 잊어야 한다는, 간단하면서도 명확한 진리를 보게 된 것이었다. 삼문의 문장들과 제갈혜령은 한 시진 동안 다시 논의를 했다. 마침내 제갈혜령이 제시한 방식의 싸움을 하기로 결론이 내려졌다.

합격진에 관해서는 제갈혜령이 본가인 제갈세가로부터 비급을 구하기로 했다. 만금통령술에 관해서는 초보자라도 쉽게 매를 부릴 수 있는 방법을 차차 모색하기로 했다. 이제 사람들은 암습과 매복에 관해서 이야기하기 시작했다.

"저희 천왕문에서는 궁술을 사용했으면 합니다."

감형묵이 이야기를 꺼냈다.

"좋은 말씀입니다. 하지만 활로 해결될 때가 있고 해결하지 못할 때가 있습니다. 백 장 밖의 적을 멀리서 암습하기에는 활이 제일 좋습니다. 그러나 가까운 거리에 적이 여러 명 있을 때에는 활을 사용하기 곤란합니다."

혈금강이 활의 약점을 지적했다. 그러자 연주가 말을 꺼냈다.

"두 가지를 함께 사용하면 어떨까요? 활로는 멀리 있는 적을 요격하고, 가까이 있는 적은 항마탈혼반을 사용하면?"

"아이구! 그 쟁반만큼 큰 항마탈혼반을 어떻게 암기로 씁니까?"

혈금강의 말에 모두들 침묵에 잠겼다. 차 한 잔 마실 시간이 지났다.

"원반의 크기를 손바닥 절반이나 그보다 작게 줄일 수는 없나? 진동을 주면 그 정도 크기로도 목을 자를 수 있을 텐데⋯⋯."

하정원이 혼잣말처럼 말했다. 오늘 회의에서 처음 꺼낸 이야기였다. 혈금강의 안색이 갑자기 벼락을 맞은 것처럼 변해서 부르짖듯이 말했다.

"맞다! 줄이면 더 강력해질 수도 있다! 이제까지는 숫돌의 크기와 같게 만든다고만 생각했는데!"

"양 팔뚝에 가죽으로 된 완갑(腕甲)을 차고, 거기에 크기를 줄인 탈혼반을 비늘 끼우듯이 백 개쯤 끼우면 어떨까요? 오른손으로는 왼팔의 탈혼반을 던지고 왼손으로는 오른팔의 탈혼반을 던지면 위력이 무시무시할 텐데요."

노채가 말했다. 이번에도 아미 사람들은 큰 충격을 받았다. 아미는 불교 성지로, 살상 효과가 강력한 무기에 대해 꺼림칙하게 생각하는 전통이 있었다. 노채의 말은 아미의 전통적인 사고방식을 정면으로 깨는 것이었다. 사람들은 조용히 생각에 잠겼다.

"하하! 아미 사람들은 나중에 모두 지옥에 가겠구나! 마제를 소멸시키는 일이라면 지옥에도 기쁜 마음으로 갈 수 있지!"

마침내 혈금강이 호탕하게 웃음을 터뜨렸다. 사람들의 마음속에 그림이 그려졌다. 활을 메고 양팔에 가득 탈혼반을 꽂은 무인들. 개중에는 남자 승인도 있고 비구니도 있다. 어디로 보나 승가와 어울리는 모습은 아니었다. 그러나 사람들의 가슴속에는 피비린내 나는 그 길을 가겠다는 결심이 굳어졌다. 나중에 극마단(克魔團)이라고 불리우는 공포스러운 무력은 이렇게 탄생되었다.

"군주, 이렇게 결정되면 군주님은 내일 저와 함께 악산(樂山)에 가셔서 만나보셔야 할 사람이 있습니다."

감형묵이 말을 이었다.

"해동궁은 한 장—활을 세는 단위—만드는 데에 삼천 번 손길이 갑니다. 활 한 장 가져 봐야 일 년 쓰기 힘듭니다. 군주님의 활만 해도 벌써 세 장째입니다. 좀 무식하고 지독하게 수련을 하시니까."

여기저기서 웃음을 참느라고 킥킥대는 소리가 났다.

"그 이야기는 저희가 일 년에 활을 수천 장씩 쓴다는 뜻이 됩니다. 그런 규모로 활을 사들이려면 반드시 악산의 김 궁장을 만나보셔야 합니다."

그리고서 감형묵은 해동궁의 특징과 김 궁장에 대해 잠시 설명을 했다. 설명을 다 들은 하정원이 짧게 말했다.

"네."

사람들은 마지막으로 경신법에 대해 이야기했다. 그러나 뾰족한 대안이 나오지 않았다. 절세의 경신법을 구한다는 것은 정말 어려운 일이었기 때문이다. 결국 경신법에 대해서는 더 알아보기로 하고 이날 회의는 끝났다. 무려 세 시진에 걸친 회의였다. 회의 중간에 노채가 떡과 과일을 계속 구해오지 않았더라면 사람들의 입에서는 단내가 났을 것이다. 긴 회의를 마치고 다들 일어서기 시작했다. 막사를 나가면서 감형묵이 기어코 한마디 했다.

"군주님, 오늘 세 시진 동안 딱 한 번 말한 것 아십니까? 탈혼반 크기를 줄이는 것에 대해서 딱 한 번 말했지요. 이제 군주님은 그냥 얼굴 역할만 하시는 겁니다. 계속 활 열심히 쏘십시오.”

이 말에 모두들 웃음을 참느라고 얼굴이 시뻘겋게 변해서 나갔다. 다들 나가고 생사신의만 남았다. 따로 할 말이 있는 것 같았다.

“대단합니다. 마음과 뜻이 완전히 하나로 모였군요. 하늘도 흔들 수 있을 것입니다.”

생사신의가 부러운 듯 말했다. 현무문의 갑갑하고 케케묵은 분위기와 전혀 다른 살아 있는 분위기였다.

“글쎄요. 결과가 좋아야지요. 모든 것은 결국 결과가 아니겠습니까?”

하정원이 진중하게 대답했다.

“세 사람의 마음이 모이면 산을 옮긴다고 했습니다. 천사백여 명의 마음이 모이면 하늘을 흔들 것입니다.”

“……”

“실은 아까 그 경신법 말씀인데요……”

생사신의가 어렵게 말을 꺼냈다.

“현무문 영가(影家)에서 경신법을 내놓도록 제가 노력해 보겠습니다. 영가의 경신법은 강호제일입니다. 영가에는 자체의 경신법이 아니더라도 그에 비견되는 무공이 있을 것입니다.”

이 말에 하정원의 귀가 번쩍 틔였다.

“영가 호법님께서 경신법을 내어주실까요?”

"현무문은 영(影), 의(醫), 권(拳), 장(掌), 검(劍), 창(槍), 편(鞭)의 일곱 개 호법 가문으로 구성되어 있습니다. 그중 무력이 가장 약한 곳이 영가와 저희 의가입니다. 무력을 각 호법 가문 별로 갖출 일이 아니라 인원을 섞었어야 마땅합니다. 의원들만 잔뜩 모아놓아서 무슨 소용입니까? 또 경신술이 빠른 인원만 잔뜩 모아놓아서 무슨 소용입니까? 그런데도 권, 장, 검, 창, 편을 맡은 호법 가문들은 인력을 뒤섞어서 교류하는 것에 반대했지요. 문주님이 아무리 설득해도 소용이 없었습니다. 그러니 저희 의가와 영가는 하릴없는 한량이 되어버리고 말았습니다. 영가의 신풍무영(神風無影) 손길선 호법님도 저와 같은 생각을 하고 있습니다. 마제 소멸에 저희가 도움이 된다면 현무문 안이든 밖이든 그게 문제가 아닙니다."

생사신의는 단호하게 이야기했다. 하정원은 생사신의의 손을 덥석 잡고 무릎을 꿇고 싶었으나 행동으로 옮기지는 못했다. 어쨌든 현무문의 문주는 혁우세이고, 현무문이 정체되어 있다는 것은 가슴 아픈 일이었기 때문이다.

*　　　*　　　*

악산은 아미산 근처의 큰 도시이다. 하정원과 감형묵은 악산의 번화가에서 조금 벗어난 중흥로(中興路) 부근을 부지런히 걷고 있었다. 초가을의 따스한 햇살이 나른하게 내리쬐이는 오후였다. 두 사람은 큰길에서 골목으로 접어들더니 골목 가장 안쪽에 있는 집으로 들어갔다. 꽤 너른 집이었다. 마당 한쪽 구석에는 약 육십 평 정도 되는 창고 같은 건물이 있었고, 마당 안쪽에는 삼십 평쯤 되는 본채가 있었다. 창고의 문은 절반쯤 열려 있었는데, 빼곡하게 매어진 시렁에 아직 반제품인 활과 나무 부품들이 가지런히 놓여져 있는 것이 보였다.

"약 육 개월에 걸쳐서 삼천 번의 손질을 합니다. 그래서 항상 저렇게 반제품들이 쌓여 있게 되지요."

감형묵이 짧게 설명했다. 마당에서 졸고 있던 송아지만 한 개 세 마리는 눈을 한 번 힐끗 떴다가 다시 감아버렸다. 아마 감형묵과 낯을 아는 사이인 것 같았다. 본채 건물에는 편액이 하나 걸려 있었다.

해동 김궁장가(海東 金弓匠家).

"김 궁장님, 계십니까?"

감형묵이 마당에 선 채 크게 소리를 내었다.

"들어와. 귀 안 먹었어."

본채 건물 안에서 늙수그레한 목소리가 났다. 본채 안은 그냥 두 개의 공간으로 나뉘어져 있었다. 막 들어서면 돌 바닥에 탁자가 있었지만 안쪽으로는 해동의 풍습대로 열댓 평짜리 온돌방이었다. 김 궁장은 온돌방에 앉아 활을 다듬고 있는 중이었다. 일흔이 넘은 나이인 것 같은데 후리후리한 체격에 피부가 팽팽했다. 코는 한일자로 죽 뻗어 내려왔고 눈매가 날카로웠다.

"자네, 이번에 두 손에 피 좀 묻혔나?"

김 궁장은 힐끗 하정원을 보면서 감형묵에게 물었다.

"벌써 소문을 들으셨습니까?"

"응. 소문은 아니야. 아미에 무슨 일이 벌어졌는지 아는 사람은 없어. 단지 내가 밤눈이 밝거든. 사람 같지도 않은 시뻘건 놈들이 한 오백 명 정도가 몰려다니는 것을 보았지. 금정사에 혈겁을 일으켰다가 그놈들이 오히려 한 명도 살아남지 못하고 다 죽은 것도 보았지."

김 궁장은 신비한 미소를 지으면서 말했다.

"네, 사실입니다."

"세상이 어떻게 되려고 그러는 건지……. 참, 그런데 이 젊은이는 누구야?"

김 궁장은 눈으로 하정원을 가리키면서 물었다.

"하정원이라고 합니다. 여기 감형묵 대협을 모시고 같이 일하고 있습니다."

하정원이 정중하게 대답했다.

"저희 군주 되십니다. 이번 아미산 혈겁을 겪고 모든 아미 무인들이 팔군이라는 조직을 만들었습니다. 그 조직의 수장

이십니다."

감형묵이 황급히 말을 고쳤다.

"호오! 젊은 나이에 수천 명의 우두머리야? 젊은이가 고생이 많구먼. 내가 자네 이야기는 들었지. 누구한테 들었는지는 묻지 말게. 겉보기엔 양 새끼처럼 순한데 한번 날뛰면 살신이 된다고 하던데. 하하!"

김 궁장의 얼굴에 감탄의 빛이 떠올랐다. 보통 문파의 수장이면 수장으로서 대접을 해주어야 하는 것이 상식임에도 불구하고 김 궁장에게는 전혀 그런 개념이 없는 것으로 보였다.

"아, 네. 젊은놈이 벌써 두 손에 살업(殺業)이 그득합니다. 앞으로도 죄를 많이 지으려고 합니다."

하정원이 담담하게 말했다. 너무 담담해서 으스스하게 느껴질 정도였다.

"하하! 그래, 그래. 명부에서 나온 놈을 다시 명부로 보내려면 두 손에 피를 가득히 묻힐 수밖에 없지!"

김 궁장의 의미심장한 말에 하정원의 귀가 번쩍 열렸다. 김 궁장은 마제에 대해 알고 있는 것으로 보였다.

"네, 겪어보니까 확실히 인간 세상의 힘이 아니었습니다. 그 기운이 말할 수 없이 괴이하고 사악했습니다."

"나도 어렸을 때 어른들한테서 그런 이야기 들었지. 마제의 힘은 인간의 힘이 아니라고. 명부 마왕의 힘이라고 들었지. 그 힘을 받은 꼭두각시들이 쓰는 것 역시 무공이 아니라고 들었어."

하정원은 이제 확신이 들었다. 해동에서 왔다는 이 활 만드는 장인 영감에게는 무엇인가가 있다는 생각이 들었다.

털썩.

하정원이 무릎을 꿇었다. 옆에서 두 사람의 대화를 들으면서 희한한 대화라 생각하고 있던 감형묵은 깜짝 놀랐다. 자신은 한번도 김 궁장에게 별다른 특이한 점을 느끼지 못했다. 그런데 하정원은 김 궁장과 희한한 대화를 몇 마디 나누더니 갑자기 무릎을 꿇는 것이었다. 사실 하정원은 내심 절박했다. 혁우세와 현무문을 믿고 일을 저질렀는데, 실은 더 이상 의존하기 어렵다는 것을 생사신의를 통해 알게 된 터이다. 그런데 활을 만드는 노인이 마제를 알고 있는 것을 보자 말할 수 없는 감동을 받은 것이었다.

"어르신, 도와주십시오!"

하정원이 두 손을 땅에 짚으면서 말했다. 김 궁장은 앉은 채 한 손으로 방바닥을 밀어 몸을 움직여서 하정원의 절을 비키면서 되물었다.

"팔군의 군주라고 하셨소? 이 늙은이가 무슨 힘이 되겠소?"

어느새 그 말투도 바뀌어 있었다.

"작게는 일 년에 삼천 장 이상의 활입니다. 크게는 마제를 소멸시키기 위해 어른신이 더 해주실 수 있는 것은 모두 해주시는 것입니다."

하정원이 간결하게 말했다. 잠시 침묵이 흘렀다.

"하하! 군주님, 대단합니다, 대단해! 그렇게 말씀하시면 이 늙은이가 빠져나갈 구멍이 없네요! 하하, 감 노제! 자네들은 장수를 잘 만났군, 잘 만났어!"

김 궁장이 호쾌하게 말했다.

"자, 우선 여기로 올라오시오. 그렇게 앉아서 무슨 이야기가 되겠소?"

자리를 잡고 나자 김 궁장은 먼저 이야기를 시작했다.

"대륙의 사람들은 속이 좁아 터져서 제일차 신마대전 때 해동 신궁문(神弓門) 사람들이 했던 역할에 대해 아마 이야기를 전하지 않았을 거요."

"부끄럽습니다만… 신궁문이라는 문파의 이름도 처음 듣습니다."

"하하! 그래서 속이 좁아터졌다는 게요. 해동은 요동반도 바로 건너이지요. 북경에서 가면 금방입니다. 엎어지면 코 닿는 곳입니다. 그런 해동이 왜 대륙 왕조의 지배를 안 받는지 아시오?"

"……."

"산수가 신묘해서 온 나라가 산과 강으로 되어 있소. 대륙 왕조가 군사를 일으켜서 쳐들어오면 산과 강을 건너느라고 한없이 늘어지게 된다오. 해동의 군사는 대륙 왕조가 보낸 군사를 맞이하면 우선은 피한다오. 그 다음에 산기슭에 숨어서 이 활로 한없이 길게 늘어진 대륙 왕조의 군사를 요격하는 거요. 그러니 수십만 군사를 보내도 한 서너 달이면 아주 작살이 나지."

하정원은 김 궁장의 이야기를 들으면서 내심 공감하는 바가 컸다. 팔군이 마제의 무력을 맞이하게 되면 그와 비슷한 전략을 취할 것이기 때문이다. 정면 대결을 피한 채 적을 계속 암습해서 적의 세력을 깎아 나가는 전략이었다.

"해동에는 궁사가 거뜬히 수십만이 넘소. 그중 병사로 모집할 수 있는 궁사만 해도 십만이 넘지. 그래서 크고 작은 궁문이 무수히 많소. 그러나 지난 천오백 년 동안 단 하나의 궁문이 항상 수좌를 차지하고 있소. 그게 신궁문이오. 내 사문이기도 하오."

여기까지 말한 김 궁장의 기세가 확 변했다. 이제까지는 그저 아주 건강한 장인(匠人)에 불과했지만 어느새 강호고수의 풍도가 스멀스멀 풍기기 시작했다. 눈에는 번갯불 같은 정광이 어렸고 어깨는 다부지게 벌어졌다.

"우리 신궁문에서는 제일차 신마대전 때 삼천 명의 고수를 대륙으로 보냈었소. 그때 살아남아 해동으로 돌아간 사람은 채 삼백 명도 되지 않았다고 하오. 그 후 신궁문은 나같이 대륙에 숨어살면서 마제의 부활을 감시하는 제자들을 유지해

왔소. 하하! 이제 마제의 꼬리가 드러났으니 그렇지 않아도 팔군의 수장을 만나뵙고 돌아갈 생각이었소."

"저간의 사정을 숨김없이 말씀해 주시니 감사할 뿐입니다. 해동에 돌아가시거든 이쪽의 사정을 잘 설명드려 주십시오. 저희 팔군의 주무기로 활을 사용하기로 했습니다. 저희는 매년 최소한 약 삼천 장에서 육천 장 사이의 활이 필요합니다. 활을 구매할 돈은 있습니다. 저희에게 좋은 활을 그 물량을 채워서 공급해 주십시오."

"좋소. 활 한 장에 은자 열 냥. 우선 오천 장에 은자 오만 냥으로 첫 거래를 합시다. 물건은 지금 전통을 보내어 다섯 달 이내에 아미산의 팔군에 도착시키겠소. 대금은 물건을 받고 삼 개월 이내에 남지나상련에 입금시켜 주시오."

옆에서 이를 듣던 감형묵의 눈이 동그랗게 커졌다. 보통 활 한 장에 은자 이십 냥 이상이다. 이를 은자 열 냥이라는 파격적인 가격에 줄 뿐만 아니라 물건 대금 역시 물건을 도착시키고 나서 삼 개월 후에 받겠다는 것은 팔군의 행사를 적극적으로 지원하겠다는 이야기였다. 하정원 역시 활 가격을 들은 적이 있기 때문에 크게 감격했다.

"김 궁장님, 이렇게 큰 은혜를 어떻게 갚을 수 있겠습니까!"

하정원이 감격에 찬 목소리로 말했다.

"활은 남지나상련을 통해 언제든지 주문해 주시오. 최소 주문 수량은 오백 장 이상이면 되오. 가격은 별다른 언급이 없는 한 활 한 장에 은자 열 냥입니다. 주문을 하시면 다섯 달 이내에 도착시켜 드리겠소."

"좋습니다. 그럼 이 자리에서 활 오천 장을 주문하겠습니다. 주문서를 지금 쓰지요."

하정원이 잘라 말했다.

"하하! 주문서 따위는 필요없소. 팔군의 수장이 하시는 말씀인데……. 나는 김삼준이고, 신궁문의 장로를 맡고 있소. 해동에 있는 신궁문의 위치와 연락처는 남지나상련 청도 지부와 복주 본부가 잘 알고 있소. 내일부터 나는 이곳에 없을 것이오. 지금 시내에 나가고 없지만 내 조수로 있는 남준호가 이 자리를 내일부터 물려받을 것이오. 소소한 주문이나 수리할 것은 남준호에게 맡기시오. 감 노제도 남준호를 잘 알고 있소."

김 궁장의 말은 시원시원했다. 오천 장에 대한 주문 외에 하정원은 그 자리에서 김 궁장이 당장 팔 수 있는 활 백이십 장을 샀다. 우선 아미삼문의 간부 급들이라도 활 수련을 시작해야 되었기 때문이다.

"그런데……."

김 궁장이 잠시 말을 멈추었다.

"네, 무슨 말씀이든 해주십시오."

하정원이 진중하게 말했다.

"내가 이러쿵저러쿵할 소리는 아니지만… 팔군의 주무기

를 활로 한다고 들었는데 활만 사용할 것이오, 아니면 다른 무기도 병행해서 사용할 계획이오?"

하정원이 빙그레 웃으면서 대답했다.

"그런 점까지 염려해 주시니 정말 감사합니다. 활은 거리가 떨어진 적을 요격할 때에 사용하고자 합니다. 거리가 가까운 상태에서 특히 적의 숫자가 많을 때에는 다른 무기를 사용할 계획입니다."

"아, 그렇다면 더 염려 안 하겠소. 내가 마치 무슨 활 장사처럼 활이면 다 된다는 식의 인상을 주기 싫었을 뿐이오. 내 한마디만 해주리다."

"네, 말씀하십시오."

하정원이 공손히 말했다.

"활이 제일 빛을 볼 때의 세 가지 예를 들어드리겠소. 하나는 아까 말했듯이 산자락 같은 곳에 숨어서 백 장에서 삼백 장 정도 떨어진 적을 요격할 때 아주 좋소. 둘째는 기마 부대가 말을 탄 채 활을 쏠 수 있으면 아주 좋소. 이걸 기사(騎射)라고 하는데, 최소한 보통 삼 년에서 오 년 정도 수련해야 하오. 그러니 어렸을 때부터 평소 말을 타고 활을 쏘는 데에 익숙하지 않으면 하기 힘드오. 해동에서도 기사는 별로 하지 않소. 몽고 사람들과 여진 사람들이 기사를 잘하오. 아마 팔군에서도 기사를 익히는 것은 어려울 것이오. 셋째가 아주 재미있는 경우요. 활은 수상전에서 최고의 무기요. 배에 훌륭한 궁사들을 태우면 무적 함대가 되오. 내공을 실어 편전(片箭)을 쏘면 육칠백 장 이상 날아갑니다. 공포, 그 자체요. 하 군주, 한번 수군을 키울 생각을 해보시오. 마제의 세력은 북방 내륙의 세력이오. 물에 약합니다. 수군을 키우면 반드시 크게 득을 볼 겁니다."

하정원은 두 손을 땅에 대고 머리를 숙이며 말했다.

"김 궁장, 오늘 큰 가르침을 얻었습니다. 안계가 넓어졌습니다. 반드시 진지하게 고민해 보겠습니다."

"허허, 감 노제. 노제는 장수를 잘 모셨어. 저렇게 말을 예쁘게 하니까 이 노인네가 밑천을 하나씩하나씩 다 넘겨주게 되는구먼. 허허!"

이 말에 모두들 크게 웃었다.

"하 군주, 내가 그럼 밑천을 하나 더 털겠소. 이번에 해동에 돌아가면 이 년 안에 절정 급 고수로 이루어진 궁사 삼천에서 오천 명 정도를 대륙으로 보낼 것을 주장할 거요. 그게 결정되면 그때 하 군주랑 손잡고 마제를 때려잡읍시다."

김 궁장은 이렇게 말하며 하정원의 양손을, 활을 만드느라 쇠가죽 같은 군은살이 밴 큰 손으로 덥석 감아쥐었다. 하정원은 일흔 살이 넘은 해동 노인의 정열과 대범함에 감격해서 눈물이 핑 돌았다. 하정원과 감형묵이 일어나 큰절을 올리자 노인도 함께 맞절을 했다.

노인은 땅에 묻어둔 매실주 단지를 파내어 저녁 늦게까지 하정원과 술잔을 기울였다. 물론 감형묵도 그 자리에 끼었고, 시내에 나갔다가 돌아온 남준호도 아무 영문도 모른 채 그 술 자리에 끼었다.

저녁에 술자리를 파하고 밤을 도와 아미로 출발하려 하자 노인은 품속에서 얇은 책자 하나를 꺼내어 하정원에게 주었 다.

"제일차 신마대전 때 신궁문 말고 아주 작은 해동 문파 하 나가 참전했더랬소. 일궁문(一弓門)이라는 문파인데, 문도가 열 명도 안 되었던 것 같소. 일궁문은 제일차 신마대전에서 모두 죽어서 절문되었소. 그들은 문파를 넓히려고 하지 않아 서 한번도 신궁문과 경쟁한 적은 없지만 그 실력만큼은 오히 려 신궁문보다 한 수 위라고 전해지오. 이건 그 문파의 비급 이오. 우리 신궁문의 것이 아니기 때문에 내 마음대로 하 군 주께 드리는 것이오. 궁도에 많은 발전이 있기를 간절히 비 오. 이곳 대륙에도 진정한 궁도가 보급되기를 바라는 마음뿐 이오."

하정원은 비급을 받고 아무 말도 못하고 한참 동안 가만 히 서 있었다. 평생을 남의 땅에 와서 마제 부활을 감시하면 서 늙어간 노인이 만난 지 하루도 안 되는 자신에게 이런 과 분한 호의를 베푸는 것에 대해 무어라 할 말이 없었던 것이 다. 하정원은 천천히 땅에 꿇어앉아 절을 올렸다. 노인은 맞

절을 하지 않고 그냥 받았다. 절을 하고 난 하정원이 입을
열었다.

"최소한 활에 관한 한 항상 스승으로 모시겠습니다."

노인은 아무 말도 하지 않고 눈물이 글썽한 눈으로 하정원
의 양손을 꽉 잡았다가 놓았다. 하정원과 감형묵은 아미산으
로 돌아가는 길에 아무 말도 하지 않았다. 가슴속에 슬프기도
하지만 한편으로는 기쁜 여러 가지 심사가 교차되고 있었기
때문에 하정원은 아무 말도 하지 않았다. 이토록 훌륭하고 좋
은 사람들을 만날 수 있다는 점은 한없이 기뻤고, 이 사람들
을 편안한 세상에서 만난 것이 아니라 죽음을 각오한 싸움을
대비하느라고 만나게 되었다는 점이 한없이 슬펐다. 한편 감
형묵은 활 백이십 장과 화살 수천 발을 바리바리 싼 산더미
같은 지게를 걸머지고 하정원의 경공을 따라잡느라 거의 탈
진 상태였기 때문에 아무 말도 하지 못했다. 우두머리는 생각
에 빠져 아무 생각 없이 길을 달리고, 부하는 산더미 같은 짐
을 둘러메고 필사적으로 우두머리의 뒤를 쫓는 행로는 그날
밤 내내 아미산까지 이어졌다.

*   *   *

하정원은 오 일째 김삼준 장로가 준 궁도 비급에 빠져 있었
다. 끼니를 건너뛰고 서너 시진씩 비급을 참오하기도 했고,

혹은 화살을 먹이지 않은 활을 당긴 채 향 한 대가 다 탈 시간 동안 가만히 있기도 했다. 비급의 이름은 혼돈일기궁(渾沌一氣弓)이었다. 비급은 참으로 심오한 내용을 담고 있었다. 그 가르침이 너무 심오하여 일궁문이 소수의 문도로 이루어질 수밖에 없었다는 것을 알 수 있었다.

흔히 발바닥의 용천으로 땅의 음기를 빨고 머리의 백회로 하늘의 양기를 받아 음과 양의 두 기운을 단전에 채운다고 한다. 또 그 후 어깨의 견정혈과 팔의 소해혈을 거쳐 기운을 발출시키면서 활을 쏜다고 착각한다. 그러나 이는 틀렸다. 땅과 하늘이 어찌 항상 둘일 것인가? 음과 양이 어찌 항상 둘일 것인가? 땅에는 어찌 항상 음기만 있을 것인가? 하늘에는 어찌 항상 양기만 있을 것인가? 용천으로 빨아들이는 기운이 어찌 항상 음기이며 백회로 받는 기운이 어찌 항상 양기인가[世人曰 涌泉吸地陰 百會吸天陽 陰陽二氣充丹田. 以後二氣通進肩貞而小海 故發矢. 是不是. 何爲天地常二乎. 何爲陰陽常二乎. 何爲地藏常陰乎. 何爲天藏常陽乎. 何爲涌泉吸常陰乎 何爲百會吸常陽乎]?

혼돈일기궁은 벼락과 같은 가르침이다. 머리 속에 굳어져 왔던 하늘과 땅의 경계를 허물고 음과 양의 구분을 허물어 버려야 한다. 천지는 음양이 뒤섞인 혼돈이며 기운도 혼돈이다. 음양을 구분하되 기운은 혼돈에서 출발해서 혼돈으로 돌아가야 한다. 혼돈일기궁은 비록 궁도에 관한 비급이었지만 실은 음와 양의 원리와 혼돈의 이치를 심오하게 다루고 있다. 이 원리와 이치는 궁도에 제한되는 것이 아니라 무공의 근본에 관한 것이다.

비급을 잡은 지 칠 일 만에 하정원은 활에 화살을 먹였다. 선뜻 활을 당겨놓자 화살은 빛살처럼 날아가서 두 자 두께의 바위를 너무나 쉽게 꿰뚫었다. 애초에 커다란 구멍이 뚫려 있던 것처럼 바위를 관통하고 멈추었다. 옆에서 이를 지켜보던 노채의 표정이 경악으로 일그러질 정도였다. 그러나 하정원은 무엇인가 크게 부족하다는 것을 느꼈다. 비급 자체가 좌절을 느끼게 하는 구절로 끝났다.

음과 양은 있기도 하고 없기도 하다[陰陽又有又無].
음양이기와 혼돈은 같기도 하고 다르기도 하다[二氣渾沌 不二不同].
혼돈의 경지는 지극히 현묘하다[渾沌之境 至玄至妙].
인간 세상의 말로는 그 현묘함을 다 전하지 못한다[人世之言不可傳其玄妙].

한마디로 참된 혼돈의 경지는 말과 글로 전할 수 없다는 이야기였다. 비록 혼돈의 끝을 본 것은 아니었지만 하정원의 깨달음은 크게 달라졌다. 음양이기를 넘어선 참된 혼돈의 경지를 어렴풋이 알게 된 것이다. 또한 하정원은 말로 깨달을 수도 없고 남에게 가르칠 수도 없는, 참으로 고독하고 비밀스러운 경지에 들어섰음을 느꼈다. 자신이 적막한 시간과 공간 속에 우주 전체를 마주 대하고 서 있다는 것을 느꼈다. 그것은 절대 고독에 대한 몸서리쳐지는 경험이었다. 앞으로도 영원히 이 절대적 고독 속에 살 수밖에 없다는 것을 깨달았다. 하정원은 절대자의 경지에 다가서고 있었던 것이다.

하정원은 오랜만에 막사를 나서서 총타를 둘러보았다. 사람들은 여전히 분주했다. 제갈혜령이 주도하여 순조롭게 일이 진행되고 있었다. 이제 손때가 묻어서 팔군 총타의 모습은 제법 사람 사는 동네 같았고, 어느새 식구가 더 불어서 천육백 명이 되어가고 있었다. 제갈혜령과 삼문의 문장들이 항구적인 건물을 짓지 않기로 결정했기 때문에 가죽과 천을 이어서 만든 막사이거나 혹은 얼기설기 나뭇가지를 엮고 이엉을 얹은 움막이 삼백 개쯤 되었지만 전체적으로 정갈하고 정돈되어 있었다.

별 생각 없이 총타의 중심부 쪽으로 걸어가던 하정원은 반경이 십오 장쯤 되고 바닥이 이천 평쯤 되는 거대한 이십각형 집을 보고 깜짝 놀랐다. 비좁게 앉으면 한번에 삼천 명이 앉아서 식사를 할 수 있는 거대한 식당이었다. 왕골로 짠 덮개 때문에 항상 시원하면서도 훈훈했다. 식당 건물의 기둥 역할을 하는, 원래 그 자리에 있던 살아 있는 잣나무들이 진하게 하늘을 가린 부분을 골라 군데군데 덮개를 덮지 않아서 항상 통풍과 채광이 이루어졌다. 한마디로 식당 건물은 아름답고 편리했다. 삼문의 문주들은 서로 나서서 자기가 이 건물을 짓는 데 결정적인 역할을 했다고 자랑했다. 사실 이 식당 건물에는 깊은 사연이 있었다.

총타의 중심부에 있는 커다란 아름드리 잣나무 이십여 그루 중에 중앙의 가장 큰 나무를 중심 기둥으로 삼아 그 나무로부터 다른 나무들로 천잠사를 부채꼴 방향으로 연결한 뒤 천잠사와 천잠사를 다시 거미집 모양으로 연결해서 식당 건물의 지붕 골조를 만들었다. 이 골조 위에 왕골로 촘촘히 짠 사방 두 자짜리 덮개로 지붕을 대신했다. 천잠사를 써서 식당 지붕 골조를 만들자는 황당한 생각은 철담문의 과평서가 내놓았는데, 제갈혜령이 아니었다면 삼문의 문장들한테 맞아 죽을 뻔했다.

"뭐? 이 인간이 돌은 거 아니야? 바빠 죽겠는데 찾아와서 하는 말이 천잠사로 식당을 만들어?"

천왕문의 감형묵 문장이 벌컥 소리를 질렀다. 혈금강과 연주는 하도 어이가 없어서 입이 떡 벌어졌다. 천잠사가 얼마나 귀중한 물건인데 그걸로 식당 건물을 만들자고 하니 크게 충격을 받았던 것이다.

"아니, 제 말씀을 들어보십시오. 식당 전체를 천잠사로 만드는 게 아니라 식당 건물의 지붕 골조만 천잠사로 만들자는 겁니다."

"그만둬! 과평서, 네놈 갈비통을 확 뽑아서 지붕 서까래로 쓸 테니까!"

혈금강이 크게 고함을 질렀다.

"아니, 제 말씀을 들어보시라니까요. 천잠사로 골조를 만들었다가 나중에 걷어내면 다시 말짱한 천잠사가 됩니다. 그냥 신주단지 모시듯이 모셔놓고 있는 것보다는 골조를 만들어서……."

"그만 하세요. 저희는 지금 다른 일로 바쁩니다."

연주가 쌀쌀하게 말했다.

"아니, 잠시만. 천잠사로 골조를 만들면 무게가 안 나갑니다. 왕골로 촘촘하게 사방 두 자짜리 덮개를 짜서 덮으면 정말 가벼운 지붕이지요. 기둥은 저기 있는 저 잣나무들을 그냥 살려서 쓰고요. 지붕이 가벼우니까 바닥이 이천 평쯤 되는 커다란 식당을 만들 수 있습니다. 근사하지요. 모두들 함께 모여서 밥을 먹는 겁니다. 정말 한솥밥을 먹는 한 식구가 되는 거지요."

과평서는 여기까지 말하고 두 눈을 반짝반짝 빛내면서 삼문의 문장들을 쳐다보았다.

"밥은 너나 근사하게 처먹어라! 무인이 아무 데서나 먹으면 어때!"

혈금강이 다시 크게 고함을 쳤다.

"잠깐만요. 절명수 과평서님의 말씀에 일리가 있어요. 우리는 제대로 된 건물을 짓지 말고 막사와 움막에서 살기로 했잖아요? 혈패천과 싸움을 하게 되면 기동성이 가장 중요하니까요. 그러니 식당만이라도 한번 근사하게 짓지요. 다들 모여서 느긋하게 식사할 수 있게. 강호 최고의 사치를 한번 누려보는 겁니다. 나중에 걷으면 다시 말짱한 천잠사가 된다지 않아요?"

제갈혜령이 한마디 했다. 그러자 사람들은 진지하게 과평서의 말을 듣기 시작했다. 반 시진 후엔 모두들 천잠사 식당에 대해 열렬한 지지자가 되었다.

다음날 오전에는 감형묵이 '그 생각은 내가 먼저 해서 과평서에게 지시한 것이다' 라고 주장하기 시작했고, 오후에는 혈금강과 연주가 제각기 '나는 용암굴에서 천잠사 뭉치를 보는 순간부터 식당 지붕 골조를 만들 생각부터 했다' 라고 주장하기 시작했다. 급기야 세 사람은 각각 과평서를 불러내어서 누가 먼저 발상을 했는가에 관해 물으며 생명을 위협하기 시작했다. 보다못한 제갈혜령이 나서서 모든 문도들이 모인 자리에서 과평서를 칭찬함으로써 사태가 수습되었다. 아미 본문의 연우가 삐뚤빼뚤한 글씨로 지화당(至華堂)이라는 현판을 새겨서 식당에 걸었다. '지극히 호화로운 식당' 이라는 뜻이었다.

하정원은 식당 건물을 찬찬히 둘러보면서 감탄을 하다가 서둘러 막사로 돌아왔다. 그 뒤로 막사와 그 뒤편의 활터 겸 연무장에서만 살았다. 무거운 책임감을 느꼈고, 자신이 해야 할 일을 확실하게 알았던 것이다.

팔군은 이미 스스로의 힘에 의해 운영되기 시작하고 있었다. 재정 문제도 해결되었고, 총타의 생활 환경도 급속하게 자리를 잡아갔다. 단정신공의 강의와 실습도 삼문의 문장들이 직접 실시했다. 간부들은 일전에 가지고 온 백이십 장의 활을 가지고 이미 궁술을 연습하기 시작했다. 혈금강이 이끄는 아미금강문은 탈혼반을 점점 더 작게 만들어가면서 무공을 수정하고 있었다. 일반 문도들은 아침부터 밤까지 구슬땀을 흘리면서 수련을 거듭했다. 제갈혜령은 백오십 명에 달하는 무인을 데리고 금정봉 일대에 진법과 탈혼사를 설치하고 있었다.

사람들의 뜻이 하나로 모아지면서 거대한 물줄기를 만들고 있는 것이었다. 이 물줄기가 뿜어져 흘러나갈 수 있는 물꼬를 터야만 했다. 그것은 결국 무력을 획기적으로 높일 수 있는 방법을 찾아내는 것이었다. 하정원은 거의 침식을 잊을 정도로 무공에 매달렸다. 실마리는 혼돈일기궁에 있다고 보았다.

며칠이 지났는지도 몰랐다. 이미 다시 보름달이 되어 달빛은 황홀하게 숲 속에 내리고 있었다. 하정원은 한 번 더 화살을 먹이지 않은 빈 활을 당겨보아야겠다고 생각했다. 빈 활을 과녁에 겨눈 채 지그시 당기고 있으면 무엇인가 알 것 같은 느낌이 들었기 때문이다.

과녁으로 사용하던 바위는 너무 많은 구멍이 뚫려서 노채가 치우고 다음날 아침에 새 바위를 들어다 놓기로 해서 과녁이 없었다. 하정원은 문득 목에서 금강백옥패를 풀러 막사 기둥에 걸었다. 수중 동굴에서 제갈혜령이 아미 문도를 만났을 때 신표로 내보이라면서 준 물건이다. 그 후 까맣게 잊고 있었다.

기둥에서 열 발자국쯤 떨어져서 백옥패를 과녁으로 삼아 빈 활을 당겼다. 차 한 잔 마실 시간쯤 빈 활을 당긴 자세를 유지했다. 어느 순간 하정원의 눈에 무엇인가 보이는 것 같았다. 금강백옥패에 어떤 문양이 어른거리는 것 같았다. 하정원은 빈 활을 겨눈 채 백옥패를 뚫어지게 보았다.

어떨 때에는 구름이 회오리치고 어떨 때에는 번개가 쳤다. 어떨 때에는 햇볕이 났고 어떨 때에는 우레 소리가 들렸다. 얼마나 시간이 지났을까. 말로 전할 수 없는 경지가 달빛을 받은 백옥패 안에서 보여지고 있었다. 어느 순간 하정원은 저절로 활을 거두고 눈을 감았다. 그리고 그 자리에 선 채로 명상에 잠겼다. 그때는 벌써 새벽이었다. 노채는 막사 문 앞에 선 채 하정원의 모습을 보고 있었다.

하정원은 제자리에 선 채 이틀 동안 명상에 잠겼다가 깨어났다. 그동안 노채는 하정원이 방해받지 않도록 세심하게 호위를 섰다. 명상에서 깨어난 하정원은 아쉽기만 했다. 깨달음을 못 얻어서 아쉬운 것이 아니었다. 하정원은 완전한 깨달음을 얻은 것은 아니었지만 혼돈의 끝을 거의 보았다. 그러나 다른 사람에게 그 깨달음을 온전히 전할 방법이 없어서 아쉬웠던 것이다. 하정원이 본 것은 절대 고독의 비밀스러운 경지, 그것이었다.

하정원은 막사로 돌아가서 가부좌를 틀고 앉아 하루 밤낮 동안 다시 참오에 들어갔다. 노채가 물과 먹을 것을 챙겨다 주지 않았다면 아마 탈진했을 것이다.

참오가 끝난 후 하정원은 종이에 무엇인가를 쓰다가 다시 찢고 다시 쓰기를 이틀 동안 반복했다. 마침내 자리를 털고 일어난 하정원의 손에는 두 권의 책이 들려 있었다. 제마탈혼반(制魔奪魂盤)과 척마일기궁(斥魔一氣弓)이라는 제목을 가진 책이었다.

비록 하정원이 깨달은 절대의 경지를 온전히 전한 무공은 아니었지만 기존의 항마탈혼반과 아미쌍궁의 궁술을 완전히 뛰어넘는 가공할 무공이었다. 이제 혈마단을 제압하는 수준으로 팔군의 파괴력이 갖추어질 수 있는 주춧돌이 마련된 것이었다.

14장

새끼가 자라면 둥지를 떠난다

묵환
默環

혁우세의 눈에 금정봉이 보이기 시작했
다. 생사신의가 보낸 전통과 하정원이 보낸 전통을 읽고 서둘
러 달려와서 아미산 부근에 도착한 것이 나흘 전이었다.

　유월 보름에 무정숙에서 하정원을 떠나보내고 혁천세, 혁
화미, 황보준과 함께 감숙과 섬서에 들렀다가 한가롭게 요동
과 산동을 주유한 후 구월 초에 돌아와 보니 청천벽력 같은
두 통의 전통이 있었다. 하나는 하정원이 파동을 떠나면서 보
낸 전통이었다. 집안이 참혹한 혈겁을 당했다는 것과 상대가
혈패천의 혈마단이라는 이야기였다. 두 번째는 하정원이 혈
마단을 섬멸하고 아미에 근거지를 마련했으며, 상대가 마제

충렬공과 마제충렬단을 사용했다는 이야기였다. 생사신의를 구출했으며 천음절맥을 앓는 제갈혜령에 대한 치료가 무사히 끝났다는 소식도 있었다. 그야말로 청천벽력과 같은 소식이었다.

하정원과 제갈혜령은 팔군에 입단속을 시켜 아미산에서 일어난 일은 강호에 아직 알려지지 않고 있었다. 소리 소문 없이 힘을 기를 수 있는 시간을 벌기 위함이었다. 해동 신궁문의 김삼준 장로처럼 아미 근처에 살면서 주의 깊게 동향을 살펴온 사람만이 그간의 사정을 짐작하고 있을 뿐이었다.

전통을 읽은 혁천세, 혁우세, 혁화미, 황보준은 한편으로는 기겁을 했고 다른 한편으로는 안도했다. 확실해진 마제의 부활과 파동 금하장과 금정사가 참극을 당했다는 소식에는 기겁을 했고, 하정원과 생사신의가 무사하다는 소식에는 안도를 했다.

혁우세는 근처에 있는 호법들을 불러들였다. 제칠군을 맡고 있는 영가의 신풍무영 손길선, 제이군을 맡고 있는 장가(掌家)의 경백신장(驚魄神掌) 모용전, 제삼군을 맡고 있는 검가(劍家)의 신검(神劍) 등내훈이 각기 핵심 수하 서너 명씩을 이끌고 왔다. 그 길로 혁우세는 길을 재촉하여 아미산으로 온 것이다. 황보준과 혁화미가 같이 오겠다고 하는 것을 억지로 눌러앉히고 가장 빠른 속도로 움직였다.

아미산에 도착해서 나흘을 헤맸다. 불타거나 심하게 파손된 건물에 사는 방계 문파의 사람들은 입을 꾹 다물고 아무 말도 하지 않으려 했다. 더군다나 금정봉 일대는 짙은 안개가 끼어 있어서 한참 헤매다 보면 원래 출발한 지점으로 돌아와 있었다. 복호사는 건물이 불탄 자리를 깨끗이 치워놓았을 뿐 사람 사는 흔적이 전혀 없었다.

혁우세가 아미산을 포함한 공래산맥 남부 일대를 샅샅이 뒤지지 않고 금정봉에서만 머물렀다면 이렇게 헤매지는 않았을 것이다. 이제 운이 이끄는 매는 삼십 마리에 육박하여 이미 혁우세 일행의 움직임을 제갈혜령에게 신호를 보낸 상태였다. 그러나 평소 성질이 급한 혁우세는 금정봉의 안개 속을 한차례 헤맨 후에 바로 금정봉을 떠나 공래산맥 남부를 뒤지기 시작했다. 제갈혜령 측에서는 정체불명의 사람들 열다섯 명이 나타났다가 홀연히 사라진 것으로만 알고 있을 뿐이었다.

"문주님, 아무래도 금정봉의 안개가 좀 이상합니다."

신풍무영 손길선이 말했다. 혁우세 일행은 불타 버린 복호사 마당에 앉아 건포와 물을 먹으면서 방안을 논의하고 있었다.

"금정봉에 진법을 쳐놓았단 말입니까?"

경백신장 모용전이 믿어지지 않는다는 표정으로 물었다.

"그 커다란 봉우리 전체에 진법을 치는 것은 불가능합니다. 혁천세 태상호법도 그렇게 하지는 못합니다."

혁우세 역시 도저히 믿을 수 없다는 표정을 지으며 말했다.

신검 등내훈도 고개를 절레절레 저었다.

"물론 보통은 불가능합니다. 하지만 제갈 가문이라면 가능합니다. 만상귀혼진(萬象鬼魂陣) 같은 것이 있으니까요. 하 공자님의 전통에 의하면 생사신의 이문호 호법과 천음절맥을 앓던 제갈세가의 소저가 무사하다고 했습니다."

"하지만 제갈세가의 소저는 열두 살 때부터 속가제자로 아미파에서 살았다고 하던데? 심오하기 짝이 없는 진법을 익힐 시간이 없었을 것입니다."

신검 등내훈이 단정적으로 말했다.

"글쎄요. 천음절맥을 앓는 소저입니다. 영민함과 오성이 극에 달해 이미 사람의 경지가 아닐 것입니다."

신풍무영 손길선이 조심스럽게 이야기했다. 사람들의 표정에는 여전히 믿을 수 없다는 표정이 가시지 않았다.

"손해 볼 것은 없으니 금정봉 아래에 가서 좀 기다리면 안 되겠습니까?"

신풍무영 손길선이 다시 조심스럽게 이야기를 꺼내자 사람들은 그제야 움직이기 시작했다. 보름 가까이 경공으로 달려와서 나흘이나 공래산맥 남부를 이 잡듯이 헤매고 다닌 끝에 짜증이 나 있는 상태였던 것이다.

안개가 자욱한 금정봉 아래에서 한나절을 기다려도 아무 변화가 없었다. 마침 제갈혜령은 진 안에 탈혼사를 설치하는 극도로 위험한 작업을 지휘하느라 정신이 없었고, 하정원은 제마탈혼반과 척마일기궁을 직접 수련해 보느라고 정신이 없었기 때문이다. 운만 하늘에서 계속 신호를 보내고 있을 뿐이었다. 하정원의 수련을 옆에서 지키고 있던 노채가 운을 보다가 문득 아까부터 운의 움직임이 심상치 않다는 생각이 들었다.

"군주, 운이 좀 이상합니다."

흠뻑 수련에 빠져 있던 하정원이 정신을 차리고 운을 보니 열심히 날갯짓으로 신호를 보내고 있었다.

"제갈 총사는 뭐 하고 있는 것이지요?"

하정원이 노채에게 물었다.

"사오 일 전부터 탈혼사를 설치한다고 얼굴이 반쪽이 되어 다니고 있습니다."

노채가 안쓰럽다는 표정으로 말했다.

"아, 그래서 저 신호를 못 본 모양이군요. 노채, 밖에 열다섯 명이 있습니다. 바람도 쐴 겸 같이 갑시다."

저 멀리 혁우세가 보였다. 본 적이 없는 열네 명의 사람들과 함께 있었다. 그중 세 명은 일흔이 넘은 사람들이었고, 나머지 열한 명은 삼십대에서부터 육십대까지 골고루 섞여 있었다. 하정원은 나는 듯이 달려나갔다.

"이숙! 이숙! 이숙!"

안개 속에서 하정원이 툭 튀어나오더니 혁우세의 발아래

무릎을 꿇고 다짜고짜 큰절을 올렸다. 혁우세는 쭈그려 앉으면서 하정원의 등을 어루만졌다.

"그래, 얼마나 고생이 많았느냐. 파동 금하장의 일은 정말할 말이 없다. 너라도 목숨을 건졌으니 정신 똑바로 차리고 가문을 다시 세워야지."

혁우세의 눈이 축축이 젖어왔다. 무정숙을 떠날 때에만 해도 한없이 밝고 명랑한 소년 같던 조카였다. 그러나 넉 달 만에 본 하정원의 얼굴에는 깊은 슬픔과 고뇌가 남긴 흔적이 뚜렷이 있었다. 그것은 인생과 인간의 바닥을 본 사람의 얼굴이었다. 피부와 안색은 좋았지만 눈매에는 이미 순진무구함이 더 이상 존재하지 않았다. 죽음과 고독을 체험한 사람의 얼음처럼 서늘하고, 동굴처럼 깊은 눈빛이었다.

혁우세의 말을 들은 하정원의 두 눈에서 닭똥 같은 눈물이 주르르 흘렀다. 그동안 무수히 생과 사를 넘나들면서 지내온 시간이었다. 드디어 기대고 비빌 수 있는 언덕을 되찾은 것 같았다. 하정원은 소매로 눈을 한 번 훔치더니 일어나서 길을 안내하기 시작했다. 노채는 묵묵히 그의 뒤를 따랐다.

진을 통과한 사람들의 눈이 둥그렇게 변했다. 불타서 사실상 산문만 남은 금정사 아래 수십만 평에 이르는 지역에 삼사백 개의 막사와 움막이 들어서 있었고, 그 가운데에는 높이는 낮지만 면적이 엄청난 건물이 들어앉아 있었다.

또한 얼핏 보아도 천오백 명이 넘는 사람이 수십 명씩 모여서 구슬땀을 흘리면서 수련을 하고 있었다. 개중에는 남자 무승도 있었고 여승들도 있었지만 이미 그들은 불가의 사람으로 보이지 않았다. 승복은 승복이되 팔다리의 통을 좁게 고친 옷을 입었을 뿐 아니라 정강이에는 각반을 차고 있었고, 팔뚝에는 가죽으로 된 완갑을 두르고 있었다. 완갑에는 손바닥 반도 안 되는 날카로운 원반을 백여 개씩 꽂고 있었다. 교두로 보이는 사람이 손을 날리자 수십 개의 원반이 허공을 어지럽게 찢었다. 소름 끼치는 광경이었다.

연무장 옆을 지날 때에도 사람들은 하정원이나 혁우세 일행에 대해 전혀 신경을 쓰거나 아는 체를 하지 않았다. 그것은 팔군의 규율이었다. 수련 중에는 교두가 최고의 권위를 가지며 아무리 군주라 하더라도 교두를 방해하지 않아야 했다. 교두 역시 수련 중에는 오로지 수련생에게만 신경 써야만 했다.

중앙 연무장으로 보이는 너른 마당을 지날 때 혁우세 일행의 눈에 세 개의 높은 깃대에서 펄럭이는 깃발 세 개가 보였다. 중앙의 깃발에는 팔군이라고 쓰여져 있었고, 왼쪽 깃발은 '마제지력 귀명부(魔帝之力歸冥府:마제의 힘은 명부로 돌아간다)'였으며, 오른쪽 깃발은 '강호위세 견작초(江湖威勢犬嚼草: 강호 위세는 개가 풀 뜯어먹는 소리)'였다. 용암굴에서 다들 모여서 탈혼사를 만들 때 하정원이 격양가를 바꾸어 만들어 부른 노래 중 끝의 두 구절이었다.

사람들은 이 노래를 너무 좋아해서 이제 팔군의 군가가 되었다. 특히 '강호위세 견작초' 라는 구절은 목숨을 걸고 마제와 싸우는 이름없는 풀뿌리 무사의 심정을 고스란히 나타내는 것이어서 이 구절을 부를 때마다 눈물을 글썽이는 여승들이나 속가 무인들도 있었다. 강호에서 헛된 이름과 헛된 세력을 떨치는 사람들에 대한 통렬한 비판이었던 것이다.

　세 깃발을 본 혁우세 일행의 표정이 변했다. 혁우세와 신풍무영 이문호는 놀라움과 감탄이 섞인 표정이었지만 경백신장 모용전과 신검 등내훈은 안색이 변하면서 미간을 찌푸렸다. 일행은 아무 말 없이 계속 위쪽으로 걸어서 금정사 산문을 지났다. 산문에 붙은 '아미 봉문. 수련 중' 이라는 팻말이 혁우세 일행의 눈에 들어왔다. 산문 너머 금정사가 있던 자리는 깨끗하게 정리되어 있었지만 곳곳에 불에 탄 흔적이 남아 있었다.

　산문 옆을 지나 마침내 하정원의 막사에 도달했다. 하정원의 연무장에는 바위 대신에 흔히 볼 수 있는 나무로 된 과녁이 세워져 있었는데 과녁에는 화살 하나가 떨어질 듯 말 듯 위태롭게 간신히 박혀 있었고, 과녁 아래에는 화살이 수북히 쌓여 있었다. 하정원이 깨달음을 얻은 이후 화살에 공력을 싣는 수련을 넘어서서 화살의 힘을 정교하게 조종하는 수련을 하고 있었기 때문이다. 화살이 과녁을 살짝 건드리고 떨어지도록 하고 있었다. 말하자면 검기점혈(劍氣點穴:검에서 기를 발출하여 사람을 상하지 않고 살짝 혈도만 제압하는 것)과 같은 종류의 수련이었다.

과녁과 화살을 힐끗 본 경백신장 모용전이 기어코 한마디 했다.

"공자, 아까 본 팔군의 뜻이 무엇인가?"

옆에서 이 말을 들은 노채의 안색이 핼쑥하게 변했다. 지금 자원자들에게 기본적인 응급처치법과 의술을 가르치고 있는 생사신의조차 하정원에게 지극한 공대를 하였다. 생사신의 는 노채에게도 말을 놓지 않았다. 그런데 처음 만난 사이에 경백신장 모용전이 다짜고짜 말을 놓자 크게 놀랐던 것이다. 그러나 하정원은 개의치 않는 듯 공손하게 말했다.

"예. 평소 현무문의 칠군 체제를 흠모해서 감히 팔군이라 고 이름을 지었습니다. 제팔군이라는 뜻입니다."

"흥! 그렇게 마음대로 이름을 지어도 되나?"

경백신장 모용전이 거칠게 말했다. 혁우세도 경백신장의 말에 몹시 불편한 마음이 들었다. 하지만 평소 경백신장 모용 전이 현무 칠군에 대해 대단한 자긍심을 가지고 있는 터라 무 엇이라 나서서 이야기하기가 곤란했다.

사실 경백신장 모용전의 말은 억지였다. '현무 제팔군'이 라고 이름을 짓지 않은 이상 시비거리 자체가 안 되는 일이었 다. 그러나 경백신장은 지난 나흘간 공래산맥 남부를 헤매느 라 짜증이 나 있던 데다가 아미 무인들이 엄청난 세력을 이룬 것을 보고 시기심이 불같이 생겨서 이참에 팔군의 콧대를 꺾어놓으려고 속으로 작정을 하고 있었다. 특히 아까 깃발에 새겨져 있었던 '강호위세 견작초' 란 문구는 경백신장 모용전의 심사를 뒤틀리게 만들었다. 모용전은 속으로 건방진 것들이라 생각하고 있었다.

"죄송합니다. 그러나 앞에 '현무' 라는 말을 붙이지 않았으니 눈감아주시기 바랍니다."

하정원이 다시 한 번 공손히 말했다.

"현무란 이름, 함부로 부르지 말게! 자네가 부르라고 있는 이름이 아니야!"

경백신장 모용전이 거만하게 말했다. 노채는 이제 안색이 거의 백짓장처럼 변했고 두 손은 분노로 부들부들 떨고 있었다. 노채가 분노로 떨리는 목소리를 간신히 제어하면서 조심스럽게 입을 열었다.

"죄송합니다만, 하 군주님은 저희 팔군의 수장이십니다. 조금 말씀을 가려서 해주셨으면……."

이 말에 혁우세 일행은 크게 놀랐다. 하정원이 아미에 근거지를 만들어 자리를 잡았다는 소식은 전통으로 받았지만 팔군 전체를 이끄는 수장이라는 것은 처음 알았던 것이다.

"홍! 공자 자네가 여기 하찮은 목숨을 건진 사람들을 떼거리로 모은 장본인이었군!"

경백신장 모용전은 넘지 말아야 할 선을 넘었다. 혁우세가 막 한마디 해서 꾸짖으려고 하는 순간에 노채의 부르짖음이 튀어나왔다.

"말씀 삼가시오! 목숨 중에 하찮은 목숨이란 없소! 이 사람들은 혈마단과 싸워 단주 고극수가 이끄는 오백 명을 제거한 사람들이오!"

"어른들이 이야기하면 조용히 심부름이나 하지 어디서 설쳐?"

경백신장 모용전이 노채에게 눈을 부라렸다.

"어른 대접을 받으시려면 어른답게 행동하십시오! 팔군에 오신 손님으로서 팔군을 모욕하는 것은 어른답지 않은 행동이오!"

노채가 조리있게 쏘아붙였다.

"뭐야!"

이 말과 함께 경백신장은 노채에게 팔성 공력이 담긴 살수를 전개했다. 경천탈백장(驚天奪魄掌)이었다. 이미 공력을 일으키고 있던 노채가 패혼귀원공이 실린 장력으로 이를 맞받아쳤다.

펑!

경백신장과 노채는 다섯 걸음씩 물러났다.

"혈패천의 패혼귀원공이구나! 혈패천의 개새끼로구나! 깃발은 팔군으로 걸어놓고 혈마단의 주구를 모아놓았구나!"

경백신장은 엄청난 오해를 하고 마구 살수를 전개하기 시작했다. 연무장은 삽시간에 장영이 그득했고, 두 사람은 삶과 죽음을 가르는 대결로 치닫기 시작했다. 혁우세 역시 당황하여 어떻게 손을 써야 할지 모르고 망연자실했다.

하정원은 멈추라고 소리를 지르려다가 삼켰다. 자신이 멈추라고 하면 노채는 생과 사를 불문하고 당장 멈출 것이다. 그러나 경백신장 모용전의 살수는 멈추지 않을 것이고, 결국 노채는 죽든가 혹은 중상을 입게 될 터이다.

펑!

노채와 경백신장은 안색이 핼쑥해지고 입가에 실낱같은 피를 흘리면서 삼 장씩 뒤로 물러섰다. 하정원이 중간에 끼어들어 두 사람의 공격을 동시에 물리친 것이었다.

"멈추게! 이게 무슨 짓인가?!"

마침 생사신의가 달려오면서 소리쳤다.

"흥! 이 혈마단의 개새끼를 먼저 죽인 다음에!"

경백신장 모용전은 한마디 외치고는 노채에게 다시 살수를 뿌리기 시작했다.

펑!

하정원이 또 끼어들어 경백신장의 손속을 받아내었다. 경백신장은 땅바닥에 길게 족적을 남기며 오 장이나 뒤로 밀렸다. 입가에는 피가 흥건히 묻어 있었다.

"죄송합니다. 워낙 경황이 없어 힘을 조절하지 못했습니다."

이 말이 경백신장의 자존심을 더 심하게 건드렸다.

"흥! 혈마단의 패혼귀원공이라도 훔쳐 배운 모양이구나! 제

아비 어미를 죽인 놈들을 끼고 도는 놈이라 노인도 잘 패는구나!'

이 말에 하정원의 눈이 확 뒤집혔다. 그림자만 남기고 죽미끄러진 하정원이 오른발로 경혼신장의 기해혈을 내질렀다. 경혼신장 역시 현무귀혼기공을 최대한 일으켜 다리를 들어 하정원의 발을 정강이로 막았다.

빠각!

한순간에 경혼신장의 다리가 부러졌다. 경혼신장의 다리와 부딪친 하정원의 발은 여기서 멈추지 않고 경혼신장 모용전의 옆구리를 찍은 후 다시 왼쪽 어깨를 후려 찼다. 경혼신장은 십 장 넘어로 날아가서 그대로 혼절해 버렸다. 입에서 부서진 내장 조각과 피가 폭포수처럼 나왔다. 생사신의가 달려가서 바로 치료를 하지 않았더라면 차 한 잔 마실 시간도 지나지 않아 목숨을 잃었을 뻔한 중상이었다.

혁우세 일행은 그대로 얼어붙었다. 팔군 내에서도 최근 하정원의 무공 발전에 대해 짐작하고 있는 사람은 노채뿐이었다. 혁우세 역시 하정원의 손속을 보고 경악했다. 겉으로는 살기가 거의 드러나지 않지만 무시무시한 힘과 예기가 갈무리된 무공이었다. 경혼신장 모용전은 혁우세와 손속을 겨루어도 몇백 초는 크게 밀리지 않는 실력자였다. 그런 강호 초극고수를 다리 한 번 들어 세 번을 연달아 차서 거의 목숨을 끊어놓다시피 한 것이다.

"죄송합니다."

하정원이 혁우세 앞에 털썩 무릎을 꿇으며 말했다.

"됐다. 천천히 이야기하자."

혁우세가 힘겹게 이야기했다. 혁우세는 지난 넉 달 동안 하정원이 말로 표현할 수 없는 고통을 겪었으리라 훤히 짐작할 수 있었다. 무공의 수위와 그 무공에 실린 살기를 보니 저절로 가슴이 무거워졌다. 한 인간이 넉 달 사이에 천진무구한 소년과 같은 사람에서 이토록 살벌한 강호 최강 고수로 거듭나려면 어떤 시련을 겪었을지는 눈을 감아도 보일 것 같았다.

하정원은 무릎을 꿇은 채 두 손을 땅에 짚고 고개를 숙이고 있을 뿐이었다. 하정원 역시 크게 마음이 상해서 깊이 슬퍼하고 있었다. 직감적으로 혁우세나 현무문이 이제 더 이상 기대고 비빌 언덕이 아니라는 것을 느꼈다. 그것은 깊은 상실감이었다. 아버지가 죽으면 하늘이 무너지는 것 같은 상실감을 느낀다고 하여 천붕(天崩)이라 하지만, 파동 금하장에서 아버지의 참혹한 주검을 보았을 때에는 막상 그런 상실감을 느끼지 않았다. 아버지의 주검을 보았을 때에는 상실감보다는 깊은 분노와 슬픔이었다. 그러나 지금 이 순간 정말 하늘이 무너지는 듯한 상실감을 느꼈다. 천지 어디에도 믿고 기대고 비빌 곳이 없다는 느낌이었다.

노채가 혁우세 일행을 금정산 기슭 한편에 마련되어 있는 빈 막사 네 개로 안내했다. 경백신장 모용전의 제자들은 입고 있던 옷과 나뭇가지로 만든 임시 들것에 경백신장을 뉘어서 들고 나갔고, 그 뒤를 생사신의가 따랐다.

*　　　　　*　　　　　*

"군주의 무공은 이미 인간 세상의 것이 아닙니다."

노채가 혁우세에게 공손히 대답했다.

"그동안 생사의 고비를 많이 넘었나?"

"네. 포로로 잡힌 저를 용암굴에서 보고 살기를 억누르다가 주화입마에 빠져 돌아가실 뻔했습니다. 그게 제가 본 첫 고비였습니다."

노채는 여기까지 말하고는 감정이 격해진 탓인지 한동안 말을 하지 못했다.

"노채라 그러셨는가? 혈마단이었는가?"

"네, 혈마단 제삼백인대주 채수열이었습니다. 파동 금하장에 갔던 짐승의 이름입니다."

노채는 말을 잇지 못하고 꿇어앉아 고개를 숙인 채 가늘게 어깨를 떨고 있을 뿐이었다. 혁우세는 더 말을 못했다. 조카의 순후한 성품에 아미 사람이 붙잡은 포로를 그 자리에서 때려죽이지 못했을 것이라는 점을 상상할 수 있었다. 치밀어 오르는 혈기와 살심을 억누르려 하다가 주화입마에 빠졌다니 그 마음을 짐작할 수 있었다. 혁우세는 한동안 눈을 감고 아무 말도 없이 앉아 있었다. 막사에는 혁우세와 노채, 둘뿐이었다. 팔군은 네 개의 막사를 내주어 호법 가문들은 각자 별개의 막사를 배정받았다.

"그리고 군주께서는 소인을 노복으로 받아들이셨습니다. 나중에 군주께 그 연유를 물으니까 주화입마에 빠졌을 때 돌아가신 부친께서 생전에 부르던 노랫가락이 들리면서 몸을 추스렸다고 합니다. 인생불가지(人生不可知)라는 노래였다고 합니다."

노채는 여기에서 말을 그치고 나직이 가사를 암송했다.

있는 것은 장차 반드시 없어지고[有必將至無],
없는 것은 반드시 흘러 있는 것이 되네[無必流爲有].
생명은 장차 반드시 죽게 되고[生必將至死],
죽은 것은 반드시 변해서 생명이 되네[死必轉爲生].
흘러 흐르고 변해 변하는구나[流流轉轉兮].
시작도 없고 끝도 없구나[無始無終兮].
의기를 느껴 분노하는 가슴에도 더러운 마음이 숨어 있거늘[義憤藏汚心],
옳고 그름은 한낱 봄날의 꿈일 뿐이네[是非一春夢].

"주화입마에서 깨어나신 군주는 다시 며칠 후에 소인 때문에 또 돌아가실 뻔했습니다. 혈마단주 고극수와 겨루다가 소인 때문에 정신이 분산되어 목숨이 위태로운 중상을 입으셨습니다. 그때 운공요상을 하시고 크게 깨우치셨습니다. 또한 보름 전부터 새로운 깨달음을 얻기 시작하여 한 사나흘 동안 침식을 잊고 참오하셨습니다."

노채의 말이 끝났다. 혁우세는 사실 더 이상 노채의 말을 듣고 있기 힘들었다. 손을 들어 물러가라고 신호했다. 노채가 막사 밖으로 나가자 혁우세는 땅바닥을 두 손으로 짚은 채 머리를 떨어뜨리고 깊은 생각에 빠졌다. 아니, 그것은 생각이라기보다는 느낌이었다. 하정원이 지난 넉 달 동안 걸어온 길이 희미하게나마 눈앞에 보이기 시작했다.

*　　　*　　　*

"팔군을 현무 제팔군으로 인정해야 합니다."

신풍무영 손길선이 말했다. 혁우세의 막사 안에는 혁우세와 네 명의 호법이 모여 있었다. 신풍무영의 말에 생사신의는 고개를 끄덕였다.

"안 됩니다. 뿌리가 없는 잡초들입니다. 개개인의 무공 수준도 한두 사람 빼고는 믿을 바가 못 됩니다. 유구한 역사와 전통을 가진 저희 현무문과 같이 어울릴 수 없는 사람들입니다."

신검 등내훈이 격렬하게 말했고, 아직 들것에 누운 채 이 회의에 참석한 경백신장 모용전이 고개를 끄덕였다. 나흘 전 하정원과의 대결에서 모용전은 정강이뼈가 끊기고 왼쪽 어깨가 박살났으며 갈비가 여섯 대나 부러졌다. 부상에서 회복되어도 한쪽 다리와 한쪽 어깨를 쓰지 못하게 될 것으로 보였다.

"문주님, 전체 호법들이 모여서 이 문제를 결정하시지요."

경백신장 모용전이 말했다. 이 말은 실은 하정원의 세력을 현무 제팔군으로 받지 말자는 이야기였다. 사실상 자체 무력이 없다시피 한 영가와 의가만 팔군에 대해 우호적인 입장을 취할 뿐이었다. 자체 무력을 가지고 있는 권가, 창가, 편가는 이 자리에 있는 장가, 검가와 더불어 당연히 팔군을 배척할 것이라는 점이 모용전과 등내훈의 속내였다.

혁우세는 모용전과 등내훈의 속내를 짐작할 수 있었다. 그러나 호법들의 연합 체제가 실권을 가지고 있는 현무문의 특성상 혁우세로서도 어찌할 수가 없었다. 혁우세가 힘없이 대답했다.

"네. 이 문제는 일곱 분 호법님들이 다 모이셨을 때 논의합시다."

혁우세는 그동안이라도 호법들의 마음이 변하지 않을까 하는 막연한 기대가 있었던 것이다. 이때 생사신의가 폭탄과 같은 말을 했다.

"문주님, 저희 의가를 칠군 체제에서 제외시켜 주십시오. 저희는 칠군 체제 밖에서 자유롭게 활동하고 싶습니다. 어차피 저희는 몇 명 되지도 않고 또한 무력도 미미합니다. 제육군을 맡고 있다는 것이 부담스럽습니다. 이번에 금정사 혈겁 때에도 혈겁을 막아내기는커녕 제 한 목숨마저도 팔군의 하군주가 아니었으면 지키지 못했습니다."

신검 등내훈과 경백신장 모용전의 눈살이 순간 깊게 찌푸려졌다. 비록 무력에 있어서는 아무 도움이 되지 않으나 생사신의가 이끄는 제육군이 빠지는 것은 상징적인 차원에서도 아주 안 좋은 모양새였다. 그런데 신풍무영 손길선의 말이 이어졌다.

"문주님, 저희 영가도 좀 쉬고 싶습니다. 칠군 체제에서 제외시켜 주십시오. 저희도 무력이 미미하니 현무문의 전력에 하등 손상이 없을 것입니다."

이 말에 신검 등내훈과 경백신장 모용전은 내심 이를 갈았다. 자기 가문의 입장을 가장 중시하는 이 두 사람의 관점에서는 의가와 영가의 탈퇴 요청은 일종의 배신 행위로 보였다. 노여움이 뻗쳐 올라왔다.

한편 혁우세는 이 순간 여러 가지 생각이 교차했다. 어쩌면 여기에서 의가와 영가를 놓아주는 것이 하정원을 도와주는 길이라는 생각이 들었다. 생사신의와 신풍무영은 팔군에 대해 아주 좋게 생각하는 빛이 역력했다. 의가와 영가를 현무 칠군 체제에서 놓아주면 그들은 팔군에 아주 큰 도움을 줄 수 있을 것이라는 판단이 들었다.

"안타깝지만 의가, 영가 두 가문의 뜻이 그러하다면 현무 칠군의 활동을 당분간 쉬도록 하십시오."

여기까지 말한 후 혁우세는 의미심장한 한 가지 이야기를 덧붙였다.

"그렇지 않아도 의가, 영가의 무력이 너무 미미해서 평소 아쉽게 생각해 왔습니다. 이번에 자유스럽게 활동하시도록 하십시오. 충분히 자체 무력을 기를 때까지는 칠군에 돌아오시지 마십시오."

혁우세의 뜻은 명확했다. 의가, 영가가 자체 무력을 기를 리 없다. 따라서 앞으로도 계속 칠군에 돌아오지 않아도 된다는 뜻이었다.

"문주님의 배려에 무어라 감사의 말씀을 여쭐 길이 없습니다."

신풍무영 손길선과 생사신의 이문호가 거의 동시에 말을 하면서 탁자에 두 손을 짚고 머리를 숙였다. 신검 등내훈과 경백신장 모용전은 크게 한 방 얻어맞은 것 같았다. 의가와 영가는 무력으로서는 별 소용이 없었지만 막상 싸움이 벌어지면 매우 소중한 자원이었다. 오죽하면 현무 칠군 중 가장 서열이 높은 제칠군과 제육군을 주었겠는가.

하정원의 팔군을 내치는 것까지는 좋았는데 그만 의가와 영가가 튀어나가 버린 셈이 되었다. 하지만 신검 등내훈과 경백신장 모용전뿐만 아니라 여기 있는 모든 사람들이 생각하지 못한 변수가 있었으니, 바로 혁천세와 귀곡쌍사가 팔군에 대해 보일 움직임이었다. 정확히 말하자면 현무문이 팔군을 내친 것에 대해 보일 움직임이었다.

혁우세는 영가와 의가의 현무 칠군 탈퇴에 대해 한 번 더 못을 박았다.

"제칠군과 제육군의 이름은 남겨둘 것입니다. 의가와 영가가 막강한 자체 무력을 갖추기 위해 자유롭게 활동할 수 있도록 앞으로 현무 칠군에서 제외합니다. 두 호법 가문은 부지런히 무력을 갖추도록 하십시오. 무력이 갖추어지기 전에는 현무 칠군으로 돌아오지 마십시오."

이날 혁우세가 주도하는 현무문의 회의는 결국 현무 칠군에서 의가와 영가가 탈퇴하는 것으로 결론짓고 끝났다. 회의를 마치고 호법들을 막사 밖으로 내보내면서 혁우세는 시원섭섭했다. 그 나름대로 크게 기대를 걸고 있었던 현무 칠군은 그동안 문제가 많았다. 의가와 영가는 줄곧 각 호법 가문의 구분 없이 인력을 뒤섞는 방향으로 편제를 짜야 한다고 주장해 왔다. 반면 다섯 개의 주요 무력 가문은 가문 별로 전력을 보유하는 현재의 편제를 고집해 왔다.

무력 가문의 호법의 수가 절대적으로 많았기 때문에 이러한 의견 대립에 관하여 혁우세로서도 어쩔 수가 없었던 것이다. 이번에 두 가문이 탈퇴함으로써 아예 의견 대립 자체가 없어진 만큼 혁우세는 한편으로 시원하기도 했다. 그러나 두 가문의 탈퇴를 공식적으로 허락한 혁우세로서도 섭섭한 마음이 들었다. 혁우세는 이 섭섭한 마음이 그냥 두 가문을 떠나보냈기 때문에 드는 것이라고 생각했다. 그러나 실은 자신의 지도력과 영향력의 한계를 발견하게 된 최고 지도자의 심정이라는 점을 아직 깨닫지 못하고 있었다.

*   *   *

"문주께 못할 짓을 한 것은 아닌지……."

생사신의 이문호가 신풍무영 손길선에게 나직이 말했다. 두 사람은 숲 가장자리를 걸으면서 이야기하고 있었다. 숲 속에는 만상귀혼진이 펼쳐져 있고, 탈혼사를 비롯한 갖가지 치명적인 매복이 숨겨져 있어서 출입이 엄격히 금지되어 있었다.

"어쩌면 문주님께서도 이것이 가장 좋은 방법이라고 생각하셨는지도 모릅니다. 어찌 보면 팔군은 문주의 직속 무력이나 다름없지요. 신의께서 이끄는 의가는 당연히 팔군을 도울 생각이시겠지만 저도 영가를 이끌고 팔군을 도울 생각입니다."

"정말이십니까?"

생사신의가 감격에 겨워 부르짖듯 물었다.

"네. 요즘 며칠 동안 이곳을 둘러보고 정말 깊은 인상을 받았습니다. 사람들의 마음이 하나로 모여 있습니다. 아직 미미합니다만 곧 엄청난 세력으로 자랄 것입니다. 강호제일의 문파가 되겠지요.”

신풍무영이 말했다.

“하하! 이건 문파가 아닙니다. 마치 천하를 도모하기 위해 모여드는 군대 같은 조직입니다. 스스로도 마제가 소멸되면 해체한다고 하지 않습니까.”

“결속력과 규율은 문파보다 엄정한데 천하의 누구든 마제와 싸우겠다면 받아들이고 있으니…….”

“그렇지요. 말이 쉽지 부모를 죽인 흉수의 백인대장이었던 자를 호위무사로 쓰고 있으니 그 도량이 보통이 아니지요. 마제와 싸울 수만 있다면 누구든 받겠다는 것 아닙니까. 그 마음의 갈등이 어떠했을까요? 그러니 피를 토하고 주화입마에 들었겠지만…….”

생사신의가 고개를 절레절레 저으면서 말했다.

“문제는 재정이겠지요. 돈이 문제가 되겠군요.”

“아직 확실한 것은 아닙니다만 재정도 자체적으로 해결할 것으로 보입니다. 이미 매달 은자 오만 냥 정도의 수입을 가지고 있지요.”

“은자 오만 냥이나요?”

“네. 그런데도 이 사람들은 하루 종일 무공만 수련하고 살지요. 사는 집은 움막이 아니면 막사입니다. 쓰는 돈이라고는 식량하고 의복과 무기밖에 없습니다. 월급으로 은자 두 냥에서 다섯 냥을 주는데, 가족에게 돈을 안 부쳐도 되는 사람들이 그나마 그 돈을 다시 추렴해서 필요한 사람에게 모아준다고 합니다. 그래서 실제로 돈을 부치는 사람들은 은자 열 냥 정도 된다고 합니다. 상당한 액수이지요. 하하! 하 군주의 월급이 은자 다섯 냥입니다."

"어떻게 그렇게 많은 돈을 법니까?"

"복호사가 원래 대륙의 금강석 대부분을 만들던 곳이라고 합니다. 저쪽에 보이는 저 지역에서 무공을 모르는 사백여 명의 스님들과 무승 사십여 명이 하루 종일 금강석을 가공하고 있습니다. 원래 아미의 사업이었는데 그것을 물려받아 크게 강화한 것입니다."

생사신의의 말을 듣고 신풍무영은 입이 떡 벌어졌다. 한 달에 은자 오만 냥의 수입이 있다면 이미 그중 삼만 오천 냥은 비축하기 시작했을 것이다. 이런 식의 검소한 살림이라면 아무리 무기를 많이 산다고 해도 한 달 살림이 은자 만 오천 냥을 넘을 수 없기 때문이었다. 게다가 그 수입이 상인들로부터 기부를 받거나 혹은 논밭을 소작 주어서 나오는 수입이 아니라 스스로 만들어내는 수입이란 점이 신풍무영에게 깊은 감명을 주었다.

"저의 영가의 인원은 백 명이 조금 넘습니다. 저희가 팔군을 위해 할 수 있는 일이 무엇일까요?"

"많습니다. 아주 많습니다. 인원을 일단 이곳으로 부르십시오. 저도 의가의 인원 백오십여 명을 이곳으로 부르는 전통을 이미 보냈습니다."

"아, 그러셨군요."

"네. 현무 칠군에서 탈퇴할 것까지는 생각하지 않았고, 그냥 이곳에 빌붙으려고 했지요."

이 말에 두 노인은 서로 마주 보고 웃었다.

"제가 지금 당장이라도 할 수 있는 일은 없습니까?"

신풍무영이 다시 물었다.

"아주 중요한 일이 하나 있습니다."

"무엇입니까?"

"팔군은 지독합니다. 또 치밀하지요. 이미 마제의 혈마단과도 직접 겨루어본 경험도 있습니다. 팔군이 혈마단을 어떻게 척살했는지 들으셨는지요?"

"아니요."

"대부분을 매복과 암습으로 해치웠습니다. 하 군주의 지휘 아래 혈마단 사백 명을 죽이면서 팔군 측은 불과 스물세 명만 사망했지요."

"스물세 명이요?"

"네, 강호에서 이 소식을 알면 전율할 것입니다. 이곳 제갈 총사가 입단속을 시키고 있지요. 그래서 아미의 사정을 안다고 하는 사람들도 이곳에서 엄청난 희생이 일어난 줄 압니다. 희생은 엄청났지만 하 군주가 이끌기 이전의 혈겁 때 입은 희생입니다. 일단 하 군주의 지휘 아래 싸움에 들어가고 난 후에는 불과 스물세 명이 숨졌습니다."

신풍무영의 안색이 굳어졌다. 며칠 동안 본 것만으로도 팔군을 어느 정도 안다고 생각했었다. 그러나 실은 자기가 생각했던 것보다 훨씬 더 큰 잠재력이 이미 존재하고 있었던 것이다.

"팔군은 스스로 무인이기를 포기했지요. 그래서 싸움의 양식을 합격진, 경신법, 정찰, 매복, 암습으로 정했습니다. 저기 하늘의 매가 보이지요? 저 매가 경비를 서고 정찰을 하고 있는 것입니다. 아마 내년 말쯤이면 수백 명의 사람들이 수천 마리의 매를 부리게 될 것입니다."

신풍무영은 여기까지 이야기를 듣자 온몸에 전율이 일어나면서 소름이 끼치는 것을 느꼈다. 팔군에게는 강호의 체면이나 위신 따위는 아무 의미가 없었다. 오로지 가공할 무력으로 마제를 소멸시키겠다는 생각뿐이었던 것이다.

무공이 강한 초극고수들이 은근히 천시하는 합격진, 경공술, 정찰, 매복, 암습을 싸움의 기본 양식으로 정했다고 한다면 일단 강호의 명문 거대 문파에서는 크게 비웃을 것이다. 하지만 팔군은 그런 것에 전혀 신경 쓰지 않았다. 만약 팔군이 힘을 갖추어 강호 제패에 나선다면 몇 달 걸리지 않아 강호 전체를 쑥대밭으로 만들 수도 있을 것 같았다.

"암습을 위한 무공으로는 활과 탈혼반을 선택했습니다. 이미 여기저기 연무장에서 사람들이 수련하는 것을 보셨을 것입니다. 그 자체로서도 가공할 무공이지만 암습에 사용하면 정말 위력적입니다."

"합격진은 어떤 것을 사용하고 있습니까?"

"아직 정해지지 않았습니다. 하지만 제갈혜령 총사가 본가에 중요한 비급을 요청한 것으로 압니다. 자, 이제 우리 손 호법께서 하실 일을 발견하셨는지요?"

생사신의 이문호가 빙긋이 웃으면서 말했다.

"경신법 분야를 말씀하시는 것입니까?"

'네. 영가에는 자체의 경신법 말고도 그에 버금가는 절세의 경신법에 대한 검토가 많이 이루어져 있을 것입니다. 그중에서 팔군이 사용할 수 있는 것을 가르쳐 주십시오."

"있지요. 얼추 꼽아보아도 서너 개는 됩니다. 그건 제가 잘할 수 있지요."

신풍무영이 기쁜 낯으로 말했다. 두 노인은 금정봉 숲 가장자리에서 시간 가는 줄 모르고 마제의 동향과 팔군이 나아가야 할 방향에 대해 이야기했다.

*   *   *

혁우세는 하정원의 막사를 찾았다. 하정원은 백옥으로 된 패 하나를 막사 기둥에 걸어놓고 십 보쯤 떨어져서 활을 당기고 있었다.

"이숙, 잘 오셨습니다."

"응. 조카, 내일모레쯤에는 가보려고 해."

칠 일 전에 하정원과 싸워서 중상을 입었던 경백신장 모용전이 어느 정도 몸을 추스를 수 있게 되자 혁우세는 길을 떠날 것을 생각하고 있었다.

"죄송합니다. 제가 순간의 혈기를 참지 못하고 나이 지극하신 분을……."

"아니야. 그 늙은이가 망령이 났지. 입에 담지 못할 소리를 했으니 죽어도 싼 게야. 마음에 두지 말거라."

"……."

"너도 눈치 챘다시피 우리 현무문이 좀 갑갑해. 고리타분하고 케케묵었지. 역사가 오래되다 보니까 문주인 나도 내 마음대로 할 수 있는 게 하나도 없어."

"높은 자리에서 중요한 책임을 맡으면 자기 마음대로 할 수 있는 게 없어지지요."

하정원이 혁우세를 위로했다.

"아니, 그런 뜻이 아니야. 우리 현무문은 호법들이 결정권을 가지고 있지. 문주는 그냥 중간에서 의견을 조정하는 사람에 불과해."

"아, 네."

"참, 생사신의하고 신풍무영이 찾아오지 않았더냐?"

혁우세가 넌지시 물었다.

"두어 번 얼굴을 마주한 적은 있습니다만… 특별히 따로 말씀을 주신 것은 없습니다."

"응, 조만간에 찾아올 게다. 영가와 의가는 현무 칠군에서 며칠 전에 탈퇴했어. 아마 조카에게 몸을 의탁하러 올 게야."

혁우세의 눈에 하정원이 갑자기 거대한 거인처럼 커 보였다. 막상 자기 입으로 말을 해놓고 나니까 하정원이 지난 넉 달 사이에 어마어마하게 변했다는 것이 실감이 되었다. 어느 날 문득 아들이 다 자라서 커 보인다던 이야기가 무슨 뜻인지 혁우세는 짐작할 수 있었다. 또 다른 한편으로는 착잡한 심정이 들기도 했다. 천이백 년을 이어온 현무문에서 이제 두 개의 호법 가문을 떼어 내보낸다고 생각되어 지하에 있는 사문의 어른들을 볼 낯이 없었다.

"……."

하정원은 아무 말도 할 수 없었다. 일전에 생사신의로부터 현무문의 내부 사정에 대해 들은 바가 있어서 '올 것이 왔구나' 라고 생각되었다.

"생사신의와 신풍무영이 이끄는 의가와 영가를 잘 챙겨라. 내가 생각해 보아도 두 가문이 현무문 최고의 자원이야."

"네. 만에 하나 두 가문이 팔군에 몸을 의탁해 오면 그 빛을 발할 수 있도록 하겠습니다."

혁우세는 하정원의 행동이나 생각이 하나의 커다란 무리의 수장답게 진중해진 것을 다시 한 번 느꼈다. 이제는 무정숙의 그 영기발랄하고 천진무구하던 하정원은 기억 속에서

새끼가 자라면 둥지를 떠난다 295

아스라이 존재할 뿐이었다.

"그래, 마제와는 어떤 방식으로 싸울 것이냐?"

혁우세가 물었다. 하정원은 합격진, 경신법, 정찰, 매복, 암습을 기본으로 삼았다는 이야기를 자세히 했다. 혁우세는 눈살을 찌푸리고 들었다. 내심 매우 못마땅했지만 입 밖으로 의견을 이야기하지는 않았다. 혁우세와 같은 전통적인 강호 무인의 입장에서 보면 하정원이 말하는 것은 이미 무인의 길이 아니었기에 사실 내심으로는 크게 실망했다.

하정원은 혁우세의 실망을 눈치 챘지만 짐짓 모르는 척했다. 무인의 길을 중시하는 혁우세의 믿음을 잘 알기 때문이었다. 하정원은 혁천세와 황보준, 혁화미에 대해서 자세히 물었다. 며칠 동안 서로 경황이 없어서 이제야 비로소 한가하게 이야기를 할 수 있게 된 것이다.

"준이가 이제 사부님의 경지를 넘어섰습니까?"

하정원이 경악을 하고 물었다.

"응. 형님이 원래 실력이 변변치 않았던 게지. 아무튼 요즘에 준이는 혼자서 책을 보면서 연구를 해. 무슨 병법을 연구한다나?"

혁우세가 심드렁하게 대답했다. 하정원은 혁천세의 학문의 경지를 대충 알고 있었다. 황보준이 혁천세의 내제자로 들어간 지 삼 년 만에 혁천세의 경지를 넘어섰다는 이야기를 듣고는 내심 경악했다. 천세유림의 천재라고 하던 이야기가 엉터리가 아니었음을 실감했다.

"이번에 사부님하고 준이, 화미가 같이 왔으면 좋았을 텐데……."

"응, 나도 그렇게 생각한다. 이 주책없는 늙은이들을 끌고 왔을 게 아니라 그냥 우리끼리 왔어야 됐어."

"……."

"화미도 귀곡문의 학문을 많이 배웠다고 하던대?"

"그랬을 거예요. 화미 머리가 이숙보다는 사부님을 더 닮았으니까요."

"조카, 그거 지금 내 머리가 돌대가리라고 하는 소리냐?"

"아닙니다. 정말 아닙니다."

하정원이 정색을 하고 손사래를 쳤다. 하정원이 하려던 말은 혁화미의 성향이 무공보다는 귀곡문의 학문에 맞는다는 이야기였는데 하고 보니 오해의 소지가 있었다.

"아무튼 화미도 이삼 년 안에 귀곡문의 학문을 거의 다 배울 거라고 형님이 그러시더라."

혁우세의 말에는 은근히 딸에 대한 자부심이 깔려 있었다.

"야, 정말 대단하네요! 여기 총사를 맡고 있는 제갈혜령 같은 여자가 하나 더 생기겠군요!"

"응. 내가 몇 번 그 처자랑 차도 마시며 이야기를 해봤는데 아주 괜찮더라. 그냥 데리구 살아라! 막사도 절약할 겸 얼마나 좋냐!"

혁우세가 너무나 중요한 일을 너무나 사소한 일처럼 이야기하는 것 같아서 하정원은 깜짝 놀랐다.

"네?"

"조카 나이면 작은 나이가 아니야. 암, 스물이면 슬하의 아이가 논어를 읽어야 할 나이이지. 암. 그냥 데리고 살어. 그러면 애가 생겨."

"저는 제갈 소저랑 그런 관계가 아닙니다."

"뭐가 아니야. 내가 생사신의한테서 이야기 다 들었는데. 제갈 소저도 조카를 끔찍이 생각하는 것 같던데……."

하정원의 얼굴이 홍시처럼 새빨개졌다.

"마제와의 싸움을 앞두고……."

"그러니까 부지런히 데리고 자야지. 마제랑 싸우다가 불알이라도 다쳐서 터지면 어떻게 할 텐데? 하 씨 집안 대가 끊겨요. 잘 생각해 보세요."

혁우세는 버럭 역정을 내었다. 잠시 침묵이 이어졌다. 하정원은 콧날이 시큰했다. 혁우세는 하정원이 얼마나 위험한 일을 하는지 알고 걱정하는 것이리라.

"조카, 근데… 무공 많이 늘었더라?"

"네. 사람 몇 명 죽이고 저도 몇 번 죽을 뻔하니까 저절로 무공이 늘던데요."

하정원이 우울한 목소리로 말했다. 사실 하정원 자신은 지난 몇 달 동안 자신의 변화가 전혀 기쁘지 않았다. 마냥 즐겁고 활기차던 시절은 이제 다시 못 올 것이라는 점이 너무나 아쉬웠다. 양손에는 피가 그득하게 될 게다. 벌써부터 이천 명에 가까운 팔군의 사람들은 하정원을 극도로 두려워하면서도 존경했다. 앞으로 더 많은 사람들이 그렇게 될 것이다. 적막과 고독의 생활이 될 것이다.

혁우세는 하정원의 말을 듣고 기가 차면서 다른 한편으로는 몹시 슬펐다. 말 자체의 내용으로는 정말 기가 찰 노릇이었다. 사람 몇 명 죽이고 스스로 몇 번 죽을 뻔한 고비를 넘겨 초극고수가 될 수 있다면 세상에 초극고수가 발에 차일 만큼 많을 것이다. 그러나 그 엉터리 같은 말에 담긴 짙은 비애와 우울을 혁우세는 느낄 수 있었다.

"그래, 요즘 부딪친 화두는 무어냐?"

"네, 혼돈입니다."

"뭐가 그리 헷갈려? 혼동될 일이 많나? 원래 세상은 뒤죽박죽이야. 혼동이 기본이고 분별이 나중이지. 분별은 사람 머리 속에 있는 거야. 천지는 분별이 아니라 혼동이야. 혼동의 규모가 워낙 크니까 그게 분별을 가진 거지. 분별은 있기도 하고 없기도 한 거야. 혼동도 있기도 하고 없기도 한 거지. 그거, 말로 어떻게 표현할 수가 없어. 그냥 개기고 살아라."

혁우세는 혼돈을 '혼동'으로 잘못 알아듣고 인생의 이치에 대해 이야기했다. 그런데 이 말이 하정원의 머리 속에서 맴돌던 화두에 엉켜 있던 실마리를 끊어버렸다. 혼돈일기궁의 마지막 구절이 명확하게 이해되었다.

음과 양은 있기도 하고 없기도 하다[陰陽又有又無].

음양이기와 혼돈일기는 같기도 하고 다르기도 하다[二氣一氣
不二不同].

혼돈의 경지는 지극히 현묘하다[渾沌之境 至玄至妙].

인간 세상의 말은 그 현묘함을 다 전하지 못한다[人世之言 不
可傳其玄妙].

하정원의 두 눈이 저절로 감기고 탁자에 앉은 자세 그대로
깊은 참오의 세계로 빠져들었다. 하정원의 정신은 우주의 끝
에서 끝을 오가고 있었다. 모든 분별과 구분이 무너지고 다시
생기고 다시 무너지기를 수없이 반복했다. 고극수와 겨룰 때
혼돈의 선천지기이기도 하고 음양의 공력이기도 한 기운이
팔을 타고 흘렀던 원리가 명확하게 이해되었다. 혁우세는 탁
자에 앉은 채로 참오에 빠지는 하정원의 모습을 보고는 설레
설레 고개를 젓고는 세심하게 호법을 서기 시작했다. 하정원
의 온몸은 담담한 안개에 싸여 있었다. 꼬박 하루가 지나 안
개가 엷어지더니 하정원이 눈을 떴다.

"시간이 많이 지났나요?"

"아니, 조카가 앉은 채로 잠든 지 열두 시진밖에 안 지났어."

혁우세가 심드렁하게 말했다. 그러나 내심 혁우세는 하정
원의 기세에서 절대자의 경지에 접어들었음을 알고는 속으로

전율했다.

"이숙, 자주 놀러 오십시오."

하정원이 빙긋 웃으면서 말했다.

"무슨 소리래?"

"이숙이 자주 오셔야 앉은 채로 마음 놓고 자다가 무공이 늘 것 아닙니까?"

혁우세는 눈물이 핑 돌았다. 지난 몇 달간 아마 마음속 깊은 곳에는 충격과 공포가 쌓여 있을 것이다. 하정원 본인 자신은 멀쩡하다고 주장하지만 무공을 참오하는 데에도 방해가 많았을 것이다. 심오한 깨달음을 얻기 위해서는 긴장이 완전히 풀어져서 혼백의 깊은 곳이 드러나야 한다. 하지만 충격과 공포 속에 사는 사람은 그러한 상태에 이르기가 힘들다. 어제 혁우세와 탁자에 앉아서 이런저런 이야기를 하다가 긴장이 이완되자 문득 깨달음의 경지에 든 것이리라.

"그나저나 내일 새벽엔 출발해야 되겠다. 주책맞은 늙은이들이 좀 보채야지."

"……."

그날 밤 늦게까지 하정원과 혁우세는 노채가 가져다주는 먹을 것과 차를 마시면서 실컷 탕춘헌과 무정숙에 관련된 이야기만 했다.

다음날 새벽 묘시(卯時)에 혁우세 일행은 떠났다. 경백신장 모용전은 문도의 등에 업힌 채 하정원과 눈길도 마주치려고 하지 않았다. 생사신의와 신풍무영은 당분간 팔군에 있겠다며 남았다. 하정원은 아미산 기슭까지 근 이백 리를 배웅했다.

*　　　　*　　　　*

"군주, 생사신의 어르신과 신풍무영 어르신입니다."

노채가 하정원의 막사 뒤 연무장으로 생사신의와 신풍무영을 안내해서 들어왔다. 하정원은 마침 탈혼반을 던지는 수련을 하고 있었다. 언뜻 보아도 이십 개가 넘는 탈혼반이 눈이 어지럽게 날아다니고 있었는데 모기가 날아다니는 소리도 나지 않았다. 탈혼반 하나하나가 하정원의 완벽한 통제 아래에 있는 것이다.

생사신의 이문호와 신풍무영 손길선은 하정원이 탈혼반을 거두고 나서도 놀라움에 입을 다물지 못했다. 두 사람은 경백신장 모용전을 순식간에 쓰러뜨릴 때 말고는 이제까지 하정원의 무위를 본 적이 없었다. 당시에 두 사람은 깊게 인상을 받기는 했지만 워낙 순간적으로 일어난 일인 데다가 경백신장이 노채에게 정신을 분산하고 있어서 쉽게 당한 것이라 생각했다. 그러나 오늘 하정원의 무공을 보게 되자 오히려 하정원이 경백신장을 대함에 있어서 손속에 인정을 많이 두었다는 것을 알게 되었다.

"자, 앉으시지요."

하정원이 연무장 한구석의 탁자를 가리켰다. 하정원은 막사와 연무장에서 나오는 일이 드물었다. 평소에는 하루 종일 무공을 수련하고 있다가 삼문의 문장들과 총사인 제갈혜령이 찾아오면 그냥 연무장 구석의 허름한 탁자나 막사 안의 탁자에 앉아 몇 시진이고 업무를 상의하곤 했다. 삼문의 문장들과 제갈혜령 역시 아주 중요한 일이 아니면 하정원을 찾아오지 않았다. 팔군은 이미 자체 동력으로 운영되고 있었던 것이다.

"저희 영가와 의가가 팔군에 몸을 의탁하고 싶습니다."

신풍무영 손길선이 진중하게 입을 열었다.

"제가 이미 군주께 말씀드렸던 것처럼 현무 칠군에서는 저희가 설 자리가 없습니다. 권, 장, 검, 창, 편, 다섯 무력 가문이 매우 폐쇄적인 입장을 가지고 있기 때문이지요."

생사신의가 말을 이었다. 하정원은 이미 혁우세로부터 말을 들어 의가와 영가가 팔군에 힘을 합칠 것이란 점을 알고 있었다. 그러나 막상 두 사람으로부터 말을 들으니 마음이 크게 격탕하였다. 또한 사실상 혁우세가 팔군으로 이들을 보내준 것과 다름없다는 사실을 생각하자 가슴이 찡하고 울렸다. 문주가 자신의 문도를 다른 세력으로 보낼 때 마음이 어떨지 짐작되었기 때문이다.

"이숙께 말씀 들었습니다. 두 가문이 힘을 보태주신다니 무어라 여쭐 말씀이 없습니다."

하정원이 짧게 말했다.

"이것은 저희 영가에서 그동안 수집하였던 경신법 중 가장 쓸 만한 것을 고른 것입니다. 듣기로 팔군에서 사용하는 심법이 충충단정공을 고친 것이라고 알고 있습니다. 그래서 도가 계열의 경신법을 골랐습니다. 신법은 곤륜 지파(支派)인 삼청문(三淸門)의 태을광영신(太乙光影身)이며, 보법은 칠성미리보(七星迷離步)입니다. 감히 절세적 경신법이라 할 수 있습니다. 삼청문은 사백 년 전 흑사방(黑沙幫)의 혈겁 때에 절문된 문파입니다. 오로목제(烏鷺木梯:지금의 우름치) 싸움에서 모든 문도가 장렬히 전사했지요."

하정원은 크게 감격했다. 이제 합격진만 확보하면 무공 체계가 완벽히 잡히게 될 것이다.

"감사합니다. 정말 감사합니다. 감히 무어라 여쭐 말씀이 없습니다."

"저희 영가가 팔군에 몸을 의탁하는 만큼 마땅히 해야 할 일일 뿐입니다."

"영가와 의가의 문도들이 각각 백 명과 백오십 명쯤 됩니다. 아마 열흘에서 보름 정도 지나면 이곳에 합류할 수 있을 것입니다. 외람된 말씀입니다만 군주께서는 이 인원들을 어떻게 운용하시겠습니까?"

"네. 지금 팔군은 아미삼문이 각각 문파 별로 구성되어 있습니다. 하지만 이러한 편제는 임시 편제입니다. 합격진이 마저 완성되고 다른 몇 가지 상황이 정리되면 내년 오뉴월경에는 정식 편제를 짜려고 합니다. 일단 그동안은 영문, 의문으로 해주시고 문장을 정해주십시오. 두 분은 영문이나 의문의 인원이 아니라 팔군의 원로 어르신으로 모시고 싶습니다. 그러니 두 분 말고 문장을 따로 정해주십시오. 두 분께는 호법이 적당한 호칭이지만 현무문에서 이미 호법을 맡고 계시니까 장로라는 칭호가 좋을 것 같습니다. 차제에 원로원을 두고 강호의 대선배님들을 모시게 되면 원로원으로 모시고 싶습니다. 그리고 영문과 의문의 문도들도 지금 아미삼문의 무인들이 하는 수련을 함께 밟았으면 좋겠습니다."

하정원이 담담하게 말했다. 아미삼문으로 구분되어 있지만 최근 무공 수련은 일부러 삼문의 인원을 뒤섞어서 작게는 십 명, 크게는 사오십 명의 '수련반' 조직으로 운영되고 있었다. 이 사정을 아는 생사신의와 신풍무영은 기존 아미삼문의 무인들과 함께 어울려서 수련받는다는 사실에 크게 기꺼운 마음이 들었다.

"아참, 군주님께 여쭈어볼 말씀이 있습니다."

생사신의가 말을 꺼냈다.

"네, 가르침을 주십시오."

"군주님과 혁천세 태상호법는 어떤 사이십니까?"

"제 사부님 되십니다만……."

생사신의는 한동안 생각에 잠기더니 입을 열었다.

"말씀드리기 힘든 일입니다만 노여워하지 마시고 들어주

십시오. 무림에서 '사부'라 할 때에는 문파의 전승을 뜻합니다. 다시 여쭈어보고 싶습니다. 군주께서는 귀곡문의 전승을 이으셨는지요?"

"……."

"귀곡문의 전승을 잇지 않으신 것으로 알고 있었습니다. 군주께서는 귀곡문의 제자들인 귀곡쌍사를 만나보신 적 있으신지요?"

"……."

"만나보신 적이 없는 것으로 압니다. 귀곡쌍사의 별호와 이름을 알고 계신지요?"

"……."

"귀곡문의 전승을 잇지도 않으셨고, 귀곡문의 제자들을 만나본 적도 없으시고, 귀곡문 제자들이 누구인지도 모르십니다. 제가 외람되게 묻겠습니다. 혁천세 태상호법께서 군주님을 어떻게 생각하셨을 것 같습니까?"

"……."

"제가 이 문제에 대해 혁천세 태상호법님과 말씀을 나눈 적이 있어서 드리는 말씀입니다. 혁천세 태상호법께서는 군주님을 전승을 잇는 제자로 생각하신 적이 없습니다."

이 말에 하정원의 얼굴이 울 것같이 변했다.

"태상호법님께서는 군주님을 처음에는 천세유림의 학생으로 생각하셨고, 나중에는 아들과 같이 생각하셨습니다."

이 말에 울 것 같았던 하정원의 얼굴에 순간 기쁨이 넘쳤다.

"제가 이 말씀을 드리는 이유는 나중에 귀곡쌍사를 만나시면 사형제로 대하지 말라는 뜻입니다. 당장 의가와 영가가 합류하게 되면 귀곡쌍사가 오게 됩니다. 저희 의가와 영가에 배속되어 있었습니다. 이분들을 사형제로 대하시면 군주님의 처신이 크게 제약됩니다. 팔군의 기강이 흐트러질 수도 있습니다."

하정원은 처음에는 생사신의의 말뜻을 잘 이해하지 못했다.

"제가 아무리 귀곡문의 제자가 아니더라도 같은 사부님의 제자인데… 귀곡쌍사를 사형제로서 대해야 하지 않나요?"

"아닙니다. 귀곡쌍사가 군주의 사형이 되면 당장 저를 포함한 팔군의 모든 사람이 어려워집니다. 군주께서는 아직 나이가 많지 않고 성품이 순후하셔서 잘 모르시지만 사람들은 본능적으로 서열을 따집니다. 사람이란 동물이 그렇게 생겨먹었습니다. 군주의 사형이면 사람들은 군주보다 더 어려운 존재로 받아들입니다."

이 말에 하정원은 큰 충격을 받았다. 이제 주위 사람을 어떻게 대할 것인가라는 문제조차 팔군의 서열을 생각하고 처신해야 한다는 뜻이었기 때문이다.

"군주, 최고 지도자는 한 명입니다. 팔군의 수장은 군주이어야 합니다. 팔군 안에서는 누구도 군주보다 더한 위세를 누려서는 안 됩니다. 제가 이 나이 먹도록 인생을 완전히 헛살았다고는 생각하지 마십시오. 오랫동안 여러 가지 일을 겪어

본 경험에서 드리는 말씀입니다."

생사신의 이문호는 하정원의 격의없고 순후한 성품을 알기에 미리 못을 박은 것이었다. 하정원은 생사신의의 말을 새겨서 받아들이느라 눈만 끔벅끔벅하고 있었다. 몇 년 전 황보준을 골려주려고 무정숙에서 사문이 어떻고 사형제가 어떻고 까불며 떠들던 때가 생각이 나서 얼굴이 화끈거렸다.

"그러면 저는 혁천세 사부님을 어떻게 불러야 하나요?"

하정원이 바보 같은 표정으로 물었다.

"하하, 군주님. 지금처럼 사부님이라고 부르십시오. 단, 귀곡문의 사부, 제자가 아니라 천세유림의 사부, 제자 관계입니다. 혁천세 태상호법님께 배우면서 마지막까지 천세유림에 꼬박꼬박 학비를 내신 것으로 압니다. 즉, 천세유림에서 군주님을 특별 학생으로 여겨서 태상호법님의 내제자로 보낸 것이지요. 게다가 군주님은 출신 문파가 없지 않습니까. 누가 물으면 '천세유림 글쟁이 출신'이라고 하십시오. 얼마나 멋있습니까."

이 말에 세 사람은 모두 크게 웃었다. 마침 차를 새로 내려서 가지고 오던 노채도 따라서 웃다가 찻물을 모두 쏟아 다시 차를 끓이러 나갔다.

*   *   *

신산(神算) 제갈수는 아미본문의 문장인 연주의 안내를 받아 만상귀혼진을 통과해서 팔군 총타로 들어서면서 머리털이 쭈뼛 서는 느낌이 들었다. 분명히 제갈세가의 만상귀혼진인데 자세히 살펴보면 부분적으로 많이 달랐다. 진법 분야에 관한 한 강호제일두뇌로 꼽히는 제갈수 본인이라 하더라도 혼자 힘으로는 도저히 통과할 수 있을 것 같지 않았다. 게다가 진 군데군데에 흉험한 예기가 숨겨져 있는 것 같았다. 분명히 무시무시한 함정이 곁들여져 있으리라.

　　"어떻게 이렇게 일찍 오셨어요? 저는 앞으로도 족히 한 달은 더 걸릴 것으로 생각했는데!"

　　막사에서 제갈혜가 어린애처럼 뛰면서 제갈수를 맞았다. 이를 옆에서 보던 연주가 빙긋이 웃고는 제갈수에게 인사를 하고 나갔다.

　　"응, 미안하구나. 네가 심하게 아팠을 때에도 제대로 옆에서 지켜주지 못하고, 아미가 혈겁을 당했을 때에도 아미에 도움이 되지 못하고… 두 달 전에야 아미의 혈겁을 듣고 달려오다가 네가 보낸 복호사의 무승하고 중간에 마주쳤지 뭐냐. 그래서 집에 다시 돌아가서 책 좀 가지고 오느라고 늦었다."

　　제갈수의 얼굴에는 딸에 대한 미안함과 딸을 미쁘게 여기는 대견함이 같이 떠올라 있었다.

　　"아참, 내 정신 좀 봐. 생사신의하고 팔군 군주한테 인사하러 가셔야 돼요. 두 분이 아니었으면 저는 이 세상 사람이 아닌걸요."

제갈수는 딸의 안내에 따라 먼저 생사신의를 보러 갔다. 생
사신의의 막사는 보통 막사보다 세 배 이상 컸다. 약재가 많
이 있었고, 안쪽에는 단로도 있었다. 생사신의는 어떤 약을
만지고 있었다.

"아이구, 이거 제갈 총사 아니신가. 약 냄새만 고약하게 나
는 이곳엔 웬일이오?"

"네, 또 무슨 약을 만드시고 계셨던 것입니까?"

"혹시 마제충렬단을 먹은 사람에게 뿌리면 오히려 마제충
렬단을 더 빨리 작동시켜 반 시진이나 반의반 시진 만에 복용
자를 죽게 만들 수 없나 하고 그걸 좀 생각하고 있었소."

생사신의가 빙긋이 웃으면서 말했다. 그러나 그 말의 내용
은 정말 사악할 정도로 살벌한 것이었다. 마제충렬단은 한 시
진 정도 약효가 지속된 후 그 복용자를 재로 만들어 버린다.
만약 복용자를 반의 반 시진 만에 죽게 만들 수 있다면 그만
큼 더 적의 무력을 약화시킬 수 있는 것이다.

"혹시 맞불이라고 들어봤소?"

생사신의가 제갈혜령에게 물었다.

"맞불이요?"

"산불이 나면 그 반대편에 오히려 불을 지르지요. 산불이
타서 번지다가 맞불에 타서 이미 재로 변한 부분에 이르면 더
번질 수가 없게 됩니다. 지금 만들려는 것도 그런 원리입니

다. 마제충렬단은 일종의 산불이거든. 온몸을 태우죠. 그런데 몸을 바로 태우는 것이 아니라 혼백부터 태워서 몸으로 옮겨 붙는 것이지요. 그래서 먼저 몸을 태워 버리는 약을 생각하고 있지요. 몸 자체의 잠력을 격발하는 약 말입니다. 몸이 스스로 이미 불타고 있으면 혼백에서 몸으로 옮겨 붙은 불길이 어떻게 될까요? 그냥 사그라집니다. 혼백이 이미 탔기 때문에 불길이 사그라지면 죽은 목숨이 되겠지요."

참으로 으스스한 내용이었다. 제갈혜령은 한차례 몸을 부르르 떨었다. 그리고 생사신의를 찾아왔던 목적이 생각났다. 제갈혜령은 신산 제갈수와 생사신의 이문호를 서로 소개했다. 두 사람 모두 상대방의 쟁쟁한 명성을 들은 터라 극진히 공경스러운 태도로 서로를 대했다. 제갈수는 나이 어린 딸이 강호에서 명성이 자자한 대선배로부터 극진한 예우를 받는 것을 보곤 내심 한없이 기뻤다.

"그런데 신산께서는 혹시 저희 군주에 관한 말씀을 들으신 적이 있는지요?"

생사신의가 제갈수에게 조심스럽게 물었다.

"아뇨, 없습니다. 딸아이가 보낸 무승에게 수장이 어떤 분이냐고 여러 차례 물었지만 아무 말도 하지 않더군요. 사실은 여기에 온 다음에야 팔군이라는 것도 알았습니다."

"허허, 이것참. 아무리 보안, 보안 하지만 따님이 좀 너무 하는군요. 아버지에게도 아무 말 안 하다니."

이 말에 제갈혜령이 웃었다. 보안에 대한 지침은 제갈혜령이 내린 것이었기 때문이다. 제갈수도 영문을 모르고 엉거주춤 따라서 웃었다. 생사신의는 하정원에 대해 설명하기 시작했다. 제갈수가 어느 정도 미리 알고 만나는 것이 좋다고 생각되었기 때문이다. 생사신의는 간단히 설명하려고 최선을 다했지만 실은 한 시진 이상 걸렸다. 어느새 점심 시간이 되고 있었다.

"아, 이런! 벌써 점심 시간이네! 가주, 이러지 말고 우리 군주 처소에 가서 같이 점심을 합시다!"

제갈수는 군주의 처소를 무슨 식당쯤으로 생각하는 것 같아서 속으로 몹시 의아하게 생각하며 뒤를 따랐다. 금정봉 기슭 쪽 한적한 곳에 막사 하나가 덩그러니 보였다. 막사로 가면서 제갈수는 군주의 처소를 지키는 호위 무사의 경비 초소인 줄 알았다. 처소에 가니 사십대의 중후한 사내가 나왔다.

"노채, 군주 계십니까?"

생사신의가 목소리를 낮추어 물었다.

"아, 예. 지금 연무장에 계십니다. 아미금강문 분들과 수련하고 계시지요. 막사에서 기다리시면서 휘장 밖으로 내다보셔도 됩니다."

제갈수는 그제야 이 작은 막사가 군주의 처소임을 알게 되었다. 그런데 안에 들어가 보니 그나마 삼분의 일은 휘장으로 가려서 노채가 쓰는 공간이었다. 작고 허름한 탁자 하나, 대

여섯 개의 의자와 널빤지로 만든 침상 하나가 전부였다. 군대 백호장의 막사보다도 못한 것 같았다.

"저희 군주의 성격이 번잡한 것을 극도로 싫어하십니다. 제 막사나 여기 제갈 총사의 막사가 훨씬 더 좋습니다. 하하!"

생사신의가 작은 목소리로 말했다. 휘장이 걷혀 있어서 연무장이 훤히 내다보였다. 제갈수가 보니까 젊은이 하나를 둘러싸고 무승 열 명이 공격을 하고 있었다. 화살과 탈혼반이 눈이 어지럽게 날고 있었다. 흉악한 중놈들이 멀쩡한 청년을 잡아 죽이려고 살벌한 흉기를 사용하는 것으로 보이기 딱 좋은 광경이었다. 그러나 제갈수 같은 고수의 안목으로 볼 때 막상 공격을 받아내는 군주라는 젊은이는 매우 여유가 있음을 바로 알아볼 수 있었다. 차 한 잔 마실 시간이 지나자 하정원은 뒤로 풀쩍 물러나면서 외쳤다.

"이제 그만 하시지요!"

무승들 역시 일제히 손을 멈추었다.

"오늘은 좀 쓸 만했습니까?"

짙은 송충이눈썹에 고리눈을 한 오십대 무승이 조심스럽게 물었다. 혈금강 현암이었다.

"네, 고생해서 준비하셨지만… 많이 부족합니다. 역시 합격진에 관한 본격적인 무공이 필요합니다."

실은 아미금강문의 최고 무승들이 임시로 자기들 나름대로 합격진을 만들어서 이날 하정원을 상대로 펼쳐 보았던 것이다. 그러나 고극수, 마전동, 손익성 같은 혈마단의 수뇌부들이 마제충렬단을 먹은 상태에서 겨루어보았던 하정원에게는 이날 아미금강문이 선보인 임시 합격진이 눈에 찰 리가 없었다.

"그렇다면 완전히 헛수고한 셈이군요. 쩝."

혈금강이 쓴입맛을 다졌다.

"아닙니다. 위력이 없더라도 한번 만들어보셨다는 것이 중요한 것입니다. 이제 진짜 괜찮은 합격진이 구해지면 아마 바로 이해하실 수 있을 겁니다."

하정원이 아미금강문의 무승들을 위로하면서 배웅했다. 무승들은 하정원에게 극진한 예의를 표하고 돌아갔다. 막사로 들어선 하정원은 제갈혜령과 생사신의가 손님을 모시고 와 있자 깜짝 놀랐다. 이런 경우는 한 번도 없었기 때문이다.

"인사드리겠습니다. 하정원이라고 합니다."

하정원은 무조건 인사부터 하고 보았다. 서열과 체면을 중시하는 무림인들은 이런 식으로 인사를 하지 않는다. 반드시 중간에 누군가가 나서서 양쪽의 별호와 성명을 읊어주고 난 다음에야 인사를 한다. 하정원의 이러한 소박하면서도 파격적인 인사법에 제갈수는 마음이 훈훈해졌다.

"네. 제갈세가의 가주를 맡고 있는 제갈수라고 합니다. 만나뵈서 반갑습니다, 군주."

이 말에 하정원의 얼굴에 깜짝 놀라는 표정이 떠올랐다.

"이런, 저희 제갈 총사의 아버님 되시는군요. 대단하십니다. 제갈 총사가 미모도 미모이지만 머리는 제 머리보다 한 천 배쯤 좋고 배짱도 훨씬 크지요. 따님을 총사로 같이 일하게 해주셔서 그저 감사할 뿐입니다."

수장 노릇을 하다 보니까 하정원의 말솜씨가 크게 늘었는지 참으로 듣기 좋은 소리만 골라 했다. 평소 하정원이 얼마나 무뚝뚝하고 과묵한지 아는 제갈혜령과 생사신의는 웃음을 참느라고 고생했다.

"하하! 과분한 말씀입니다. 딸아이의 목숨이 경각에 달린 것을 다섯 번이나 구해주셨다고 들었습니다. 제가 오히려 감사할 따름입니다."

제갈수가 진중하게 이야기했다. 하정원의 표정이 갑자기 멍청하게 변하더니 혼잣말처럼 말했다.

"두 번인데 언제 다섯 번이 됐지?"

하정원의 말과 표정에 노채까지 모두 폭소를 터뜨렸다. 제갈혜령이 말했다.

"숲에서 처음 뵈었을 때 한 번, 팔목을 그어 피를 주셨을 때 두 번, 현무호심단을 주셨을 때 세 번, 안전하게 치료를 마쳤을 때 네 번, 나와서 보니까 혈마단이 모두 제거되어 아무 위험이 없었을 때 다섯 번입니다."

하정원이 눈을 끔벅이다가 말했다.

"앞의 두 번은 제가 구한 것이 맞습니다만 약은 이숙께서 주신 것이고, 안전한 장소는 수달이 내놓은 것이고, 혈마단을 제거한 것은 제 원수를 갚고자 아미 분들과 같이 힘을 합쳐서 제거한 것입니다. 그러니 역시 두 번이 맞습니다."

여기까지 이야기한 하정원이 빙긋이 웃으면서 제갈수에게 말을 이었다.

"가주님, 앞으로 혹시라도 제갈 총사가 전장(錢莊)을 낸다면 절대로 못 내게 말려주십시오. 돈을 빌려주고 저런 식으로 이자를 따지면 불쌍한 사람들 등골을 빼먹고도 남습니다."

이 말에 생사신의는 거의 배를 잡고 데굴데굴 구를 뻔했다. 평소 살림 지출을 얼마나 짜게 하는지 사람들이 '총사 덕에 등골이 빠진다'고 하고 있었기 때문이다.

이렇게 덕담과 농담이 한차례 지나가자 제갈수는 마치 오래전부터 알고 지내온 친한 친구의 집 혹은 친척 집에 온 것 같은 느낌을 가지게 되었다. 제갈수는 자리에 앉자 합격진에 관한 책 두 권을 내놓았다.

하나는 육합연환진(六合連環陣)이다. 이는 공간을 상대방이 장악하고 있을 때 사용하는 합격진이다. 예를 들어, 소수의 하수들이 많은 수의 고수들에게 포위되어 있을 때 적용될 수 있다. 방어를 유지하면서도 순간적으로 어느 한 지점에 타격을 집중해서 공간을 찢고 튀어나갈 수 있게 한다.

또 하나는 건곤팔괘진(乾坤八卦陣)이다. 이는 아군이 공간을 장악하고 있을 때 적을 제압하거나 섬멸할 수 있게 하는 진이다. 예를 들어, 다수의 하수가 소수의 고수를 포위할 때 사용할 수 있는 진이었다. 두 진 모두 작게는 서너 명, 많게는 수만 명 규모에서 펼칠 수 있었다. 제갈수는 삼사 개월 동안 팔군에 머무르면서 직접 합격진을 훈련시키고 지도해 주겠다고 자청했다. 이에 하정원은 여러 차례 머리를 조아려 감사를 표했고, 제갈수는 더할 나위 없이 마음이 흡족했다. 노채까지 여섯 사람은 노채가 지화당에서 가져온 소박한 음식을 허름한 탁자에 놓고 맛있게 점심을 같이했다.

제갈수 부녀와 함께 하정원의 막사에서 나오면서 생사신의는 머리를 절레절레 내저었다. 하정원이 사람을 모으고 감동시키며 움직이는 데에 천부적인 재능을 가지고 있다는 것을 절감했던 것이다.

*   *   *

"혜령아, 하 군주가 너를 어떻게 생각하냐?"

제갈수가 물었다. 제갈혜령의 막사에는 제갈수 부녀만 있었다.

"호호, 하 군주는 여자에 관심이 없어요. 그런 면에서는 어린애지요. 저를 그냥 예쁘고 똑똑하고 일 잘하는 총사로 생각할 겁니다."

제갈혜가 담담하면서도 명랑하게 대답했다.

"음… 너는 하 군주를 어떻게 생각하냐?"

"글쎄… 그냥 같이 일하면 좋구… 같이 있으면 좋아요. 아마 이러다 시집을 못 가게 될지도 모르지요. 아빠는 하 군주를 어떻게 생각하세요?"

"허, 거참, 네 말이 맹랑하구나. 과년한 처녀가 시집을 가든 못 가든 그냥 같이 있고 같이 일하면 좋다니… 정신 똑바로 차려야 한다. 기회가 있을 때 꽉 잡아야 돼. 하 군주 그 친구, 좋은 남자다."

"호호, 남자가 보는 남자하고 여자가 보는 남자가 같나요?"

제갈혜령은 여기까지 말한 후 잠시 침묵하다가 말을 이었다.

"저는 사실… 운명이란 걸 좀 생각하고 있어요. 그 사람의 집안이 혈마단에 의해 참화를 당한 것도 운명이고, 저를 여러 번에 걸쳐서 구한 것도 운명이고, 아미산의 혈겁에 끼어든 것도 운명이고, 여기에 근거지를 마련하게 된 것도 운명이고, 마제와 싸우게 된 것도 운명이지요. 저는 다른 남자한테 시집가기 힘들어요. 서두르지 않고 기다리면 맺어지게 될 거예요."

"이그! 네가 눈에 콩깍지가 씌어도 단단히 씌었구나. 말은 담담하게 하는 것 같지만 내용은 결국 푹 빠졌다는 소리다. 허허… 딸자식 키워봐야 헛수고라고 하더니 내 꼴이 그 꼴이 됐구나."

"아빠, 그 사람은 아주아주 이상한 삶을 살게 될 거예요. 아까 노채란 사람을 보셨지요?"

"응, 그 호위무사 말이냐?"

"네, 그 호위무사가 어떤 사람인지 아세요?"

"왜, 무슨 특별한 경력을 가진 사람이냐?"

"네, 아주 특별하지요. 혈마단 제삼백인대의 대주를 하던 사람이에요. 파동 금하장에 가서 군주의 부모님을 비롯한 모든 식솔들을 포를 떠서 참살한 부대이지요. 그때 노채가 거기에 있던 사람이에요."

"뭐?"

제갈수가 너무 놀라서 자리에서 벌떡 일어나며 외쳤다.

"노채가 혈금강 현암 스님한테 붙잡혀서 군주 앞으로 끌려갔지요. 군주는 그때 살기를 참느라고 주화입마에 걸려 죽을 뻔했어요. 그리고 나중에 노채를 자기 측근으로 받아들인 거예요. 군주에게 한번은 왜 그때 살기를 참았느냐고 물었지요. 그랬더니 장소가 자기의 장소가 아니고, 사로잡은 사람이 따로 있는데 어떻게 자기 마음대로 때려죽일 수 있느냐고 하더군요. 그때엔 군주가 아니었거든요. 팔군도 존재하지 않을 때였고요. 그래서 또 물었지요. 왜 받아들였냐구요. 그랬더니 자기의 원수는 마제이지 그 하수인들이 아니라고 하였대요. 그런 사람이에요. 겉으로는 순후한 청년으로 보여도 한 꺼풀 까고 나면 신선술을 닦는 도사나 득도한 고승 같은 사람이에요. 그러니 아주아주 이상한 인생을 살게 될 거예요."

제갈혜령의 말을 들은 제갈수는 손으로 머리를 짚고 생각에 빠졌다. 하정원은 보통 사람이 가지고 있는 은원이나 복수, 선악에 대한 관념과는 다른 관념을 가진 사람이었다. 아마 모든 일에 있어서 그 판단 기준이 보통 사람과는 다를 것이 분명했다.

"음, 정말 특이한 사람이구나. 대영웅이다. 아마 강호무림에 없는 길을 새로 낼 사람인 것 같구나."

"호호! 그러니 그런 사람하고 결혼하는 여자는 정말 팔자가 셀 수밖에 없지요. 그런데도 아빠는 딸이 그 사람에게 시집가기를 원하세요?"

제갈혜령이 짓궂게 물었다. 제갈수는 잠시 침묵을 지키다가 부르짖듯 말했다.

"그래, 꼭 그 친구하고 결혼하거라. 너는 팔자가 세서 고생을 하더라도 나는 장인이 되어 사위 덕 좀 보아야겠다."

이 말을 끝내고 제갈수는 횡하게 일어나 자신에게 마련된 막사로 건너가 버렸다. 제갈수를 막사 밖까지 배웅한 후 제갈혜령은 고개를 들어 물끄러미 별이 총총히 박힌 하늘을 보았다. 제갈혜령의 눈에는 이슬이 맺혀 있었다. 아버지는 자신의 마음이 이미 정해진 것을 알고 용기를 북돋아준 것이었다.

〈제2권 끝〉

입소문을 통해 아는 분은 다 알고 계십니다!
올 한해 공인중개사 최고의 화제작!

1~2권 합본 | 이용훈 지음
3~4권 합본 | 이용훈 지음
5~6권 합본 | 이용훈 지음
용 어 해 설 | 이용훈 지음
1~2차 문제풀이집 | 이용훈 지음

수험생 기본 필독서
만화 공인중개사

제목 : 만화공인중개사 쓰신 분에게 감사드립니다.

학원을 두달 다녔어요. 근데 과연 그 숫자 외우기 그렇게 몇 문제나 나올까 생각을 했어요.
아니라는 생각이 드네요. 학원강의를 뒤로 하고 서점을 갔어요. 내 머리에 가장 이해될 수 있는
책이 없나 하구요. 거기서 만화를 발견했어요. 무조건 세번 봤어요. 3개월 걸렸어요. 문제집을
보라고 했는데 그거 시행을 못했어요. 근데 합격을 했네요.
어떻게 감사의 말을 해야 될지…
도서관에서 만화책 들고 다니니까 사람들이 바웃더라구요. 만화책으로 공인중개사를 공부한
다고 미친사람처럼 보더라구요. 근데 그거 다 감수하고 했던 내가 자랑스럽습니다.
어떻게 감사의 말을 해야 할지 정말 감사합니다.
부디 행복하세요. 제 나이 41살에 좋은 스승을 만난 거 같습니다.
엎드려 감사드립니다.

-본사 홈페이지에 독자분이 올린 메일 中 에서 발췌-

잘나가고 싶은 사람은 읽어라!

**그에게 한눈에 반했다! 그것은 분위기 탓?
애인과 나란히 걸어갈 때 당신은 좌, 우 어느 쪽에 서는가?
이성은 왜 서로 끌리는 걸까? 그 심층 심리를 해명한다!**

30초의
심리학

■ 30초의 심리학
아사노 하치로우 지음 / 계일 옮김 | 값 8,500원

처음 본 사람인데 와 닿는 느낌이
너무나도 강렬한 사람이 있다.
흔히 하는 말로 '꽂이 꽂힌 사람',
그래서 잊혀지지 않는 사람,
한눈에 반했다고 하는 것이 바로 그것이다.
이런 인간의 감정을 논하는 데
남녀의 구분이 있을 수 없다.
사랑하는 그, 혹은 그녀를
생각하는 것만으로도 가슴이 두근거린다.
이상할 것 없다. 당연히 그럴 수 있는 것이다.
그렇기에 인간을 감정의 동물이라 하지 않는가.
그러나 그렇게 좋아하는 그 사람이
어느 날 갑자기 싫어지는 경우는 왜일까?

Psychology